向林 / 著

灵魂追凶

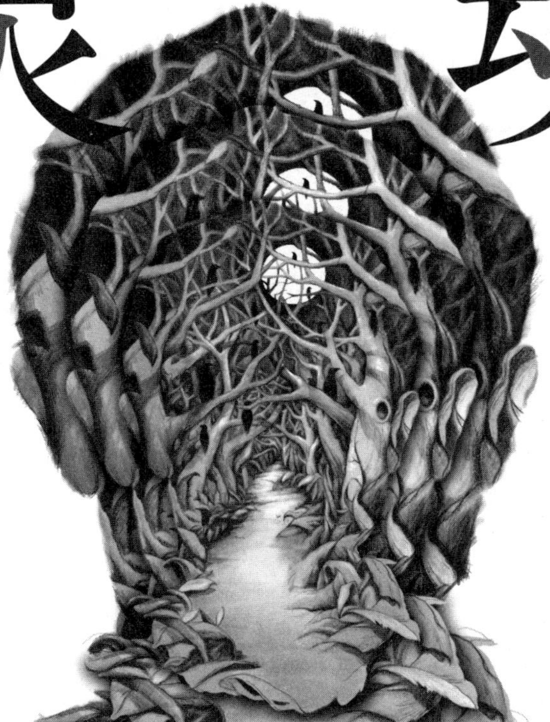

中国友谊出版公司

图书在版编目（CIP）数据

灵魂追凶 / 向林著. — 北京：中国友谊出版公司，2018.11
ISBN 978-7-5057-4496-7

Ⅰ. ①灵… Ⅱ. ①向… Ⅲ. ①长篇小说—中国—当代
Ⅳ. ①I247.5

中国版本图书馆CIP数据核字（2018）第205546号

书名 **灵魂追凶**
作者 向林
出版 中国友谊出版公司
发行 中国友谊出版公司
经销 新华书店
印刷 北京嘉业印刷厂
规格 700 × 980毫米　16开
18印张　267千字
版次 2019年1月第1版
印次 2019年1月第1次印刷
书号 ISBN 978-7-5057-4496-7
定价 42.80元
地址 北京市朝阳区西坝河南里17号楼
邮编 100028
电话 （010）64668676

目　录

C O N T E N T S

第一章

女明星之死

“林医生，最近我发现了一个非常奇怪的现象：如果我要找一件东西，结果找找找，找了半天才发现原来它就在我的面前。有时候是钢笔，有时候是钥匙或者手机。你说它们是不是在那一瞬间去了另外的一个空间？”

眼前的这个病人长相漂亮，一看就是白领，很难想象她患有严重的幻想症。林渐新头天晚上一夜未眠，本有些心不在焉，此时听到这个病人的讲述，双目瞬间亮了一下，问道：“钢笔、钥匙，还有手机？”

病人点头：“是的。就在今天出门前，我忽然发现手机不见了，然后就到处寻找，后来发现它竟然就在我的手里。还有昨天，我出门前想到要带上家里的钥匙，可是到处找都找不到，后来却发现那一串钥匙就在我面前的餐桌上。简直是太神奇了，我都不敢相信那是真的。”

林渐新看着她：“所以你就认为它们是在那一瞬间去了另外的空间，而且对此深信不疑？”

病人反问道：“难道不是那样的吗？否则的话，如何解释这种奇怪的现象？而且我还特地在家里安装了好几个摄像头，结果发现钥匙确实消失过，只不过它后来又忽然出现在了餐桌上面。”

林渐新当然不可能相信她的话。病人出现幻想，这说明病情已经发展到了精神分裂的前期，这样的病人往往沉湎于自己的各种幻觉并对此坚信不疑。作为专业的心理医生，林渐新更加关心的是另外一件重要的事情，他微微一笑，问道："你刚才说到了钢笔，那么，你现在还经常使用钢笔吗？"

可惜的是病人还没有来得及回答，就被一阵匆匆而来的吵嚷声给打断了，一位中年妇女很快出现在了林渐新的面前，声泪俱下："渐新，他们都说夏丹是自杀，我不相信！求你帮帮我们……"

护士小张歉意地看着林渐新："对不起，我拦不住她……"

眼前的这个病例很有意思，而且极具研究性，可是现在这种状况只能让林渐新将刚刚开始的病情分析暂时停止。他根本没有想到夏丹的妈妈会跑到这里来，而且还是求助于他。他歉意地对病人说道："你的情况比较复杂，我们改个时间再谈吧。"

病人有些不满，不过也就仅仅是皱了一下眉头："你好像根本就不相信我……"说着，就从一旁的包里取出一样东西来，"这里面有我家里摄像头录下的画面，你看看。"

心理及精神性疾病患者往往内心脆弱、多疑，在一般情况下，心理医生是不会随意中断对病人的治疗的，可是眼前的情况实在是太过特殊，林渐新唯有再次抱歉地对病人说道："好，我一定仔细看看。我当然相信你说的是真话，也愿意和你一起去寻找到其中的根源。"他指了指夏丹的妈妈，"夏丹的事情也许你也知道了……对不起，我们改个时间再继续吧。"

病人这才忽然想起了什么，惊讶地问道："夏丹？你说的是刚刚死了的那个女明星？"

林渐新暗呼"糟糕"，急忙去看夏丹妈妈，只见她眼白正朝上翻，身体也随之缓缓朝地上瘫软下去……

头天晚上，一条非同寻常的消息瞬间刷爆了微博和微信朋友圈。林渐新当然很快就看到了，当时他唯一的感觉就是不可信，不过他很快就意识到那绝不是有人在整蛊。震惊、悲伤在那一刻突然而至：曾经那个漂亮的邻家女孩，后来的影视明星，她真的已经离开了这个世界?

人世间的死亡早已是定律，这样的事情每一天、每一刻都在发生着，唯有当自己熟知、亲近的人到了那个时刻才会让人真切地感觉到恐惧与伤痛。林渐新一夜未眠，脑海里面如同电影般不断浮现着那个女孩的画面：她的童年，她的青葱，她后来的银幕形象，以及每一次在他面前时真实的笑容，其中最多的画面却是她穿着白色T恤及牛仔裤，清纯灿烂的脸庞。她高中时似乎就一直是那个样子，也许正是这样的形象才使得她在一部电影里面快速走红。

网上的消息说，夏丹在片场的时候死于煤气中毒，警方怀疑她是自杀。夏丹的粉丝很多，评论区布满蜡烛，以及各种悲伤的言语和表情。与此同时，一个叫李唐的男演员遭到水淹般的声讨，这个人是夏丹现在的男朋友。粉丝们将夏丹死亡的责任全部归结到了这个男演员的身上，他过去的各种恶行，诸如曾被富婆包养、与前女友恋爱期间劈腿等糗事都被扒了出来。一位明星的死亡，从表面上看充满着悲伤，其实却早已演变成了各色人等发泄情绪的狂欢，从这个层面上讲夏丹倒也死得其所。

不过林渐新内心的伤痛却是真实的，毕竟那个邻家女孩曾经距离他是那么近。

夏丹妈妈昏迷过去了，护士小张已经将刚才那个病人带出了诊室。林渐新一边摁压着夏丹妈妈的人中穴，一边看着眼前这个可怜的女人。她的丈夫早早就离开了这个世界，是她独自一人带着女儿长大，后来随着夏丹的声名鹊起，她也扬眉吐气，变得张扬起来，几年前就搬到了富人区的别墅里面。现在，她失去了女儿，却出人意料地来到了这里，这让林渐新心里难免有些感叹。

她醒来了，瞬间回到了现实，号啕大哭。林渐新并没有用语言去安慰她，而是拿来一杯温开水，然后静静地等候着她情绪的发泄。很显然，这样的做法是正确的，夏丹妈妈很快就停止了哭泣。她刚才的昏迷只不过是受到刺激之后的短暂逃避，而现实早已摆在她的面前，她必须去面对。

“阿姨，究竟什么情况？”林渐新温言问道。

她再一次激动起来，而声音中依然带着哭泣的余音，哽咽着说道：“丹丹她不会自杀的，她肯定是被人害死的，可是我怎么说他们都不相信……”

林渐新问道：“夏丹不是有签约的经纪公司吗？还有经纪人，他们都怎么说？”

她的眼泪瞬间滚落下来：“没有人理我，说警方都有结论了，让我不要再去无端生事。如今丹丹不在了，不能替他们挣钱了，以前他们对我是那么客气，可是现在……呜呜！”

林渐新递过去几张纸巾，心里也在叹息，问道：“既然警方已经有了结论，您为什么就不愿意相信呢？”

她哭泣着说道：“丹丹是一个坚强的孩子，她从小到大都是那样，不然的话就不会有她后来的成功。”

这说明不了什么，也许坚强只是她给人的表象，而内心压力的积聚往往会让一个人最终崩溃。任何人成功的背后都充满艰辛，他们所承受的东西往往比常人更多。林渐新如此想道，却听到夏丹妈妈继续说道：“我和她相依为命这么多年，即使是她真的要去走那条路的话，至少在她离开之前会给我留下只言片语的啊。可是她没有。她出事的三天前还给我打来过电话，高高兴兴地给我说她在片场的情况，还说等这部电影杀青后带我去欧洲玩一段时间，可是谁知道……呜呜！”

这倒是。林渐新也开始觉得有些不大对劲了，沉吟了片刻后问道：“出事三天前的那个电话，她还对您说了些什么？”

她微微摇着头：“其他的什么都没有说，和以往一样，她就是和我说了一些在片场上的趣事，我感觉得到，她的心情很好，也很可爱。”

林渐新愣了一下，觉得她最后使用的这个词有些突兀：“可爱？”

她点头：“和往常一样，我们的通话有近半个小时，在挂断电话前她也是和往常一样对我说：‘好了好了，不多说了。我爱你哟，妈妈！啵啵啵！亲你，嘻嘻！’”

很有画面感，确实很可爱。她说得很有道理，夏丹如果真的要自杀的话，至少会在那之前给相依为命的妈妈留下些什么，而不是就那样绝情而去，这不符合一个正常人的心理，除非是夏丹的精神出现了异常。精神异常的人有着他们独自的世界，那是一个虚无的、没有正常逻辑的维度。

“还有，现在可是冬天，丹丹走的时候身上穿的竟然是白色的T恤和牛仔裤，她住的地方可没有暖气，那天她给我打电话的时候还说片场冷得很，幸好有电热毯……”夏丹妈妈忽然又说了一句。

白色的T恤和牛仔裤？林渐新一下子就回到了昨夜回忆的画面之中，问道：“那么，警方对此是怎么解释的？”

“警察说，那是丹丹在临走之前要向世人留下她最美好的那一面，因为她曾经就是凭借那样的形象才一下子红起来的。可是丹丹不一直都是那样的形象吗？她除了正常的恋爱，从来就没有过任何绯闻……”

警方的解释似乎也很有道理，不过……这一刻，林渐新隐隐觉得这件事情有些不大对劲了，却又一时之间寻找不出不对劲的地方。这时候夏丹妈妈忽然抓住了他的手，哀求道：“渐新，虽然我们很久没有和你联系了，但是我知道，你一直是把丹丹当亲妹妹看待的。我再也找不到别的人帮我了，求求你……”

她说的是真话，因为她再也找不到别的人帮她了。正如她所说的那样，一直以来他对那个邻家女孩有着不一样的情感。可是他依然矛盾着：即使答应了要帮她，问题的关键在于，自己真的就具备那样的能力吗？

他的犹豫被夏丹妈妈看在眼里，她哽咽着说道：“我只想知道真相，不想让丹丹冤屈地离开这个世界。渐新，你是心理医生，来你这里看病的人当中一定有一些地位不一般的人，现在也就只有你能够帮我了，你也愿意帮我的，是不是？”

林渐新在心里苦笑。他和那些病人之间几乎都只是纯粹的医患关系，他从未想过也绝不会利用病人为自己做些什么。其实，在他的生活中几乎没有什么真正的朋友，病人每一次的倾诉以及倾诉之后的心理和精神分析就已经让他疲惫不堪了。作为心理医生，他需要朋友却不敢轻易去结交，他担心自己承担不起那样的责任。然而现在，当他面对夏丹妈妈的时候却根本无法说出拒绝的话来。此时此刻，他才忽然意识到眼前这个女人很不简单。是啊，一个靠一己之力将女儿培养成大明星的女人，她的坚忍，她所经历过的种种磨难，绝非常人能够想象。

“好吧，我去帮您了解一下情况，尽量搞清楚事情的真相。”林渐新在心里叹息着许下了自己的承诺。

夏丹妈妈离开的时候留下了一张银行卡，她告诉林渐新卡里面有十万块钱，还特别强调了一句：“我没别的意思，丹丹是在片场出的事情，你去那边需要一些费用。”说着又哭，“丹丹挣了那么多钱，我现在要它们又有什么用呢？”

林渐新再一次看到了夏丹妈妈的精明，精明得让他这个心理医生找不到任何推却的理由。

在林渐新的记忆中，他似乎还是第一次到这样的地方来。这里是夏丹出事那个地方的刑警支队，在此之前他从未与警察有过如此近距离的接触。他所有的时间和精力都花费在了那些病人的身上，每天进入的是一个个魔幻般的维度，而且还要挣扎着回到现实世界。

警察的态度很不好，一直到林渐新说明自己是受了夏丹妈妈的委托后，一个警察才不耐烦地指了指里面：“你去找我们支队长吧。”

林渐新进去的时候看到里面站着三个人，都穿着便衣，其中一位五十来岁年纪，身材高大，另外两个都在三十四五岁上下，他们正在那里说着什么。林渐新直接就问个子较矮的那个人：“请问，你是支队长？”

那个人循着声音看了过来，只见办公室的门口处站着一个三十来岁的男子，身材瘦削，皮肤病态般白皙，皱眉问道：“你有什么事情？”

林渐新道：“我从外地来，想了解一下夏丹案子的情况。对了，我叫林渐新，是一位心理医生，这次来是受夏丹妈妈所托。”

个子较矮的那个人眉头皱得更紧了：“夏丹的案子已经结案了，你还想了解些什么？”

林渐新道：“夏丹是因为煤气中毒死亡，这也许没有什么问题，可是，你们有确凿的证据证明她的死亡真的就是自杀吗？”

那人道："我们没有发现他杀的任何证据。"

林渐新道："没有发现证据并不说明证据不存在，我这样理解没错吧？"

那人看着他，目光锐利："难道你有证据？"

林渐新摇头："我只是在向你阐明这个道理……对于夏丹的母亲来讲，她只是希望能够找到女儿死亡的真相。我想，即使是你们警方也不能百分之百地肯定夏丹死亡的性质就是自杀吧？夏丹死在片场附近的住处，里面有煤气，这就说明那样的地方不会是酒店，附近的监控系统可能并不完备，但你们没有发现他杀的证据并不能说明她就是自杀。"

那人顿时怒了："你以为我们就这么轻率、不负责任？这可是人命关天的大案子，更何况夏丹还是名人！如果没有确凿的证据，我们会轻易下这样的结论？"

林渐新是一名心理医生，说到底就是一位学者，骨子里最是较真，即使是面对这位警察的怒火也没想过退缩，他淡淡地道："我知道你们已经调查过很多人，所有人都告诉你们当时就只有夏丹一个人在那屋子里面，但是你们真的就能够保证所有人都没有撒谎？是啊，夏丹是名人，名人的死亡不是小事情，难道你们就一点儿没有多一事不如少一事的想法？"

那人直直地看着他，正欲发作，却被旁边那位年长者拦住了。年长者饶有兴趣地看着他，问道："你认识我们孙支队长？"

林渐新摇头："我知道你想问我什么。我是心理医生，对行为心理学有些研究……"他看着眼前这位年长者，"你是一位法医，而且来自孙支队长的上级单位。"又对另外一个人说道，"你是这里的副支队长，你们刚才正在谈一起突发案件的情况。"

三个人顿时面面相觑。年长者忽然笑了起来："高手在民间，看来果然是如此啊。你叫什么名字来着？"

"林渐新。"

"这名字不错。说说，你是如何判断出你刚才所说的那一切的？"

"孙支队长年轻有为，想必近年来破获过不少案子，提拔得很快。这位副队长也是一位优秀的警察，能力应该不在孙支队长之下，只不过运气稍微差了点，最终队长的位子还是让这位孙支队长坐了。刚才我一进来就注意到孙支队长的右手是放在衣兜里面的，不过他的大拇指却留在了衣兜外面。”

“这说明什么？”年长者兴趣盎然地问。

“潜意识。大拇指暴露在衣兜外面，是为了向他人展示自己第一的地位。”

孙支队长很是尴尬，怒道：“一派胡言，胡说八道！”

年长者笑道：“我倒是觉得他很有趣。林医生，请你继续说下去。”

林渐新对年长者道：“刚才在你右手扬起的那一瞬间我就已经注意到，你的大拇指、食指和中指的指腹有一层薄薄的茧，而且你的双手看上去毛孔粗大、皮肤发白，那是长期使用解剖刀和经常洗手的缘故，所以我判断你应该是一位法医。当然，我只是如此猜测，不过你脸上惊讶的表情告诉了我，我的猜测是正确的。”接着，他又指了指另外那位，“他在说话的时候孙支队长的下巴微微抬起，这是上级在听取下级汇报时候惯有的姿态，而这位警官的站姿却非常随意，而且我还听到他说了一个比较特别的词：我认为……”

年长者看着孙支队长和另外那位，笑着问道：“是不是很有意思？”

孙支队长脸上的尴尬和愤怒已经没有了，另外那个人也是满脸的惊讶。年长者给了林渐新一个鼓励的眼神：“请你继续讲下去。”

林渐新有些心不在焉：“其他的就更简单了。孙支队长在看你的时候下巴极其自然地就放低了下来。还有，你们三个人是站在这里的，很显然，孙支队长是为了迎接你才离开了自己的座位。如果你们是一个单位的，即使你德高望重令人尊敬，他最多也就是从自己的座位站起来就可以了。你们要谈的事情肯定很紧急、很严重，以至于孙支队长来不及招呼你们坐下来。我是心理师，要从中发现这些东西并不难，因为这是我的专业。”说到这里，他将目光转向了孙支队长，“孙支队长，我认为夏丹的案子还存在着一些不能解释的疑点，希望你们能够彻底排除他杀的可能。”

孙支队长的态度比刚才好多了，问道：“你认为还有哪些疑点？”

出发前林渐新询问过夏丹妈妈关于夏丹的一些情况，在来这里的路上也一直在思考这方面的问题，他回答道：“据我所知，夏丹在与李唐恋爱之前还有过两段感情，而且这一次她与李唐的感情才开始不久，从常理上讲，她应该具备非常强的对抗感情挫折的能力，更何况李唐和她的关系并没有破裂，所以，夏丹因为感情问题而选择了自杀的说法是站不住脚的；其次，夏丹正处于事业的上升期，在业内的口碑也还不错，因为流言蜚语而自杀的可能性也不大；此外，夏丹和母亲相依为命长大，母亲为了她一直单身，她们母女之间的感情也非常好，即使是她要自杀也应该留下遗书什么的；还有更重要的一点，那就是夏丹死亡前身上的穿着……”

孙支队长点头道：“这些问题我们都分析过。在情感的问题上，特别是女性，她们往往比较脆弱。在我们接触过的案例中，有的人因为一时间想不通去自杀的情况并不少。比如有一个案子，死者是一位年轻女性，有天晚上和几个朋友喝酒，忽然想起自己多年来做什么都不顺利，当着朋友们的面就大哭了一场，后来她回到住处就跳楼自杀了。像这样的情况，往往是因为一时间想不通，死者一般不会给家人留下任何遗言。当然，就目前而言，夏丹自杀的原因还不十分清楚，也许是情感问题，也可能是工作压力太大。至于夏丹死亡前身上穿着的问题也很好解释：她身上的穿戴是她从普通演员变成大明星的标志，她就是以那样的人物形象而走红。此外，通过煤气中毒的方式自杀不会有太大的痛苦，死亡后因为一氧化碳中毒，皮肤会呈现出特有的樱桃红色。夏丹长得很漂亮，她死亡后的容颜非常美艳，我们认为这是她刻意选择的死亡方式，其目的很简单，就是为了把自己最美好的那一面留在这个世界上。林医生，你是心理学方面的专家，我们这样分析应该符合一位漂亮女演员的心理吧？”

警方的这些分析夏丹妈妈已经告诉过林渐新，不过他却发现了其中最大的漏洞。他淡淡笑了笑，说道：“你们警方的分析也不是全然没有道理，不过俗话说‘人上一百，形形色色’，我们不能用个别的情况去涵盖所有人的内心世界。我们人类首先是动物，而害怕死亡是动物的本能，当一个人面对死亡的时候还能做到那么从容，这本身就不正常。”

孙支队长即刻提醒道：“问题是，这样的情况并不是偶然，而是经常发生。”

林渐新点头：“是的。不过你说的只是现象，并没有像我们心理医生那样去分析其中的根源。心理学认为，人类对死亡的恐惧是一种本能，心理正常的人在一般情况下是不会自杀的，毕竟我们的生命只有一次，即使是自己解脱了也会对亲人造成巨大的伤害。对不起，我说远了……刚才孙支队长有句话说到了夏丹死亡案的重点，那就是你们虽然做出了她是自杀的判断，却并不十分清楚其中的原因，这就是疑点。反过来，如果我们现在用他杀来分析这个案子也是可以解释得通的：凶手制造了夏丹自杀的假象，其目的当然是不言自明；正因为是他杀，所以夏丹才没有给她母亲留下只言片语；夏丹死前的穿着也可以从另外一个角度去诠释，比如凶手因情生恨而杀害了夏丹，他试图通过那样的方式将夏丹最美好的形象牢牢记在心里……当然，也许还有别的缘由。既然我们用他杀也同样可以推衍出夏丹死亡现场的一切，为什么就如此轻易地下结论认为是自杀呢？”

孙支队长看着他：“至少到目前为止，我们还没有寻找到他杀的任何证据，除非你能够向我们提供相关的线索。”

林渐新道：“虽然我非常希望你们能够重新调查夏丹的死因，但是也知道这会让你们很为难。夏丹是名人，而且已经结案，你们没有自找麻烦的道理。孙支队长，接下来我会去调查的，不过我希望你们能够给我提供一些帮助，比如夏丹的案卷……”

孙支队长直接拒绝了他：“我们已经结案了，案卷已经封存，你不是我们警方的人，没有这样的权限。”

这时候那位年长者忽然说了一句：“孙支队，我倒是觉得他的这个请求可以考虑，不过得有条件。”

孙队长似乎明白了他话中的意思，问道：“邓老师，您的意思是……”

年长者点头道：“我们手上的这个案子，说不定他能够帮得上忙。”

林渐新的观察和分析完全没错。办公室里面的这三个人分别是省公安厅的资深法医邓长治，以及这个片区的刑警支队支队长孙挺坚和副支队长滕飞。两天前的下午时分，孙挺坚所在辖区一处高楼的住户发生了火灾，一个年轻女子从楼上跳下，当场死亡。死者的亲属认为事情有些蹊跷，因为这套房子才装修完毕不久，不应该存在线路老化的问题，而且死者做事从来都非常细心，于是请求警方做进一步的调查。

然而当天参与救火的消防队员并没有从火灾现场寻找到任何可疑物，而且初步断定火源位于卧室。警方向死者的亲属解释：我们很多人都会在紧急情况下产生应激反应，而且在应激反应下做出的判断往往是错误的。一起最典型的案例就是：某个人在家里发生火灾后本能地想要去推开房门，却偏偏忘了家里的房门只能采用拉开的方式。这个人就因为一直固执地处于推门的状态结果被活活烧死。所以，一个人在火灾发生的时候选择跳楼也是出于逃生的本能，只不过是在应激反应下做出了错误的选择。

死者的亲属不能接受警方的这种解释，当然，不仅仅是怀疑。至亲的人遭受如此无妄之灾，对活着的人来讲最重要的是不能留下丝毫的遗憾。死者的亲属通过关系找到了邓长治，结果邓长治对死者尸体进行解剖后大吃一惊：死者的气管和肺部并没有烟尘物质。也就是说，死者从楼上掉下之前就已经死亡。

于是，邓长治立即给孙挺坚打电话告诉了他尸检的情况，随后就带着尸检报告匆匆来到这里。孙挺坚万万没有想到案情会出现这样的变化，急忙派人去调看了死者楼层的监控录像，却发现那层楼的摄像头早就坏掉了，不过警方很快就从电梯的监控录像中发现了一个嫌疑人。

这个嫌疑人姓丁，住在这栋楼的二楼。但是此人拒不承认入室杀人，只是说他当时准备去和死者同一楼层的某个女子幽会，结果刚刚从电梯出来就听到外边有人在大喊“起火了”“有人跳楼了”，于是就吓得从消防通道逃跑回了家。

林渐新刚才所表现出来的细微、准确的观察和分析能力确实让邓长治感到惊讶甚至震惊，于是才向孙挺坚提出了那样的建议。孙挺坚思索了片刻，对滕飞说道：“你向林医生说一下案子的情况吧。”

林渐新听完后问道：“有你们审讯这个嫌疑人的录像吗？”

孙挺坚马上打电话让人送来了刚才的讯问录像。林渐新看了后说道：“这个人没有撒谎。他不是凶手。”

孙挺坚没想到他这么快就得出了结论，而且还如此肯定，瞠目问道：“为什么？”

林渐新将画面倒回去后重新开始播放，解释道：“你们看，此人的双膝一直紧并着，小腿与脚跟分开呈八字形，手掌相对放于双膝之间。这说明嫌疑人一直处于非常紧张的状态，但是他在回答你们问题的时候却几乎是不假思索的，很显然，这是一个行事非常小心、理智的人，他心里十分清楚自己与那个女人之间的奸情与凶杀案之间孰轻孰重，正因为如此，他才选择了说真话。”

孙挺坚看着他：“你确定？”

林渐新点头：“当然可以确定。他不是凶手。”

孙挺坚皱眉道：“也就是说，在丁某之前还有某个人乘电梯到了死者所在的楼层，因为起火后很可能会马上造成断电被困在电梯里面，所以就选择了从消防通道逃离现场。而我们并没有从这栋楼外面的监控录像中发现可疑人员，因此，凶手很可能也是住在那栋楼里面的住户。”

滕飞道：“也就是说，我们可以从其他楼层的监控中发现凶手从消防通道出来后的踪迹。”

孙挺坚双目炯炯：“时间就应该是在死者的尸体被抛下楼后不久，大约在丁某进入消防通道数分钟之后。”

在这样的思路下，警方很快就找到了这起案件的真凶。

凶手叫陆红卫，今年五十岁，是一家公司的销售经理。陆红卫和死者崔英是老乡，崔英装修房子找他借了十万块钱，事发当天的中午，陆红卫和客户喝完酒后就去了崔英那里催还借款，崔英说她刚刚装修完房子，购买家电家具几乎花完了所有积蓄，那笔钱暂时还不上。

当时陆红卫喝了酒，而且早就觊觎崔英的年轻漂亮，不然的话他当时也就不会借给她那笔钱了。陆红卫趁机就提出：“如果你愿意陪我睡一年的话，这笔钱可以不还。”

崔英当即表示反对，同时也感觉到了危险，过去奋力地想要将陆红卫推出家门。在酒精的作用以及催还借款无果的愤怒之下，陆红卫狠狠一耳光扇在了崔英的脸上，怒声骂道："你以为自己是谁？你那点儿工资每个月还要还房贷，你他妈的根本就没打算还老子的钱，还真把我当傻子了！"

崔英当时就被打蒙了，清醒过来后准备呼救，却被陆红卫一下子捂住了嘴巴。她的挣扎越来越厉害，也因此激发出陆红卫更加强烈的兽性，他已经将这个女人当成自己的猎物，唯一的念头就是要彻底驯服她。

崔英挣扎的时间有多久陆红卫已经不记得了，不过他在对抗这个女人的挣扎过程中几乎消耗完所有的力气，后来他才发现崔英慢慢停止了反抗，当他兴冲冲抱着这个女人去床上的时候才突然发现她已经断了气。那一瞬，恐惧与悔恨彻底将他笼罩，他本能地选择了逃跑。然而，就在从卧室到客厅大门那数米的距离之内，理智快速恢复，他停在了那里，然后缓缓转身……

第二章

调查行动

一直以来林渐新都比较宅，每天的生活几乎都是住处和心理诊所这两点一线，他不喜欢出差，害怕去陌生的地方。陌生的地方会让他感到更加孤独，还有疲惫。从刑警支队出来后他就直接打车回到了酒店，第一件事情就是快速打开旅行箱，里面有他需要的东西。

一个小玻璃瓶已经摆放在面前，他的手有些颤抖。“来吧，让我们一起进入那个梦幻的世界。”他喃喃自语着，从小玻璃瓶里面抖出少量淡黄色的粉末和着温开水一口喝下，然后平躺在松软的床上。很快，他就感觉到自己正在进入那个奇异万端的维度，嘴里喃喃说道：“来吧……”

近两个小时之后，他终于从那个梦幻一样的维度回到了现实。汗出如浆。

热气腾腾的水流喷洒而下，温暖犹如越过地平线的阳光从头顶快速蔓延至脚底，全身毛孔在一瞬的收缩之后猛然张开，一幕幕美好的回忆如同电影一般展开……

“渐新哥，我总是考不好，妈妈经常对我生气，怎么办啊？”白色 T 恤，精致可爱的脸庞，嘟着小嘴巴，那时候，那个邻家女孩有苦恼时总是会来找他。那时候，他刚刚硕士毕业，一时间没有找到合适的工作。

“没关系，你努力了就可以。”他总是微笑着鼓励。

“妈妈让我去考电影学院。”她有些扭捏。

“嗯，我看可以。”他点头。

“真的？”她歪着头，很可爱的模样。

“真的！你一定考得上的，说不定今后还会成为大明星。”他的语气依然是那么肯定。

“你呢？今后怎么办？”她问，满脸的关心。

“我会成为一名优秀的心理师。你和我一样，都有自己特有的天赋。”他如此回答。

两年后，林渐新已经有了自己的心理诊所，那个邻家女孩一直在家门外等候着下班回来的他。

“渐新哥，我考上了，电影学院。”她白皙的脸庞因为兴奋增添了一抹红色。

“祝贺你。我早就说过，你一定能够考上的。”他很是替她感到高兴。

“我听说演员这一行很难混的，不知道我今后……”她皱着眉的样子也很好看。

“任何一个行业都一样，社会的构成都是金字塔结构，站在顶端的成功者毕竟是少数。”他说。

“那，我今后应该注意些什么？”她问。

“坚守底线，不忘初心，比别人更加努力，善于抓住每一次机会。”他想了想，忽然觉得自己的话有些空泛，“成功者往往都曾历经艰难，但他们都有自己独特的东西。”

“可是，我就是一个普通的女孩，家里还很困难。”她灿烂的笑容一下子黯淡了下去。

“不，你的可爱、你的清纯，就是你最独特的魅力。”他一脸的认真。

“嘻嘻！面试我的老师也是这样对我说的。”她一下子就笑了。

“听说演艺圈很复杂，如果今后你的心情不好可以来找我。我是心理医生。”他也笑了。

“不，我不需要。再难再苦我都能够承受，为了我自己，为了我妈妈。”她漂亮的拳头一下子捏得紧紧的。

或许你会需要的，我只是在提醒你，只是让你记得我今天的话而已。他在心里对邻家女孩说，不过脸上却依然带着微笑：“好吧。我知道，你是一个坚强的女孩。”

在林渐新的记忆中，那好像是他们的最后一次见面。那天在心理诊所听她妈妈讲，从大一开始她就做平面模特、接广告片。她很忙，也很努力，寒暑假都没回过家，春节都是妈妈去她那里过。

如今，这个现实的世界已经不再有那个清纯、可爱的邻家女孩了，她变成了一具被解剖过的、躺在冷冻间的冰冷尸体，数天之后将会化为灰烬归于尘土。这一刻，如果不是真实的温暖在冲刷着林渐新的身体，也许他真的就无法分清真实与虚幻这两个貌似完全不一样的世界。生命是如此脆弱，恍惚如梦的感觉让他突然之间泪如雨下，那是从灵魂深处倾泻出来的悲伤。

孙挺坚并没有食言，不过他采用了另外的方式。就如同崔英的案子一样，他并没有给林渐新提供案卷，而是采用口述的方式。案子的情况与夏丹妈妈讲述的差不多，这并不奇怪，夏丹妈妈关于案情的描述也是来源于警方，想必她早已将这个过程在心里复述、推演了无数遍。

这是没有任何意义的，因为目前关于夏丹死亡的整个案情完全是源于警方已有的结论。逻辑推理的核心是前提条件，不同的前提条件所推演出来的结论往往截然不同。林渐新对警方的思维模式比较了解。当然，这并不是说那样的思维模式不正确、不科学，而是这个世界实在是太复杂了，所以往往容易遗漏掉某些东西，就如同崔英的案子一样。

当然，这也并不是说警方的结论就一定是错误的，但是有着明显疑点的案子必须要去论证。对于死者的家人来讲，寻求亲人死亡的真相比其他什么都重要，即使最终的结果一如警方的判断，活着的人也就因此得以心安。林渐新发现自己越来越能够理解夏丹妈妈的心境了，也正因为如此，他寻求这起案件真相的决心也就变得更加坚定。

“我想看看夏丹的尸体，可以吗？”林渐新给邓长治打去了电话。这个请求本来在当时就应该向邓长治提出来的，然而那时候他身体里面的那个恶魔已经开始蠢蠢欲动，他没有选择地迫不及待地回到了酒店。

林渐新的匆匆离开让邓长治感到奇怪，对孙挺坚说道：“这个姓林的心理医生很有意思。”

孙挺坚点头，朝邓长治递过去一支烟：“忽然冒出这么一个人来，我感觉得到，这个人好像和夏丹的关系很不一般。邓老师，你发现没有，他的眼神中充满着哀伤，还有忧郁，而且他的身体好像也有些问题。”

邓长治深吸了一口烟，喷出的烟雾笼罩着他的脸，缓缓道：“他应该是一个心理学领域的天才，也许这一点连他自己都没有意识到。孙支队，这是个人才啊，夏丹的案子你看是不是应该……”

孙挺坚摆手道：“崔英的案子出了问题，但并不能说明我们关于夏丹死亡的结论就是错误的。片场里面那么多人，夏丹又是那部电影的主角，那么多人在注意着她，还有狗仔队随时在附近窥探，你也对夏丹的尸体进行了解剖，并没有发现任何问题，如果她真的是死于他杀，那凶手简直就是神仙了。”

邓长治又吸了一口烟，将剩下的部分摁进烟缸里面，道：“我倒是对他接下来的调查很感兴趣。孙支队，崔英的案子值得反思啊。走啦。”

孙挺坚并没有挽留他，接下来崔英这个案子的结案报告还得费一番思量。孙挺坚一直客气地将他送到了刑警支队外边，这时候才问了一句：“邓老师的意思是要我们派人去协助他？”

邓长治道：“至少不应该阻拦他，最好是能够为他提供一些必要的帮助。你觉得呢？”

孙挺坚沉吟了片刻，犹豫着说道：“夏丹是明星，她的死本来就是众人瞩目的热门话题，到目前为止并没有人怀疑她的死因，我担心他不但没有调查到新的线索反而将事情搞复杂了，这样的话会让我们非常被动的……”

邓长治能够理解孙挺坚内心的压力，提醒道：“这是一个搞心理学的学者，性格有些孤傲，即使是你想阻止也阻止不了。对于我们来讲，现在最好的方式就是放任他去调查，尽量给他提供一些必要的帮助，如此一来，即使今后的案情发生了变化我们也有台阶可下。当然，目前的调查只是他的个人行为，我们不需要向媒体多说什么。”

这是一个不错的建议。孙挺坚想了想，点头道：“好吧，就这样。”

邓长治只是一名资深法医，全然没有孙挺坚那种瞻前顾后的忧虑，他在闲暇时也喜欢看一些侦探小说及电影、电视剧，特别是美剧《别对我撒谎》让他对里面的微表情观察充满了好奇，而现实中林渐新的骤然出现以及其所展现出来的令人吃惊的能力更让他赞叹不已。他也是一名学者，寻求案件的真相更是他一贯的追求，他不希望林渐新接下来的调查受到警方的阻挠，他希望能够看到林渐新更多、更精彩的表现。正因为如此，当林渐新打来电话的时候，他毫不犹豫地就答应了。

跟着邓长治乘电梯下到地下室，电梯的噪音有些大，在幽静与昏暗的氛围中让人感到有些发瘆。从电梯出来，经过一条长长的过道，邓长治打开一道浅灰色的铁门，铁门发出“吱呀”的声音。地下室冬暖夏凉，铁门里面是冷冻尸体的所在，寒气逼人，让林渐新禁不住打了个寒噤。

邓长治对这地方非常熟悉，随手打开了铁门里面墙壁处的开关，数盏日光灯次第闪亮起来，眼前明亮如昼，耳边响着“嗡嗡”的电流声。“那里，二十七号。”邓长治指着那一排格子样的铁柜说道。也许是眼前这个空间太过密闭，让他的声音产生了回声，听起来有些沉闷诡异。林渐新明白了他的意思，独自朝那个号码走了过去，近前后才发现格子柜的外面有一个拉手，尝试着拉了一下。格子柜下面有滑轨，稍许用力柜子就顺畅地被他拉了出来。

虽然明明知道这里面装着的是夏丹的尸体，而这一刻，林渐新的内心依然克制不住激动、痛彻心扉，他的手在颤抖，目光已经跟随着灯光进入了拉开的格子里面……是她，依稀熟悉的模样，只不过那副姣好的面容蒙上了一层白霜，苍白得让人心悸；是她，紧闭着双眼的她不是熟睡，而是一具没有了灵魂的躯体。

“丹丹，你怎么了？”那也是一个夏天，还在上大学的林渐新在家外面的那条小巷见到了她，蹲在地上的她艰难地试图站立起来。

“渐新哥，我的脚崴了。”她说，脸上带着羞涩。

他蹲了下去：“来，我背你回家。”

邻家女孩的双臂紧紧抱住了他的颈项，她小巧玲珑的身体轻飘飘的，紧贴在他的后背上，林渐新感觉到了她的身体在微微战栗，温言问道：“怎么那么不小心？一会儿回去后让你妈妈用酒揉揉。”

耳畔边传来她轻轻的声音：“嗯。”

很快就到了距离家门外不远的地方，背上的她轻轻挣扎了一下：“渐新哥，放我下来。”

哦，她怕被妈妈看见。林渐新似乎知道了她的想法，蹲下。她瘸着一条腿朝前面走了几步，转身朝着他灿烂地笑：“谢谢你，渐新哥。”

多年前的记忆浮现在林渐新的脑海中，让他的眼泪瞬间滚落……

他轻轻将她重新推入黑暗之中，转身对邓长治说了一句：“好了。谢谢您！”

邓长治并没有注意到他第一次对自己使用“您”这个尊称，诧异问道：“这就走了？”

林渐新满脸的悲怆：“就是想来看看她……可是这里的她已经不再是从前的她，我再也看不到她以前的样子了。谢谢您！我回去了。”

不再是她了？邓长治觉得他的话有些怪异，问道：“那么，接下来你准备怎么做？”

林渐新叹息了一声，说道：“我只是想搞清楚心里的那几个疑问罢了。对了，夏丹所在的那个剧组还在这里吧？”

邓长治点头：“投资方花了那么多的钱，现在他们已经有了新的女一号，还在这里继续拍摄呢。”

林渐新满脸的萧索：“是啊，如今这个社会，有时候金钱比生命更重要。”

邓长治掏出烟来：“你抽吗？”

林渐新摇头：“我不会。您也要少抽。”

邓长治苦笑道：“戒不了啰。”点上，深吸了一口，“有什么事情你可以来找我，孙支队长那边也不会阻碍你的调查的。”

林渐新的目光投射到了邓长治的脸上：“谢谢您！我感觉得到，其实我们是一样的人。”

邓长治分明看到了他目光中一闪即逝的晶亮，就好像是夜空中转眼即逝的流星。他真是一个睿智的人。邓长治朝他伸出手去：“希望你的调查顺利！”

出租车在车水马龙中穿行，林渐新对这座陌生的城市毫无兴趣，闪逝而过的栋栋高楼和五颜六色的街道幻化成纷纷扰扰的虚影，他的思绪穿越到孙挺坚所讲述的那天晚上。

夏丹死亡的时间其实是在五天之前。时代发展到了信息社会，民众由此拥有了充分的知晓和参与社会事务的权利，也因此促进着人类文明的进步。不过与之紧密伴随的却是网络暴力时常会影响到司法的独立与公正。因为夏丹的死亡事发突然，再加上她是名人，影响力巨大，为了避免网络舆论对案件的调查造成影响，警方要求剧组对这起事件暂时保密。剧组忽遭如此剧变，也需要时间和精力去处理善后事宜，于是就严密封锁了夏丹死亡的消息。

剧组所在地位于这座城市东郊那一片湖泊中心的岛上，岛上有几户渔民，渔民们几年前都办起了农家乐。剧组人多，拍摄期间将岛上所有的农家乐都租用了，夏丹住的地方位于岛上的湖畔，据说从那里可以远眺湖面，风景极好。

夏丹喜欢自己做饭，特地让人在她的房间里面准备了煤气罐和锅灶，调料和碗碟也是一应俱全，剧组和她关系较好的人都去品尝过她的手艺，对她做的酸汤鱼赞不绝口。事发当天下午，夏丹的助理从渔民那里买来了鲜鱼，一直等到她拍摄完当天的镜头回来后才将鱼现杀洗净，结果那天夏丹说她有些感冒，助理发现她有些发烧，急忙去剧组的随队医生那里拿了感冒药，夏丹服用后就上床休息了。

助理就住在夏丹的隔壁，她中途去看过夏丹几次，发现她一直在沉睡，后来助理睡下了，临近午夜的时候听到隔壁传来锅碗瓢盆的声音，鱼香味很快就飘了过来。助理起床去看，夏丹告诉她说感冒稍微好些了，肚子饿了就起来做点儿吃的，还问她是不是一起吃点。助理困得不行，嘱咐夏丹吃完后将锅碗放在那里等她第二天起来后洗，然后就回到房间继续睡去了。

助理第二天早上醒来后去敲门，结果敲了很久却没听到里面有人应答，而且还隐隐闻到从里面飘散出来的煤气味，顿时就慌了，想要开门却发现里面是反锁着的，急忙去叫来人破门而入。当房门打开的那一瞬，浓烈的煤气瞬间汹涌而出……

当助理和其他人进去的时候发现夏丹早已没有了呼吸，她身上穿着白色T恤和牛仔裤，面色红润，笔直安详地躺在床上，头发一丝不乱。警方接到报案后不到一个小时就到了，剧组没有破坏现场。警方发现，房间里面收拾得干干净净，酸汤鱼还剩下不少，房间的窗户紧闭着，而且是从里面插上了插销。此外，从房门破损的情况看，剧组的人破门而入之前，里面的插销也是被插上的。

警方在第一时间通知了夏丹妈妈，在征得她的同意后对夏丹遗体进行了解剖，同时对现场留下的所有食物进行了化验。当地警方非常重视这起案件，特别派了资深法医邓长治协助参与此案的调查，然而最终的结果表明夏丹就是单纯的煤气中毒死亡，现场的所有情况都表明这是一起自杀案件。

至少不可能是夏丹在生病的情况下因为疏忽忘记关闭煤气所致，否则的话她的死状及从里面锁上门窗的现场就无法得以解释。林渐新再一次将案情在脑子里面过滤了一遍……剧组的人不可能在事发后伪造现场，那样的话风险太大。警方的现场勘探也不可能出现什么遗漏，毕竟这起案子太过非同寻常。难道，夏丹真的是自杀？可是，其中的那些疑点又如何解释？

一个终于摆脱贫困、刚刚让母亲过上好日子不久，事业正处于上升期的女明星，她为什么要选择死亡？假如是因为心理或者精神上出了问题，明明知道我这个心理医生可以帮忙，她却从未找过我，甚至连一个电话都没有打过，难道是她根本就不信任我？不，也许还有一种可能，那就是她并不需要我的帮助，因为她的心理和精神根本就没有问题。

人类对死亡的恐惧是本能，一个人最终选择自杀就必须冲破强大的本能力量，有时候信仰可以做到这一点，除此之外就是心理和精神性疾病。心理和精神性疾病就如同光对于飞蛾，那是一种来自恶魔的引诱。

夏丹，这些年来，以及那天晚上，你究竟经历了些什么？

林渐新在酒店住了一晚上，他心里清楚，接下来的调查将是一个十分艰难的过程，绝不能凭一时的冲动贸然行事。在来这里之前他询问过夏丹妈妈有关她女儿这些年来的情况，结果却发现这位母亲所知甚少。

“这些年她很辛苦，很努力。总算运气不错，终于在一部片子里面演红了……”夏丹妈妈唠唠叨叨说了许多，都是这些年来女儿出演过哪些电影、电视剧，接了些什么广告，饰演过什么角色，大概挣了多少钱，等等。林渐新问：“她是否有过不想继续做演员，想要退出这一行的想法？”夏丹妈妈不住摇头：“怎么可能？她喜欢当演员。年轻人谁不辛苦？除非是富二代，何况她一直那么顺利。”这是典型的以己之心去揣测他人。应该如此，想必如此……这是大多数人分析评价他人的方式。很多人都知道“可怜天下父母心”这句话，却往往忽略了父母与孩子之间存在的心理鸿沟。很显然，夏丹妈妈也不例外。

林渐新不再去思考这些问题，此时此刻他才发现，其实夏丹对他来讲就如同一只早已飞远飞高的气球，留给他的仅仅是一些片段式的模糊记忆而已。

失眠的人都一样，躺在床上，思绪纷纷难以自控。许久之后，林渐新忽然想起了什么，从床上爬了起来，打开行李箱拿出电脑和那个女病人交给他的U盘。心理和精神性疾病非常特别，其病因往往是对病人的讲述分析得来的，只有病因清楚了，才能够有针对性地寻找出有效的治疗方法。林渐新已经注意到这个病人在讲述过程中谈到的那几个特殊的词语，可惜的是接下来的谈话却被夏丹妈妈给打断了。

将 U 盘接上了电脑。这一刻，林渐新的内心瞬间恢复了宁静，关于夏丹案件的一切思绪也在刹那间凝固于他的内心深处。

U 盘里面的画面很短，应该是病人从录像中剪辑出来的几个片段。第一个片段：病人准备出门，她的目光在茶几、沙发、玄关处扫视，很显然，她一时间忘记把家里的钥匙放在了什么地方。第二个片段：病人的目光扫视到了距离玄关不远处的餐桌上，然后移开。第三个片段：病人站在餐桌旁，她惊讶地看着餐桌上的钥匙。

林渐新也禁不住惊讶了。因为他从一开始就知道病人在寻找什么，所以目光一直注意着画面中钥匙的所在。那是由三枚钥匙串在一起的普通钥匙串，除了住家钥匙之外还有一枚应该是她办公室的，另外那枚稍大，仔细观察之下就会发现那是一枚汽车钥匙。林渐新有些不敢相信自己的眼睛，急忙将画面倒回到起始处重新开始播放。

再一次看完了录像后，林渐新目瞪口呆——在第一个画面里，那一串钥匙就在餐桌上，只不过病人的目光并没有触及那个地方。而在第二个画面中，当病人的目光移到餐桌上的那一刻，原本存在于那里的那一串钥匙竟消失不见了！很显然，摄像头是固定的，这绝不应该是视角的问题。

钥匙消失的时间不到一秒钟，它们在病人的目光离开餐桌的那一瞬间竟然又神奇般地出现在了原来的地方！林渐新再次回放，并且放慢了播放的速度……是的，那一瞬间钥匙果然消失了。有一种可能，那就是病人故意将录像剪辑成了这个样子，这样做的目的当然不是为了欺骗他这个心理医生，而是由于强烈的心理暗示，或许这恰恰就是她的病因所在。是的，这样的话一切都可以解释了。这一刻，林渐新忽然有了一种冲动，他想马上飞回到自己居住的那座城市，即刻将病人叫来做心理分析。

然而不可能，夏丹的死因还没有开始调查……也不知道是怎么，就在这个时候，林渐新的脑海里面忽然升腾起这样一个奇怪的念头：如果真实的画面就是如此呢？

“怎么可能？”随即，他又苦笑着喃喃自语道。

第三章

初探剧组

林渐新是一个地理盲，到了这里后只是觉得这地方的气温和自己生活的那座城市差不多，这才上网去查看了一下地图。在他一直以来的印象中，这两座城市相距数千公里，而且根本就不在同一个纬度上，而此时他才惊讶地发现它们竟然是在同一个纬度上面。

早上起来后又查看了一下地图，很快就找到了夏丹生前剧组所在的那个地方。在酒店用过早餐后叫了一辆出租车，从东边出了城上了高速公路，不到五十公里的路程，沿途全是低矮的丘陵，村庄很多，炊烟袅袅，让这片冬日的土地依然充满勃勃生机。其实此时此刻，林渐新的内心是充满惶恐的，因为他并不完全清楚自己接下来应该如何去调查这起案件。

又是一个陌生的地方，还有一群陌生的人。

不到一个小时的时间，出租车就到了湖滨的码头，林渐新发现在此等候渡船的人不少，几乎都是年轻人，一个个脸上都带着兴奋。这些人很可能是某些明星的粉丝。虽然林渐新不追星却能够理解那些追星人的心理，说到底那只不过是弱者对强者狂热的仰望，同时也是平常人内心深处对遥不可及的成功的渴望。在这样的心理作用下，追星者任何偏激的行为都是符合心理学逻辑的。

轮渡起行，那群人变得更加兴奋，林渐新听他们先是在谈论着某几个明星，不过话题很快就转到了夏丹身上。

“夏丹要是不死的话，这部片子肯定会更好。”

“是啊，夏丹更符合这部电影的主角设定。”

“现在的女一号以前的表现也非常不错，明星也是要靠运气的，如果夏丹还活着，哪有她的这个机会？”

“我喜欢这部戏的男主角，简直帅呆了！”

“嗯，他和夏丹才是绝配。”

“你们说，夏丹怎么会自杀呢？”

“演员压力大，还经常遇到潜规则什么的。韩国不是就有个女明星自杀了？”

“夏丹是不会被潜规则的，她从来就没有过什么绯闻。”

“难说，演艺圈的事情谁说得清楚？”

…………

林渐新坐在距离这群人不远的地方，静静地听着。很显然，这群人并不是夏丹的铁杆粉丝，真正的铁杆粉丝是不允许他人说自己的崇拜对象任何坏话的。在追星者的眼里，所崇拜的对象真正代表的是他们内心深处最美好的东西，绝不能容忍他人亵渎。有人讲，追星其实就是宗教崇拜的极简模式。林渐新深以为然。

湖心很是开阔，冬日风大，但是这群人仿佛根本就感受不到一丝一毫的寒意，兴奋得脸上红扑扑的，一个个在那里叽叽喳喳、高谈阔论，完全无视他人的存在。

半个多小时后，轮渡抵达了湖心岛，那群人开始四处去询问剧组在什么地方拍戏。林渐新看过地图，知道这个湖心岛其实并不大，他离开了这群人，直直地朝着码头正对着的方向而去。夏丹所住的地方临湖，想必她不会喜欢码头的喧嚣。

湖心岛上面居然也到处是低矮的丘陵，林渐新所处的地方四周都是菜地，即使现在是冬季，一眼看去也并不显得荒芜。菜地之间有小路，冬季少雨，行走起来也并不困难。一座小岛，几栋房屋，陆上有菜地，湖里有湖鲜，这简直就是人间天堂啊。林渐新停住了脚步，他已经看到了那一栋位于湖畔的建筑，心里不禁就想：夏丹她是否也曾经像我这样停留于此，暗暗欣赏着这里的一切呢？

林渐新走近小楼后发现这里清静异常，尝试着大声问了一句："里面有人吗？"

"来了。"一个农妇走了出来，"你找谁？"

"剧组的人是不是住在这个地方？"

"是啊。他们一大早就出去拍戏了，在湖上。"

"夏丹以前是住在这地方吗？"

"你说的是那个自杀的女演员？不是……"她朝着左侧的方向指了指，"那边，这里看不到，不过很近。你是什么人？"

"我是她朋友。夏丹的死，你听说过其他的说法吗？"

农妇指了指房子里面："剧组有个人留在这里，你去问问他。"

林渐新请求道："我不知道他住在哪个房间，麻烦你带我上去可以吗？"

农妇看了他一眼，道："你看上去不像坏人……你跟我来吧。"

林渐新哭笑不得。不过就这一点而言他倒是有充分的自信。在第一时间让人有好感乃至通过短暂的交谈获得他人的信任，这本身就是作为一个心理医生最起码的职业要求。其实要做到这一点说起来并不难，只需要心里随时装着"真诚"二字即可，发自内心的真诚当然能够感染到他人。然而，要真正做到这一点却并不容易，因为浮华与自私会让我们的内心包裹上一层厚厚的壳。

"就这间屋子。这个人很奇怪，不大爱出门。"上到楼上，农妇指了指一个房间的门对林渐新说。

林渐新朝她点了点头，过去轻轻敲了两下门，很快就从里面传来了一个声音："谁呀？"

林渐新道："我只是路过这里，听说你在，想和你聊聊。"

他的这个回答很特别，不过却很容易让人产生好奇。房门很快就打开了，出现的是一张年轻的疲惫的脸，他看向林渐新的时候一脸疑惑："我们认识吗？"

林渐新朝着他微笑，摇头："我说了，我只是路过，不过现在我大致知道了你的身份。你是这个剧组的编剧，是吧？"

那张脸上的表情瞬间变成了惊讶："你是怎么知道的？"

林渐新并没有马上就回答他的这个问题："外面的空气不错，别老是把自己关在屋子里面。灵感来源于生活的沉淀，但是好的空气和风景有时候却是很好的催化剂。"他朝眼前这个人伸出手去，"你好，我叫林渐新，是夏丹的朋友。"

"夏丹？朋友？"那张脸很快就警惕起来，"你究竟找我什么事情？"

林渐新朝他微微一笑："我看过有关这部电影创作人员的介绍，看来我刚才的猜测没错，你就是这部剧的编剧童仝吧？"

童仝问道："你是为了夏丹的事情而来？"

林渐新点头："是的。"

童仝疑惑地看着他："她是自杀，警方都已经结案了。"

林渐新问道："你相信她是自杀吗？"

童仝摇头道："别问我这样的问题，警方已经有了结论，我们都相信事实。"

林渐新淡淡一笑，说道："我是一名心理医生，多年前和夏丹是邻居，其实我和她也有好几年没有联系过了。夏丹已经不在了，我只是想了解更多有关她生前的一些情况。外面的空气不错，我们出去走走好吗？谢谢你。"

童仝犹豫了一下："好吧。"

其实林渐新一直在强迫自己去跟陌生人接触，他不断在心里说服自己：这也是对自己专业能力的一种考验。是的，唯有真诚才可以打动他人，所以，我会坚持下去的。

湖边有一条水泥路，两个人朝着刚才农妇所指的方向漫步。从楼上下来的时候，林渐新故意走在了后边，所以，这个方向是童仝选择的。结合前面的对话，林渐新意识到：眼前这位编剧对夏丹的自杀很可能是心存怀疑的。

林渐新快步上前靠近他，说道："童老师，你们做编剧的很了不起……"

刚才童仝似乎一直在思考着什么问题，林渐新的话还没有说完就被他用手势打断了："看上去你比我大不了多少，千万别叫我老师，我就是一个小编剧。实话对你讲吧，开始的时候我也不相信夏丹的死是自杀。这部电影是改编自我的小说，当时投资方购买我小说版权的时候就问我：'你认为谁最适合饰演女一号？'我毫不犹豫地就说出了夏丹的名字。我和她真正意义上的见面就是在这个岛上，她给我的第一印象跟我后来对她的了解完全一样，她是一个阳光、清纯的女孩子，对人特别客气，她一直都非常恭敬地称呼我'童老师'，对剧组里面的其他人也是如此。这样的一个女孩子，她怎么可能自杀呢？"

他说得有些缓慢，语气中带着伤感。林渐新静静地听着，问道："你吃过她做的酸汤鱼吗？"

他点头："当然吃过，那简直就是人间美味。她喜欢自己做吃的。据说她肠胃不好，我也从来没有见到过她吃剧组的盒饭。唉！谁知道……"

林渐新注意到这位编剧的眼眶里面已经饱含着泪水，轻声问道："其实你也很喜欢她，是吗？"

童仝急忙用衣袖揩拭了一下眼泪，轻叹了一声，说道："她是女神，我和她之间的差距太大了……我很感激她，是她让我实现了自己最大的梦想。"

林渐新不明白他这句话的意思："哦？为什么这样讲？"

童仝不好意思地笑了笑，说道："其实，我走上写作这条路完全是因为她。她成名的那部电影对我影响很大。一直以来我都有一个文学梦，却没有任何写作经验。自从看了她演的那部电影之后，我心里就决定写一部小说，我要把自己心中全部的美好都写进这本书里面去。后来我终于写出来了，而且还有人要把我的这部小说拍成电影，更让我想不到的是，他们真的让她来主演这部片子。可惜的是……"

林渐新这才明白，童仝答应见自己并走出那个地方并不仅仅是因为他的真诚，不过这已经不再重要。他想了想，问道："其实你并不是真的在怀疑她的死因，只不过是从情感上不愿意相信那样的结果罢了，是吧？”

童仝怔了一下，点头道：“可以这样说吧。当时我是去看了现场的，警方的结论我没有任何怀疑的理由。”

他只是夏丹那些倾慕者中的其中一个，刚才他所流露出来的情感虽然是真实的，却对寻找夏丹的死因并没有多少意义，情感往往会蒙蔽一个人的眼睛。林渐新摇头道：“不，我认为她的死是有疑点的，否则的话我就不会来这里了。”

童仝停住了脚步，眼睛瞪得大大的：“什么疑点？”

听了林渐新的分析之后，童仝就开始喃喃自语起来：“我怎么就没有像你那样去思考呢？是啊，这些问题又如何解释呢？”

林渐新道：“也许警方的结论并没有错，但是，既然夏丹的死存在着疑点，我就必须将这些问题搞清楚。童……童先生，我希望你能够给我提供一些必要的帮助，可以吗？”

童仝问道：“我能够帮助你些什么？”

林渐新问道：“夏丹出事前剧组的人都还在这里吧？”

童仝点头：“夏丹的镜头只拍了三分之一不到，找一个新的演员来重新拍就是了。现在的这个女一号可比夏丹差多了，漂亮倒是漂亮，不过她的演技和台词功夫……现在导演要求我重新写台词，就是为了符合现在这个女一号的风格。唉，烦死我了！”

林渐新不大理解：“既然不能忠于原著，你完全可以拒绝重新写台词啊。”

童仝苦笑：“合同在那里摆着呢，当初我哪里知道会出这样的事情？对了，你刚才问我什么？哦，想起来了。原来剧组的人都还在这里，除了夏丹的那个女助理。”

这个人应该很关键，她可是夏丹身边的人。不过现在她离开了这里也很正常，毕竟她服务的对象已经不在。林渐新沉默了片刻，说道：“我想在这岛上住几天，麻烦你带着我熟悉一下剧组的人，这应该没什么问题吧？”

童仝道：“这倒是好办。这就是你刚才说的让我帮你的事情？”

林渐新点头道："是的。如果没有你的引荐，想必很多人不愿意回答我的问题，麻烦你了！"

童仝朝他摆手："我只是编剧，在剧组里面，编剧不像你以为的那么有地位。"

林渐新道："你只需要介绍我和他们认识就行，其余的事情我自己去处理。"说到这里，他指了指前面的那个小山包，"夏丹生前就住在那后面？"

童仝回答道："是的。你要不要去那地方看看？"

林渐新快步向前："当然。"

"就这里。"转过小山包后，童仝指了指前面。林渐新已经看到了那两栋小楼，和童仝所住的地方一样的风格，不过这地方位于湖畔的洼地，想必从湖面上吹过来的风不是那么凛冽，而且也更清静。林渐新问道："当时这地方除了夏丹和她的助理之外还住了些什么人？"

童仝回答道："制片人和导演、摄像师、化妆师都住在这里。对了，夏丹出事前还有一位编剧来过，就是让夏丹成名的那部电影的编剧。不过他当时是和我住在一个地方，我们还在一起探讨了这部剧剧本方面的问题。"

"他什么时候离开的？"

"夏丹出事前的当天下午。我感觉得到，他非常喜欢夏丹，也许他到这里来的真实目的就是专门探她班。我问过他，他的回答却模棱两可，而且他在和我探讨剧本的时候也时常走神。"

"他和夏丹有过单独的接触吗？"

"不知道，反正我没看到过，不过他看夏丹时候的眼神……痴迷，不，这个词好像并不十分准确，就是一直怔怔地看着她，还带有痛苦的表情，就像一个失恋的男人面对他曾经的女朋友时那种状态。"

"据我所知，在夏丹的恋爱史中好像并没有关于这个人的报道。"

"也许是单相思吧。"他自失地一笑，"其实我有些同情他，虽然我也很喜欢夏丹，但是还没有达到像他那样的程度，至少我还比较理智。夏丹是很多人心中的女神，只可仰望不可拥有。"

他的这句话让林渐新的内心颤动了一下：如此痴情深刻的话也许只有这

位编剧才能够讲得出来。两个人距离那两栋小楼越来越近了，林渐新问道：“制片人和导演还住在这里吗？”

童仝回答道：“影视圈的人是很迷信的，他们都搬到港口那边去住了，现在住在这里的都是一些后勤人员。夏丹的房间一直都空着，没人愿意去住。”

说话之间，两个人就到了两栋小楼的外边，林渐新看到旁边不远处停着几辆大卡车，童仝道：“这几辆车上装的都是道具，当时用渡船把它们运过来可是费了不小的劲儿。”

林渐新感叹道：“想不到拍一部电影需要这么多的东西，真不容易。”目光所及处有几个人在那里打牌，问道，“他们都是剧组的后勤人员？”

童仝点头，问道：“需要去问问他们吗？”

林渐新摇头：“算了，我们直接去夏丹住过的那个房间吧。”

童仝去找来了农家乐的老板。老板是一个五十多岁的黑瘦男人，他一见到林渐新就开始唉声叹气：“当时听说那个女明星要住在这里我还很高兴，今后就可以对外宣传了，想不到她竟然死在了这里，今后谁还敢来？”

林渐新听了这话心里有些不高兴，而这时童仝已经发作了：“你这人也真是的，剧组又没少你一分钱。话又说回来了，夏丹那么大的名气，她来这里住过就已经是你最大的福气了。你这话说得也忒难听了。”

老板带着两人朝后面那栋小楼走去，同时急忙道：“我也就是这样一说，二位千万别介意啊。”

林渐新在心里叹息：说到底还是这个老板的小农意识太严重。这一路走来发现岛上的游客并不多，想必城里的人也就是偶尔来这里度度周末。一旦这个剧组拍摄的电影火了，这个地方也会因此被炒热，即使夏丹已经离开了这个世界，但是她的影响力绝不会因此而消失啊。太过斤斤计较、不懂得感恩的人是不会有大格局的，说不定今后这个地方的大好前景就会坏在这样的人手上。

小楼就楼上楼下两层，夏丹曾经住的房间在二楼的最里面，是这栋小楼唯一的套房。而她的楼下是餐厅。夏丹可是一线年轻女明星，安排她住在这里当然是最合适的了。林渐新来到房间里面，眼前是常见的一室一厅的格局，带有独立的卫生间，不过装修风格实在是太过土气，而且工艺极其粗糙。里面的煤气罐和锅灶都已经不在。童仝站在那里叹息不已。林渐新转身去看房门，门框处已经经过修复却依然存在破损的痕迹，但是并没有看到插销，他问道：“以前好像有插销，当时夏丹是从里面反锁了门并插上插销的，是吧？”

老板回答道：“我们其他的房间都没有插销，那个女明星住进来后的第二天就要求我们必须安装上这东西，窗户那里的也是。”

林渐新的眼眸闪亮了一下，问道：“就她一个人提出了这样的要求吗？”

老板点头道：“是的。当时是她的那个助理来对我讲的。我们这里没有那东西，还是我打电话让人专门从岛那边送过来的。那个女明星对人很客气，我安装好后她还特地给了我一百块钱。”

林渐新忽然想起了什么，快速走到窗户处。窗户是打开着的，这栋小楼紧靠着一座小山包，小山包距离窗户不到两米。林渐新心里一动，用手去活动窗户的插销，有些松弛。他将头伸出窗外，果然发现窗栏上有一个细小的孔，急忙转身问老板：“有绳子吗？三米长就可以了，别太粗。还要一个榔头和一枚钉子。”

需要的东西都拿来了，林渐新将钉子固定在窗栏的那个小孔里面，用手试了试，感觉很满意。将麻绳拴在那颗钉子上面，另一头系上榔头朝对面的小山包扔了过去，随后又将窗户推近窗框，只留下一条缝，这才吩咐童仝道：“你去对面小山上，用猛力拉绳子。”

童仝似乎明白了什么，快速下楼去了。不多一会儿他就出现在了对面，捡起绳子猛力一拉，窗户发出一声脆响，插销在震动下“啪”的一声滑落，恰恰落入下面的扣内。这时候林渐新才忽然想起了什么，急忙打开窗户朝童仝叫了一声：“别动，等我过来。”

童仝拿着手上的麻绳出神，刚才那用力一拉，钉子竟然随之从窗栏上脱落，此时此刻，他才彻底明白了林渐新的意图。林渐新很快就到了他身旁，四处查看，同时问道：“你来的时候发现这地方有鞋印或者其他痕迹没有？”

童仝尴尬地道：“我没注意……”

林渐新指了指他前面不远处："你看，那不是？很显然，有人用木板搭了过去，进出窗户非常方便。还有，这里，这里，都有鞋印。"

这时候童仝也看到了，顿时激动起来："你的意思是说，夏丹的死很可能是他杀？"

林渐新看了一眼他的鞋，马上用一颗石子在几个鞋印处做了标记，说道："这是你的鞋印，这是我的。我们去旁边待一会儿，现在就可以给警察打电话了。注意，别把那几个鞋印踩乱了。"

两个人小心翼翼从那里走了出来，林渐新马上给邓长治拨去了电话："我发现了一些情况，你们最好马上来一趟……"

林渐新不敢离开这个地方，他担心现场被人破坏。两个人就在小山包下面的田埂处坐下，童仝给了他一支烟，他居然接了过来，点上后吸了一口就开始剧烈地咳嗽起来。童仝看着他："原来你并不会吸烟？"

终于止住了咳嗽，林渐新将手上的香烟扔掉，苦笑着说道："有些东西是尝试不得的，我早就应该知道。"

童仝并不想和他谈论香烟的事情，问道："林医生，你说警察能够通过这个线索破案吗？"

林渐新沉默不语，过了一会儿才说道："不好说。夏丹是在住进来的第二天才让人安装上了插销，说不定她刚住进来的那天晚上就出了什么事情。不过从刚才的试验结果来看，至少到目前为止，并不能排除他杀的可能。等吧，等警方的人来了后再说。"

童仝看着他："你真的是心理医生？你居然一见面就知道我是编剧，现在又找到了新的线索，我看你比那些警察厉害多了。"

林渐新摇头道："千万别这样说。我是心理医生，只是观察细节的能力比一般人强一些罢了。我听那个农妇说剧组的人都去湖上拍戏去了，就你一个人在房间，后来又注意到你左手的中指和食指都被香烟熏成了黄色，于是就猜测你经常使用电脑，因为你的右手需要使用鼠标，写作的时候左手拿烟才会出现这样的状况。至于刚才发现的线索……插销这东西比较特别，一般人是不会特地让人安装那东西的，毕竟房门的锁是可以反锁的，除非是这个人极度缺乏安全感。嗯，夏丹经常请人来吃饭想必也是因为如此。我也是在发现窗户的插销有些松动之后才忽然意识到，夏丹自杀的现场很可能是人为的。”

童仝禁不住点头，不过很快又想到了什么：“不对，既然夏丹让人安装了插销，她怎么可能忘记关窗户呢？”

林渐新提醒他道：“听夏丹的助理讲，那天夏丹感冒了，而且还在半夜起来做了鱼汤。一个人在生病的情况下忘记一些事情是很正常的。”

童仝不住摇头：“夏丹那么好的一个女孩子，想要害她的人究竟是谁呢？”

林渐新不语。是啊，如果她真的是死于他杀，那么究竟是谁对她有着如此深仇大恨呢？

当地警方这一次出警非常迅速，而且一下子来了五辆警车。除了孙挺坚和邓长治之外，刑警大队的副队长曹能也来了。听完了林渐新简单的情况介绍之后，曹能即刻命令封锁现场，曹能和孙挺坚到夏丹曾经住过的房间重复林渐新先前的试验，邓长治和另外一个警察开始去采集那些鞋印，还有几个警察在周围四处查看。

邓长治完成了现场勘查取样后过来拍了拍林渐新的肩膀，道：“我就说嘛，你很不一般。”

林渐新微微一笑，并没有多说什么。他感觉得到，也许接下来的调查并不是那么简单，毕竟整个剧组有近百号人，而且随时还有一些前来参观、探班以及看热闹的人，情况相当复杂。

没多久，警察就在距离这家农家乐大约五百米的一处菜地里面找到了一块木板，经过比对，发现这块木板与小山包处的印迹完全吻合。曹能的脸色非常难看，嘴唇紧闭着，不知道在想些什么。邓长治低声对林渐新道：“当时就是曹大队亲自出的现场，就连他也遗漏了这个地方。”

林渐新顿时明白了，也低声说道：“我觉得这很好理解……”话音刚落，曹能就已经到了他们面前，声音不怒而威：“你们两个在说些什么？”

邓长治指了指林渐新，道：“他说，曹大队，你们上次的遗漏是完全可以理解的。”

林渐新没想到这家伙就这样把他给“出卖”了，有些哭笑不得，只好接过他的话说道：“是的，我觉得可以理解。一方面是固有思维在作怪，现场那样的情况以及夏丹助理的话很容易让人联想到自杀的可能，于是你们的思维就被固定在了自杀这个死亡性质上面，然后你们也就开始沿着自杀这个性质去寻找相关证据，而且都完全符合；另一方面，夏丹是名人，在你们的潜意识中并不希望这起案件太过复杂，只希望能够尽快结案，然后给上级和媒体一个交代。就这两点而言，其实都是你们的潜意识在作怪……”

曹能看着他：“潜意识？”

林渐新发现这个警察的眼神犀利得令人感到害怕，不过他依然能够保持着最起码的淡定，点头道：“是的，正是潜意识。我的意思并不是说你们警察做事草率、不负责任，而是你们的本能产生了那样的反应。警察也是人，也有妻儿老小，也希望自己的事业能够一帆风顺。如今的社会竞争压力巨大，各种案件频发，警方的责任和压力也就可想而知，在遇到重大案件的时候首先想到的是尽快结案，不愿意节外生枝。这其实就是警察自我保护的本能。”

曹能的脸上挤出了一丝笑容，叹息了一声后说道：“谢谢你对我们这个职业的理解，不过我并不赞同你刚才的那些说法。我们的工作一贯是非常严谨的，这一次的疏忽只是偶然，是例外，而且就目前的情况而言，最多也就是不能完全排除夏丹死于他杀的可能，并不说明我们以前的判断就是错误的。”

林渐新点头道：“我同意你的这个说法。”

曹能诧异地看着他：“是吗？”

林渐新道：“是的。还有一种可能，那就是现在所发现的线索在夏丹死亡之前就已经出现了，也许是夏丹因为心里害怕所以才没有对外人讲，也可能是她根本就不知道。如果是前者，那么这个嫌疑人的来头肯定不小。”

曹能问道：“如果是后者呢？”

林渐新沉吟着回答道：“比如夏丹服用了安眠药，晚上睡得太沉。如果真的是这样的话，她的那位助手或许知道一些情况。可惜的是她的助手如今已经不在这里了，不能当面询问她有关具体情况。”

曹能道：“可以打电话询问她。”

林渐新急忙道：“最好不要采用这样的方式，万一她撒谎呢？”

曹能看着他，不过这一次的目光变得柔和了许多：“你的意思是说，如果你当面询问她的话，就可以判断出她究竟有没有撒谎？”

林渐新点头道：“我研究过行为心理学，一般的人撒谎是很难躲过我的眼睛的。”

曹能顿时来了兴致，大声叫过来一个年轻警察，吩咐道：“你对这位林医生说几句话，其中有真话也有假话，看看林医生能不能区分出来。”

年轻警察很为难的样子：“曹大队，这一时之间我……”

曹能正要发作，林渐新急忙道：“这样吧，我来问你，你的回答可以是真话，也可以是假话。”

年轻警察顿时松了一口气：“那行，你问吧。”

林渐新看着他，开始询问：“你今年二十六岁？”

“不，我才二十五。”

“有女朋友了？”

“没有。”

“你家里比较富裕，是吧？”

“不，我父母都是普通职员。”

“那你在外面有兼职？”

“没有没有！”

“你做事很认真，很细心，是吧？”

“还算吧。”

“你父亲或者母亲是少数民族？”

“不是，他们都是汉族。”

林渐新不再问了，朝着曹能点了点头。曹能更是兴趣盎然，道：“说说你的结论。”

林渐新道：“他前面的回答都是真话，不过他父母当中一定有一个是少数民族，或者都是，而且他还有个姐姐。”

年轻警察惊讶地看着他。曹能更是瞪大了眼睛：“你是怎么知道的？”

林渐新解释道：“他袖口露出的这件毛衣很不一般，是纯羊绒的，颜色款式都很新潮，价值数千，以他的收入及男性的消费习惯肯定不会自己去买，所以才问了他有没有女朋友。他前面的回答快速而冷静，一直到我问他父母是不是少数民族的时候他才停顿了一下，而且还摸了一下鼻子。一个人在撒谎的情况下鼻子会充血、出现轻痒。他们这一代人大多是独生子女，但少数民族可以多生一到两个孩子，联想到他身上毛衣的事情，所以我推断他应该有一个姐姐。俗话说长姐如母，当姐姐的关心宠爱弟弟，给弟弟买一件漂亮昂贵的毛衣，希望他能够尽快找到女朋友，这也就合情合理了。”

年轻警察惊讶又崇拜地看着林渐新：“你说得太对了！”

在来这里的路上，邓长治已经对曹能讲了林渐新超凡的能力，本来他还似信非信，而此时，亲眼看见之后也就完全相信了邓长治的话，心里因此有了一个想法，他真诚地对林渐新道：“林医生，我想请你协助我们调查这个案子，希望你不要拒绝。”

林渐新心里暗暗高兴，道：“我当然不会拒绝，有你们的人在，我接下来的调查可就方便多了。”

曹能听出了他的弦外之音，皱了皱眉，道：“好吧，我们先把眼前的事情搞清楚，如果还需要继续调查的话，我派两个人协助你。”

第四章

疑犯初现

林渐新并不认为自己的能力比警察强，而是觉得他们的思维有问题，否则的话就不应该出现那么多的疏漏，不过警方接下来的雷厉风行却让他叹服不已。

在完成了对现场的再次勘查之后，曹能即刻给正在湖心拍戏的导演打去了电话，要求他带着所有演职人员马上返回。曹能的话说得很客气，但是强硬的态度也同样表明得十分清楚。

不到一个小时，导演就带着人回来了。曹能说了一番客套话，随后就以“案情有了新的发现”为由要求全剧组的人接受调查。警方的人拿着剧组成员的名单一一核对，发现只有两个后勤人员不在岛上，剧务解释说这两个人到市里采购物品去了。曹能点头道：“没关系，请你通知他们尽快返回就是。”

警方在现场勘查到的鞋印有两个人的，一个是四十一码，另一个是三十九码，三十九码的鞋印更多、更杂乱。警方对剧组所有人的脚码进行了测量，发现四十码的在男性中占了一大半，三十九码的倒是比较少，即使是剧组的女性也很少有这个尺码的。

在测量脚码的过程中发生了一件事。接替夏丹的那个女演员对警方提出了抗议，她的理由很简单：“当时我又不在这个地方，为什么也要测量我的？”

负责测量脚码的警察无话可说，曹能过去问了她一句：“那么，你有当时没有来过这里的证据吗？比如当时你正在其他地方拍摄另外一部片子。”

女明星一下子就怔住了：“我……我那段时间正好是空档期，陪家人出去玩了。”

曹能淡淡地道：“你家人的证词是无效的。测量吧。”

女明星的脚码是三十六，当然直接就被排除了，不过警方的严谨还是让林渐新钦佩、感动。从逻辑上讲，这位女明星与夏丹之间也并不是毫无关系，毕竟她接替这个角色本身也是一种受益关系。

接下来警方开始对符合脚码的所有人进行鞋印比对，结果从中发现有五个人的皮鞋与现场的鞋印基本相符，而且他们都是四十一码的脚码。怀疑的对象就这样迅速被圈定在了最小的范围，接下来警方开始对这五个人进行讯问。整个过程林渐新都参与了。

然而，警方讯问的结果却让案情陷入了困境，因为这五个人都信誓旦旦地表明自己没有干过那样的事情。这时候林渐新指了指其中一个人，对曹能道：“我想单独问这个人几个问题。”

这个人名叫裘斬，是剧组投资方的代表，三十来岁年纪，头发乌黑，身上穿着一件暗红色的冲锋衣。林渐新在询问之前主动朝他伸出手：“你好，我叫林渐新。”

裘斬愣了一下，不得不伸出手去，不高兴地道：“你在怀疑我？”

林渐新摇头道：“你别紧张，我不是警察，我是夏丹的朋友，只是随便问你几个问题。”

裘斬的神态一下子变得傲慢起来：“我可以不回答吗？我有保持沉默的权利。”

林渐新笑道：“你当然可以不回答，不过我的问题很简单，也许你正好因此可以洗脱嫌疑。好了，我们开始吧。第一个问题：你喜欢夏丹吗？”

裘斬耸了耸肩，道：“她那么漂亮，喜欢她的人多了，我还没有结婚，喜欢她不可以吗？”

林渐新看着他：“是喜欢还是爱？”

“这两者有区别吗？中国人大多比较含蓄，表达的方式不一样罢了。”

“有道理。第二个问题：你们剧组住进这个岛上的第一个晚上，你是否去找过夏丹？”

“没有。那天刚刚到这个地方，大家都在收拾东西，我去找她干吗？”

“我说的晚上是指深夜。深夜的时候你去找过夏丹没有？”

“我……我明白你的意思。没有去过。”

“你通过窗户进入过夏丹的房间吗？”

“你这话是什么意思？我是那种偷鸡摸狗的人吗？你这是对我人格的侮辱！虽然我的律师不在这里，但是我可以马上与他取得联系。”

“其实你并不是真的喜欢她，只是想得到她的肉体，是不是这样？”

裘靳勃然大怒，手指颤抖着指着林渐新：“你……你太过分了！”

林渐新微微一笑，转身对曹能说道：“其中的一个人就是他。”

曹能感到莫名其妙，不过脸上却异常平静，对旁边的警察说道：“先把他带下去，严加看管。”

两名虎背熊腰的警察朝裘靳走了过去，裘靳奋力挣扎，大吵大闹：“你们这是干什么？凭什么抓我？！”

林渐新用手势制止了两个警察，微笑着对裘靳说道：“那好吧，我就把你撒谎的证据当面告诉你。前面警察在讯问你的时候我就发现你表现出了各种不安，而且也存在着一些撒谎的迹象。我在和你握手之前只是介绍了自己的名字，而没有事先表明我不是警察的身份，但是我发现你的手十分冰凉。你的身上穿着冲锋衣，而且从风大的湖面回来已久，身上应该比较暖和了。从行为心理学上讲，当一个人心里感到害怕的时候潜意识就会产生逃跑的意望，于是全身的血液就会在那一瞬间流向双腿，双手也就因为供血不足而变得冰凉起来。当然，这并不能完全说明问题，毕竟现在是冬季。”

裘靳本来想争辩，但是理由却被林渐新提前说出来了，只好闭口不言。林渐新继续道：“接下来我才表明了自己并不是警察，于是你就放松了警惕，而且你的手一下子就变得暖和了许多。不过你的回答依然十分谨慎，毕竟我的身旁站着这么多的警察，所以你不得不开始回答我的问题。我的第一个问题你回答得小心翼翼，不过却给人以转移话题的感觉。当我问到第二个问题的时候你忽然用手扯了一下衣领，那是因为你的撒谎造成了颈部轻微的发痒，而且这次你转移话题的意图就更加明显了。接下来我又问你深夜的时候去找过夏丹没有，你当时结巴了一下，然后回答道，没有去过。‘没有去过’，这句话没有主语。从行为心理学上讲，一个人在回答问题的时候忽然结巴，很可能就是撒谎的前奏，转移话题也是潜意识对谎言的掩饰，而在你的回答中漏掉了‘我’这个主语，更是潜意识意图将自己剔除在谎言之外，以此寻求心理安慰的典型表现。”

裘斬目瞪口呆，过了一会儿才怒声道：“你这是胡说八道，欲加之罪！”

林渐新不再去理会他，转身对曹能和孙挺坚说道：“这只是我的判断，接下来就是你们的事情了。”

曹能和孙挺坚已经见识过他的神奇，此时哪里还有丝毫的怀疑？曹能吩咐孙挺坚道：“这个人就交给你们了，希望你们能够尽快审出结果来。”

孙挺坚将裘斬带下去了，这一次裘斬没有反抗，不过依然在大声抗议着。曹能皱眉问林渐新道：“三十九码鞋的嫌疑人不在那几个人当中？”

林渐新微微摇头：“刚才我一直在注意观察，那几个人好像都没有撒谎。不是还有两个人没回来吗？”说到这里，他看着邓长治：“四十一码和三十九码的两个鞋印，哪一个时间在前？”

邓长治回答道：“根据现场的情况初步分析，四十一码的鞋印应该在前面数天。不过，以我们现有的技术条件还无法判断出两个鞋印形成的具体时间。”

林渐新喃喃自语道：“也许情况比我们想象的要复杂得多啊……”

这时候童仝匆匆跑来，当他看到有警察在林渐新身旁的时候就立即站住了。林渐新急忙朝他走了过去，问道：“出了什么事情？”

童仝低声道：“李唐来了。”

林渐新怔了一下，问道：“李唐？夏丹的那个男朋友？”

童仝点头："就是他。"

林渐新忽然笑了，道："我这就去见见他。"

林渐新还是给曹能说了李唐到来的事情，不过他并不希望警方出面。"如果夏丹真的是他杀，那么李唐和她的死应该没有多大的关系。我只是想去和这个人谈谈。"林渐新如此说道。

曹能感觉得到眼前这个家伙刚才的话有所保留，不过他说得也很有道理，警方没有必要在这样一个与目前案情没有多大关系的人身上花费太多的时间，点头道："好吧，有什么情况我们及时沟通。"

李唐独自一个人站在田埂上，痴痴地看着夏丹曾经住过的那个房间，潸然泪下，浑然不知林渐新已经到了他的身旁。

"警方只是暂时隔离了这个地方，很快就会撤去隔离带的。"林渐新看着这个英俊高大的男人，温言说道，见到李唐正惊讶地朝他看来，急忙自我介绍道，"你好，我叫林渐新……"

"林渐新？你就是林渐新？"李唐的神情似乎有些激动。

这下反倒让林渐新感到诧异了："你知道我？"

李唐点头道："我听夏丹经常提起你，她说你一直是她心中的大哥哥，她还告诉我说你今后一定会成为一位优秀的心理师。"

林渐新一下子怔住了，他万万没有想到自己在夏丹的心里竟然有那样的地位和评价。李唐也发现了他神态的变化，轻叹了一声，说道："一直以来我都感觉得到，其实夏丹她真正喜欢的人是你。"

"我？"林渐新差点儿失神，苦笑着说道，"怎么可能？我们都好多年没有过任何联系了。"

李唐仿佛没有听见他刚才的回答，自顾自继续说道："每一次她在我面前说到你的时候，她的目光就会变得特别温柔，她的整个人，不，是她的灵魂就好像都沉浸在了过去。她开始在那里自言自语，根本就无视我的存在。"说到这里，他苦笑了一下，看着林渐新道，"说实话，虽然我不曾见过你，但是一直在吃你的醋。"

李唐刚才的那些话虽然让林渐新在一时之间感到震惊，却依然能够很快恢复理智。他是一位心理师，最擅长的就是控制自己的情绪。当李唐说到这里的时候，他忽然有些明白了，冷冷问道："于是你就给自己出轨找到了一个合理的理由，即使你明明知道这会伤害到她也毫不在乎？"

李唐的眼泪一下子就滚落下来，声音带着哽咽："不，我只是想要让她真正注意我、在乎我罢了。其实，我和那个女孩子什么事情都没有发生过。"

林渐新"嘿嘿"冷笑："你可是大明星，是公众人物，虽然我相信你说的话是真的，但是你想过没有，你所做的那一切对夏丹的伤害有多大。而且对那个女孩子难道就公平了？"

李唐的脸上一片黯然："你说得对，可惜的是我现在后悔却已经来不及了。我是真的爱她的呀，虽然我是明星，但我也是一个人，我和其他人一样渴望爱情，渴望真正的爱情。当时我那样做真的就是为了引起她对我的注意啊，希望她能够因此更在乎我一些……"

他的话和情感表达都是真实的。林渐新在心里叹息着，说道："失去了，才会真正珍惜。这句话人人都知道，可惜的是很多人却偏偏要一次次犯下这样的错误。很显然你做错了，我和她真的有很多年没有联系过了，甚至连一个电话都没有通过。即使是在以前，我们俩的接触也很少，也许在她的记忆中我就是她的邻家大哥哥，仅此而已。"此时此刻，林渐新内心郁郁，不禁感到一阵心烦意躁，摆手道，"我们不说这个了。李唐，你对夏丹的死怎么看？"

李唐正沉浸在悲痛与伤感之中，是林渐新刚才的话将他拉回到了现实，摇头道："我不相信她会自杀。她一直都很坚强，根本就没有自杀的理由。可是如今事实俱在，警方得出的结论又是如此明确，我……我……"

这说明你爱她还不够深，既然你早已怀疑，为什么不去寻求真相？林渐新在心里如此想着，却并没有说出口，又问道："据你所知，夏丹曾经和什么人结下过仇怨？"

"不知道，似乎也不大可能。她对人很客气，即使是成名之后也一点儿不骄傲。有些明星出行总是带着一大队保镖，然而她基本上都是独来独往，只有助理随行。"他回答道，"林医生，刚才我来这里的时候听说案子已经有了新的进展，难道她真的不是死于自杀，而是另有原因？”

林渐新的回答模棱两可：“只是有了一些新的发现而已，具体的情况现在还不好说。对了，李唐，在你之前，夏丹都和哪几个人有过感情纠葛？”

李唐苦笑着说道：“其实你应该是知道的，我们演艺圈的人根本就没有什么隐私权。在我和她恋爱之前，她曾经有过两个男朋友，都是我们这个圈子的人。”

林渐新又问道：“那你知道夏丹和他们分手的具体原因吗？”

李唐点头：“其实我和她前面的两个男朋友都比较熟悉，大家的关系也还不错，我曾经问过他们这个问题，他们俩都告诉我，夏丹这个女孩子太纯洁了，纯洁得让人感到自卑。”

如果真的是这样的话，那么夏丹在这个圈子里就是一个异类。通过网络，林渐新对当今的演艺圈还是有所耳闻的。难道夏丹的成功仅仅是运气？虽然他并不想去亵渎夏丹的纯真，却又不能不这样去思考和分析这个问题。林渐新又问道：“也就是说，他们都是主动离开她的？”

“具体的情况我不知道，也不可能去问。”

“关于夏丹，你和他们的看法一样？”

“是的。前面说到你，那仅仅是一个方面。其实我和她接触的时间越久，就越觉得自己和她根本就不在一个频道上面。”

“频道？”

“她是那么纯真，而我却是如此庸俗；她是那么清新自然，而我在很多时候却显得太过做作。比如她去做慈善，她和艾滋病病人在一起的时候都是发自内心地去和他们握手、拥抱，甚至在离开了那个地方后还久久不能释怀。我做不到，即使是被要求去参加那样的活动也只是摆拍，我从内心抗拒着那样的活动，我觉得他们肮脏、可怕。她为家乡一家濒临倒闭的企业代言分文不取，如果是我的话根本就不可能。”

“为什么？难道你就那么在乎金钱？据我所知，你的收入应该非常不错的啊。”

“不是钱的问题，是自身价值。一线演员有一线演员的价值，如果仅仅是慈善的话，这没问题。商业就是商业，如果我们都像夏丹那样做的话就很容易造成自身的贬值，那样做对我们个人的发展是非常不利的。可是夏丹却偏偏要那样去做，且没有因此让她的事业受到任何影响。在我们这个圈子里，很少有人能够做到像她那样。所以，她是一个非常独特的人。我们都做不到，也不敢像她那样去做。”

你的可爱、你的清纯就是你最独特的魅力。这一刻，林渐新忽然想起自己曾经对她说过的那句话，顿时百感交集，禁不住悲楚起来。李唐见他陷入了沉默之中，问道：“林医生，听说你是专程来调查夏丹死因的？”

林渐新看着他：“童仝告诉你的？”

他摇头：“我只是猜测。”又轻叹了一声，“现在我终于明白了，夏丹说得没错，你才是真正对她好的人。她走了，最终也就只有你来为她寻求真相。”

林渐新不语，他忽然感到难受之至，心里憋闷得慌。这时候一个警察匆匆而来，对林渐新道：“林医生，曹大队请你马上去一趟。”

林渐新精神一振，问道：“你们对那个嫌疑人的审讯有结果了？”

那个警察点了点头：“情况有些复杂了。林医生，你去了就知道了。”

林渐新过去轻轻拍了拍李唐的胳膊：“节哀吧，过去的事情已经过去，曾经的错误不要再犯就好。”

李唐的眼泪又下来了，他看了旁边的警察一眼，欲言又止。林渐新一下子就明白了，问那位警察道：“隔离带马上就会撤除了，是吧？”

警察道：“刚才孙支队已经吩咐下来了，正在撤除。”

林渐新对李唐道：“夏丹的房间没有人住，你想去那里待一晚上的话应该是可以的。”

“谢谢你……”李唐感激地道，然而立马就怔住了：他是怎么知道我的这个想法的？

裘靳在事后根本就不曾想到应该换一双鞋子，他其实就是一个普通人，无论他先前的抗议还是愤怒都只不过是外强中干的最后挣扎，更是为了借此掩饰内心极度的恐慌，在警察的威严面前一触即溃也就是必然的事。

据裘靳供述，他在剧组刚刚抵达这座岛上的那天晚上通过窗户进入过夏丹的房间。当时已经是午夜过后，他进入的时候夏丹已经睡下，骤然惊醒后大惊失色，裘靳一下子就捂住了她的嘴巴，低声道：“是我，裘靳。”

夏丹用力掰开了他的手，坐起来喘息了一会儿，趁他不注意的时候忽然灵敏地从床上跳了下去，房间的灯瞬间被她打开了。她赤脚站在冰冷的地面上，指了指外边：“你马上给我出去，否则的话我就要大声叫喊了。”

裘靳没想到她竟然灵敏如斯，而且根本没有像他想象中那样慌张，他反而变得不知所措起来：“夏丹，你知道吗？这部戏的投资完全是我在中间游说才得以达成的，因为我是真心喜欢你……”

夏丹面若寒霜：“如果你是真的喜欢我，就不应该像这样偷偷摸摸。”她再次指着门外，“你马上给我离开，否则的话，明天我就宣布退出这个剧组。我说到做到。”

裘靳本以为夏丹在这样的情况下会被吓得不知所措，也会考虑到他作为投资方代表的身份半推半就。演艺圈的女人不都是这样的吗？而且这样的事情他也并不是第一次干，但是从来没有遇到过像这样的状况。夏丹刚才的话让他忽然害怕起来：无论是眼前这个女明星的号召力还是自己身后的那位资本大佬，都可以分分钟让他身败名裂，甚至身陷牢狱之灾。

他后悔了。他万万没有想到这个看似柔弱的女孩子竟然如此果决，原来她展现给自己的甜美笑容以及如同邻家小妹的亲和可爱并没有别的意思。此时的夏丹已经转危为安，占据了主动，他再也不敢用强，内心怨恨，嘴上却歉意地对夏丹说道：“对不起，是我一时间太过冲动了。”

夏丹扭过头去：“我就当今天晚上什么事情都没有发生过，我也不希望这样的事情再次发生。”她走到外边的大门处，将门打开。裘靳灰头土脸正准备离开，却忽然被她叫住了：“等等，你刚才从什么地方进来的？”

裘靳指了指窗外。夏丹这才发现了那块木板，愤怒的脸变得通红：“把那东西搬走。马上！”

裘靳灰溜溜地离开，又不得不去外面的小山包处将那块木板搬走。

林渐新看完了裘靳的供述，皱眉问道：“他的供述就只是进入了夏丹的房间一次？”

孙挺坚点头道：“是的。我们询问了剧组其他的人，他们显然都不知道这件事情，不过他们都说夏丹对人很客气，对裘靳也是一样。很显然，发生了那件事情之后夏丹并没有声张，真的就当那件事情从来没有发生过一样。林医生，你看还需不需要再亲自去问裘靳一些问题？说不定这个人在撒谎也难说。”

林渐新想了想：“好吧，我再去问问他。”

当裘靳再一次见到林渐新的时候竟然不由自主地哆嗦了一下，目光中的恐惧也是那么显而易见。林渐新当然将这一切都看在了眼里，微微一笑，说道：“估计最近一段时间你一直都处于惴惴不安的状态吧？睡不安稳，食不甘味，多难受啊。讲出来就好了，心里是不是轻松了许多？”

这是一种心理暗示，林渐新在给病人做心理咨询及治疗的过程中经常使用，目的就是让病人说出更多深藏于内心的隐秘。裘靳没有说话，却长长地舒了一口气。林渐新看着他：“那就都讲出来吧，已经到这一步了，藏着掖着也没有意思。”

裘靳急忙道：“我对夏丹做的事情都讲完了啊，真的，我就去过一次，而且根本就没有得逞。”

林渐新依然在看着他：“是吗？”

“真的，我一点儿都没有隐瞒。那件事情过后我都害怕见她了，好几次碰面我都不敢去看她，她对我倒是一如既往地客气。我从来没有遇到过像她那样的女孩子，她的身上好像有一种能量，总是让人感到羞惭，不，应该是有负罪感。”

“在夏丹之前，你不止一次干过同样的事情，而且都得逞了？”

“……是的。”

“夏丹后来经常请人去她那里吃饭，你去过吗？”

“我哪里还敢去？被人叫上了我也是找理由推托。”

“其实你知道她为什么经常请人去吃饭，是吧？”

“我想过这个问题，估计是她害怕一个人待在房间里面，人多一些更有安全感。还有，她喜欢交朋友，演员这一行外人的评价很重要，人脉当然也就更加重要。”

“那天晚上，夏丹身上穿着什么样的衣服？”

“我想想……好像是一套宽松的睡衣，丝质的，浅……白色底子，淡蓝色碎花。”

“夏丹出事前你又去过她房间，是吧？”

转移话题，然后忽然去触及核心问题，这会让人防不胜防，如果撒谎的话就很容易显露出破绽。裘靳怔了一下，急忙道：“我没有，我真的就只去过那一次。”

他说的是真话。林渐新又问道：“当时你是如何想到要从那个地方进入夏丹房间的？那块木板后来被你扔到了什么地方？”

“一到这个地方我就注意到夏丹房间外面的那个小山包，我不敢直接去敲门。木板后来被我扔到了小山包后面。”

“为什么不敢直接去敲门？”

“……在来这里的路上我曾经向夏丹的助理打听过夏丹的喜好，结果她的助理警告我，夏丹是一个对感情非常认真的人，千万别去打她的主意。夏丹所在的经纪公司在业内很有名气，我担心被她的助理发现。”

林渐新沉默了一会儿才轻轻叹息了一声，对孙挺坚道：“就这样吧。”

“他说的都是真的？”警察将裘靳带下去后孙挺坚问道。

林渐新没有回答他的话，自言自语道：“那个穿三十九码鞋子的人究竟是谁呢？”

孙挺坚也皱起了眉头，说道：“那两个后勤人员已经回来了，他们的鞋码都是四十一码。”

林渐新点头道：“后勤人员几乎不可能，他们和夏丹的身份地位相差太大，内心的自卑会阻止一个卑微的人对她实施犯罪的冲动，除非是被人买通了，为了金钱去犯罪。”

刚才曹能一直站在一旁没有说话，这起案件出现的新情况让他深感头痛，然而现在的调查结果却又使得案情变得更加扑朔迷离起来。林渐新虽然不是警察，但是他却能够把握住案情的关键之处，是的，现场出现的那个三十九码的鞋印才是这起案件的突破点，可是，这个人究竟是谁呢？

导演和剧务一起被曹能请来了。曹能对导演说了一些客气的话之后才问道：“夏丹死亡的当天晚上，剧组的人现在都在这里吗？”

导演复姓欧阳，在国内名气很大，才五十多岁就已经头发花白。欧阳导演是出了名的好人缘，在圈内非常受人尊重，他看着剧务：“这件事情你应该清楚。”

剧务回答道：“名单上的人都在，而且刚才验脚码的时候都没有漏掉，那两个外出的后勤人员也已经回来了，好像直接就被排除在外了。”

曹能又问道：“那天有探班的人住在这里吗？”

剧务想了想，回答道：“好像没有。钱慕白是在夏丹出事前的那天下午离开的……哦，钱慕白就是电影《青春那道风景线》的编剧，他离开后剧组也就没有别的外人了。”

与见到那些明星演员的时候不一样，林渐新在欧阳导演的面前难免有些紧张。眼前这位导演曾经拍摄过许多经典的电影和电视剧，一直伴随着林渐新的成长。不过这时候他却有几个问题不得不问：“欧阳导演，您好，说起来我也应该算是您的粉丝。现在，我可以问您几个问题吗？”

欧阳导演并不知道他的身份，笑了笑，点头道：“当然可以，你随便问吧。”

欧阳导演的和蔼让林渐新感到轻松、自然了许多，于是问道：“那个钱慕白是谁请来的呢？”

欧阳导演回答道：“是制片人请他来的。这部电影最开始是准备请他做编剧的，不过当时他手上正在赶一部电视剧的剧本，我们这才决定让原作者改编。这部电影的原作者童仝很有才华，我倒是认为他的剧本并没有什么问题，不过制片人始终觉得童仝是新人，所以才把钱慕白请来把一下关。”

林渐新诧异地问道：“怎么这个时候才请人家来看剧本？你们不是已经开始拍摄了吗？”

欧阳导演道："估计是钱慕白一直没时间吧，也许就是制片人一种不放心的心理，总觉得需要让他看了后才完全放心。"

林渐新明白了，问道："这仅仅是您的猜测，至于制片人的真实想法其实您并不知道，对吧？"

欧阳导演点头道："是这样的。如今拍一部电影很不容易，编剧和导演有自己想要表达的东西，制片人和投资方也有他们的一些想法。说到底，电影和文学艺术创作是一样的，创作的目的并不仅仅是金钱，实现梦想、不断进步才是我们的初衷，所以，一部作品的诞生也就是一个创作集体相互沟通、妥协，最终达成一致的过程。对于我来讲，唯一需要坚持的就是自己想要表达的世界观，以及讲故事的创新尝试，其他的都不是特别重要。"

他说得有些动情，顿时让林渐新肃然起敬。娱乐圈的浮华、糜烂固然触目惊心，但依然有那么一批人在坚持着自己的梦想，比如眼前的这位知名导演，还有……也许还有夏丹。

案情再一次陷入困境，曹能问林渐新："林医生，你认为我们接下来应该怎么办？"

林渐新也是一筹莫展："三十九码的鞋印就在那个地方，通过窗栏上的小孔做试验后，也还原了那样的可能，可是偏偏找不出这个人来，很显然，一定是我们忽略了什么。不知道你们调查过没有，这岛上是否还有别的地方可以住宿？或者在晚上是否还有渡船在工作？此外，犯罪嫌疑人在晚上乘坐小船来往此地是否可能？我想，这些情况都应该调查清楚才是。"

曹能点头道："你刚才分析的这些情况我也想到了，我们这就布置人马去调查。不过要调查清楚这些情况可能需要花费不少的时间，而且也很难做到没有任何遗漏。"

林渐新苦笑着说道："我只是一个心理医生，并不懂得破案，刚才的话也不过是想当然而已，至于具体需要如何去做我就不知道了。"

曹能大笑："林医生，我看啊，你简直就是刑侦方面的高手，你就别谦虚啦。"

林渐新正色道："我真的不懂这个方面的事情。我的长处就是自己的专业，也就是能够辨别他人是否在我面前撒谎。我本来是想通过这方面的技能来寻找出夏丹死亡的真相，现在看来，事情并不像我以为的那么简单。"

曹能朝他摆手道："林医生，看来你还真是小瞧你自己了。你的思维模式非常独特，而且还拥有我们没有的特别技能。也许你并不知道，识别犯罪嫌疑人是否在撒谎，这本身就是刑侦工作中最重要的环节。林医生，接下来我有一个请求，希望你能够同意。"

看着他满脸的真诚，林渐新道："你说吧，如果我能够做到的话，一定同意。"

曹能道："因为临近春节，最近各种案件频发，其中也不乏大案要案，目前我们的警力实在是有限，所以，我想请你接下来继续调查夏丹死亡的真相。如果你需要的话，我可以留下几个人协助你的工作。"

林渐新顿时明白了：这位刑警大队的副大队长想甩锅。当然，这也是对他的一种信任。而且很显然，既然对方提出了这样的请求，那就意味着他只能答应。林渐新点头道："我本身就是为了这件事情而来，当然会继续调查下去。曹警官，现在我已经和剧组的大部分人都见过了面，你们的人也就没有留下的必要了，如果遇到什么情况的话我会及时和你们取得联系的。"

曹能沉吟了片刻，说道："这样吧，我还是给你留下两个人。这样的话，你的工作也会方便一些。"

林渐新似乎明白了他的想法，笑了笑："好吧，其实你们留下一个人就足够了。"

曹能也笑："倒也是。那我看这样，老邓对你很感兴趣，一般的案件也不需要他这位老法医去出现场，就让他留下来吧，你觉得怎么样？"

林渐新朝他眨巴了一下眼睛，笑道："可以，毕竟他也是可以代表你们警方的，是吧？"

此人拥有一双令人可怕的慧眼，洞察他人内心的能力更是非同寻常，然而就是有些不通世事——这样的话为什么非得要说出来呢？曹能"哈哈"了两声，一笑置之。

第五章

谁是凶手

警察们都撤离了，邓长治留了下来，小岛上因为警察的到来所造成的忽如而至的纷乱也因此很快就平静了下来，天空晴朗，天气依然寒冷。经过这一番折腾，已经不知不觉中到了傍晚，没有晚霞，但是整个湖面却让人感觉很舒服。也许，这就是剧组选择这个地方的原因吧？

因为警方的介入，林渐新也就没有必要再去和童仝商量住宿的问题了。剧务空出了一个房间，林渐新却提出了一个要求：“能不能再提供一个房间？我这人睡觉很容易被惊醒。”

剧务为难地道：“这岛上的房间确实有限，有探班的人来也是和他人合住。”

邓长治道：“没关系，我睡觉很静的。”

林渐新却依然表现出不近人情的固执，摇头道：“别看我瘦，打鼾却很是厉害……好吧，实在没办法安排就算了。”

最终剧务还是只安排了一个房间，林渐新住进去后很快就想出去，只是对邓长治说了一句：“我去看看李唐。”说完后就直接离开了。邓长治并没有多说什么，到了他这个年纪的人当然看得出来：人家根本就不想让他跟着。

看着他出了门，邓长治摇头低语了一句："真是一个奇怪的人。"

李唐就在夏丹曾经住过的房间里面呆坐着，林渐新看到他英俊的脸上还留有泪痕，便过去坐到他旁边的沙发上，温言问道："你还好吧？我过来和你说说话，如果你想一个人待着的话，我这就离开。"

李唐看了一下腕表，摇头道："林医生，我准备离开这里了，一个小时后还有最后一班轮渡。"

"最后一班轮渡？"林渐新问道。

李唐点头："来的时候我就已经看了轮渡的时刻表。"

林渐新站了起来："好吧，那我送送你，有几个问题我正好在路上问问你。"

李唐没有拒绝。两个人在下楼的时候林渐新对农家乐的老板说了一句："夏丹的那个房间晚上我来住。"

李唐诧异地看着他。林渐新满脸萧索，说道："刚才我想过了，也许晚上住在她的房间里面才会梦见她。"

李唐觉得这个人有些奇怪，淡然一笑："我们走吧。"

林渐新建议道："我们可以穿过菜地直接到达码头，虽然不好走但是可以节约不少时间。"

"好。"

"其实，你一开始就没准备在这地方住下，只是想来看看，是吧？"

"夏丹不在之后，网络上对我大肆口诛笔伐，我承受着很大的压力，几家广告公司也和我解除了合作协议。不过这些都不算什么，因为我知道自己确实做错了事。我花费了一些时间去思考自己的过去，后来我告诉自己：一定要去那个地方看看，看看她生命消逝的那个地方。于是我就来了，只是想来看看。"

是的，他内心的压力需要得到释放，他来到这里，或许并不仅仅是为了悼念，更多的是为了心安。伊人已逝，而他今后要走的路还很漫长。人都是十分现实的，这并没有错，对逝者的怀念只能存留于心底。林渐新在心里叹息着，问道："夏丹平时是不是特别喜欢做饭？"

李唐点头："是的，她做的饭菜特别好吃。在其他剧组的时候，她也喜欢自己做饭，没拍戏的时候也经常邀请朋友去她住处一起享受她做的美食。"

原来她并不是到了这里后才那样，看来我的猜测并不完全正确。林渐新心里想着。

"她死亡时身上穿的那套衣服，你以前看到她穿过吗？"

"那是她在一部电影里面的形象。平时她虽然也喜欢穿牛仔裤，但是很少配白色T恤。不过她高中和大学时候的照片中经常那样穿。"

"你和她在一起的时间有多久了？"

"还不到一年，我们是在拍同一部电影的时候认识的。"

好像明星之间的恋情大多是这样产生的，戏里戏外的情感混杂在了一起，于是最终就变成了假戏真做。林渐新又问道："夏丹她……她是不是很没有安全感？"

李唐怔了一下，摇头道："我不知道，她从来没有给过我那样的感觉。刚才我就已经说过了，她并不喜欢有保镖随行。所以，安全感的问题应该不存在吧？"

也许你真的不了解她。林渐新沉吟了片刻后说道："李唐，有个问题……我必须问你，当然，你可以不回答。"

李唐"嗯"了一声。林渐新这才问道："你和她之间的关系已经发展到哪一步了？你应该明白我这句话的意思，是吧？"

李唐忽然转身看着他："这个问题很重要吗？"

林渐新淡淡地道："我说过，你可以不回答。"

李唐朝前面走了几步，说道："如果我说……我说我们之间除了接吻之外什么都没做过，你相信吗？"

林渐新点头道："你说的话我都相信，因为你是带着悔恨和怀念而来。"

"谢谢！"李唐骤然间发现了自己和这个人的差距，他是一个奇怪并且极富魅力的男人，"做我们这一行的，谁没有自己的过去？所以我们在选择爱情的时候往往只看现在和未来。"

林渐新忽然想起网上那些关于眼前这个人的八卦新闻来，点头道："你说得对。其实不仅仅是你们这一行，现代社会的很多男女都一样：谁没有自己的过去？”

李唐依然沉浸在刚才的奇怪之中，问道：“林医生，我不大明白你干吗非得问我这样一个问题，你可以告诉我为什么吗？”

林渐新道：“当然可以。虽然我们接触的时间很短，但是我感觉得到，至少到目前为止你在我面前所说过的每一句话都是真实的，但是我却偏偏觉得你对夏丹并不了解。我和她已经有好多年没有过任何联系了，从我如今对她的了解来看，发现人们对她的评价近乎完美，可是她在我的印象中似乎并不是这样的。”

李唐疑惑地看着他：“我还是不明白你的意思。”

林渐新抬起头看着已经变得有些暗淡的天空，继续说道：“夏丹给我的印象一直停留在她上大学之前，因为从那以后我就再也没有见到过她了。在我的印象中，她清纯、可爱，有时候也多愁善感，但她似乎并不是一个喜欢做家务的女孩子……”

李唐似乎明白了，激动地道：“你的意思是说，她后来所表现出来的完美都是伪装出来的？”

林渐新不住摆手：“不，我并没有这样认为，只是觉得奇怪。演艺圈的复杂大家都知道，可是夏丹却能够迅速成名，而且在圈内的评价近乎完美。也许你已经听说过裘靳的事情了，夏丹在那样的情况下所表现出来的冷静与决绝实在是让人惊讶，可是从中又体现出了她善于让步、委曲求全的那一面。你应该知道，一个人的成长是需要过程的，所以我十分想弄清楚：在夏丹的成长过程中，她究竟经历了些什么？也许，她死亡的真相就在其中。”

李唐怔在了那里，喃喃地道：“我不知道，她也从来没有对我说起过……”

林渐新轻轻拍了拍他的胳膊，温言道：“我会搞清楚一切的，一定！”

后来两个人就一直没有再说话。到了码头后，林渐新发现竟然还有不少的游客在登船，一个个颓丧着脸，估计是没有见到剧组里面那些明星的缘故。这时候李唐已经将帽子戴在了头上，还用围巾遮住了大半的脸。上船前他要了林渐新的电话号码，然后拨了过去：“这是我的号码，麻烦你存一下，如果有新的消息请你一定要告诉我。”

“一定。”林渐新道，“对了，如果方便的话，麻烦你把夏丹助理的电话号码给我一下，还有……算了，那两个人的号码以后再说吧。”

渡船开走了，林渐新没有再看到李唐的身影，也许他早已躲到某个角落去了。码头边的风很大，林渐新将衣领立了起来。李唐脖子上的围巾很漂亮，忘了问是谁送给他的了。

邓长治打来了电话，说晚餐已经开始了。林渐新道：“我刚刚送李唐上了渡船，想顺便去欧阳导演那里一趟。对了，晚上我就住夏丹以前的那个房间。”

邓长治苦笑：早知道是这样的话，我就不该留下来了。

接电话的时候，林渐新注意到码头旁边有一个小吃摊。也许早就看到了，只不过并没有将它纳入记忆之中，因为他一挂断电话就直接朝那里走了过去，完全是一种下意识的举动。

小吃摊的老板是一个中年妇女，正准备收摊，见林渐新走了过来，急忙问道：“吃东西吗？”

林渐新问道：“有什么吃的？”

中年妇女道：“馄饨、饺子、面条、汤圆和米粉。”

林渐新还真是觉得有些饿了，中午好像是和警察们一起吃了点儿东西，当时的心思根本就不在吃上面，吃饭的过程仿佛从这一天的时光中被抽离了出去。林渐新道：“馄饨和汤圆，各来一碗。一共多少钱啊？”

中年妇女道：“一共二十块。比岛那边稍微贵了些，原料都要从那边送来。”

确实是贵了些，不过倒不是特别离谱。她本不需要解释的，也许是因为孤寂，还有内心的善良与愧疚。林渐新笑了笑：“好。”拿出二十块钱递给她，“是不是准备收摊了？你住在什么地方啊？”

中年妇女指了指轮渡的方向，道："趸船上，那里有个小房间。我男人前些年生病死了，我哥在轮渡上工作，让我来做这个。孩子要上学呢，没钱可不行。"

林渐新在心里叹息，问道："孩子多大了？"

中年妇女道："上高中了呢，马上就要考大学了。"

馄饨端上来了，热气腾腾的，林渐新舀了一勺汤先喝下，是猪骨头熬的高汤，撒了些葱花，味道很不错。他顺便问了一句："你每天都是这个时候收摊吗？"

"这个时候是最后一班轮渡，生意就没有了。"

"早上呢？是不是在第一班轮渡到来前就开始摆摊了？"

"是啊。"

"前些天……"林渐新说了个具体的日子，也就是夏丹出事前两天，"你注意到有什么特别的事情没有？比如像我这样一个人到你这里来吃东西，或者乘坐小船离开这岛上。"

"记不得了，但是像你这样在渡船开走后还来吃东西的人肯定没有过。你也在这里拍电影？"

林渐新摇头道："我是来这里玩的，剧组里面有熟人。"

中年妇女一副神秘兮兮的样子："听说剧组死了人，死的那个人还很出名。你也要注意啊。"

林渐新愕然："不是听说是煤气中毒吗？我要注意什么？"

中年妇女看了看四周，低声道："我们这里有一种说法：名气越大的人，如果是横死的，死后的怨气就越重，很容易闹鬼的。本来剧组刚刚来的时候晚上我还要挑着挑子去那边卖夜宵，现在可不敢了，想想就吓人。"

林渐新哭笑不得。生活在社会底层的人虽然贫穷，但是往往有所畏惧，这虽然会让他们故步自封，却又有利于社会的稳定。这其实是数千年来中国社会的常态。

吃完了东西，林渐新觉得全身都暖和了起来，向中年妇女打听清楚附近那家农家乐所在的地方后，慢步朝那个方向走去。

欧阳导演和制片人都不在。听剧务讲，裘靳的事情出了后，投资方的老板马上就飞了过来，欧阳导演和制片人在警方的人离开后就匆匆去了市里。

“估计得明天才能回来了，晚上没有渡船。”剧务说。

林渐新却不想马上离开，他得抓紧一切时间多了解一些关于夏丹的情况。剧务仿佛明白他前来的意图，摆手道：“你别问我，我就是负责整个剧组的吃喝拉撒，夏丹的事情我几乎是一无所知。”

他的态度固然有推脱的嫌疑，不过说出的话倒是真实的。林渐新问道：“那，还有谁对夏丹的情况比较了解？”

剧务想了想，道：“我们剧组的副导演。他刚刚吃完了饭，回他自己的房间去了。”

副导演的名字叫沈端，他穿的也是四十一码的鞋，警方讯问他的时候，林渐新也在场。那是一个非常新潮的人，即使是在这种寒冷的天气也穿着合体的西装，发型也很时尚。林渐新决定上楼去找他。

沈端房间的门是虚掩着的，从门缝处林渐新正好可以看到沈端，同时听到他在说：“加戏这件事情有些麻烦，编剧和欧阳导演那里倒是好说，不过制片人那里……”

这时候就听到一个动听的年轻女性声音说道：“沈导一定会帮小妹的，是吧？”

沈端的普通话非常标准，字正腔圆，很有磁性。而此时，林渐新的目光一下子就停留在了沈端的双手上面：他放在二郎腿上的左手平摊着，几个手指微微弯曲，右手的食指和中指合并着在左手掌上轻轻敲打。

也许在其他人的眼里这只不过是一个随意的动作，然而林渐新却在这一瞬间解读出了沈端内心的欲望。

林渐新犹豫了一下，还是马上就敲了门。他没有偷听他人谈话的习惯。

沈端朝门外的方向看了过来：“请进。”

林渐新推开了房门，只见一个漂亮的女孩子在沈端对面的沙发上坐着。林渐新记得这个女孩子是这部戏的女三号，好像姓高。沈端一见是林渐新，正准备起身却又马上保持原来的坐姿，问道：“你，你找我？”

姓高的女演员没动弹。林渐新笑着点头道：“是啊，我想找你了解一下夏丹的有关情况，方便吗？”

姓高的女演员站了起来准备离开：“你们慢慢聊吧，我先回去了。”

沈端没有征求林渐新的意见：“好吧，你的事情我考虑后再说。”

看着这个女演员离开，林渐新也没有说什么。这时候沈端从旁边的盒子里面取出一根硕大的雪茄，用小刀切下雪茄嘴，点上，吸了一口：“听说你并不是警方的人？”

林渐新道：“夏丹是我的朋友，现在警方委托我调查她的死因。沈导演，可以和我聊聊夏丹生前的情况吗？”

沈端将一条腿伸直，又将另一条腿放了上去，喷出一口烟雾，说道：“夏丹是怎么死的我怎么会知道？警方不是说她是死于自杀吗？怎么现在又开始折腾起这件事情来了？”

林渐新的目光一直在他的那两条腿上，心想如果他面前有张桌子的话两条腿可能早就搭上去了，不过此人的傲慢都是装出来的，摆的不过就是他副导演的架子罢了。世间的事情就是这样，真正有学问、有内涵的人往往低调、谦和，反倒是那些半桶水的家伙自以为是、傲慢无礼，俗话“阎王易见，小鬼难缠”说的就是这个道理。林渐新哂然一笑，说道：“沈副导演，不管怎么说，夏丹生前和你是一个剧组的人，你和她也算得上是同事，人和人之间起码的情感应该还有一些吧？如今她死因不明，你作为剧组的副导演，协助警方调查她死亡的真相也应该是你最起码的义务吧？很多人都说世态炎凉、人情淡薄，想不到沈副导演也是如此啊。”

沈端一下子将双腿缩了回去，用那支雪茄指着林渐新：“你！你算是什么东西？竟然在我面前如此嚣张！”

林渐新“哈哈”大笑着站了起来，说道：“有句话是怎么说的？一个人的气量和他今后的成就成正比。沈副导演，其实你完全没有必要在我面前装模作样，我不是来求你的，即使我要求你办事也给不了你钱，更何况我又不是女人，无法让你实行潜规则。既然你不愿意向我提供有关夏丹的情况，那就算了吧，不过我相信真相总会有大白的那一天。”说着，直接朝门口处走去，几步之后又忽然停住了，转身说道，“沈副导演，色字头上一把刀，你可要吸取裘靳的教训啊。”

说话之间，林渐新就已经到了门外，沈端怔了怔，急忙追了出去：“那谁，刚才是我态度不好，对不起……”

在强势者面前也必须掌握主动，这是一种高超的谈话技巧。在病人面前也是一样，心理医生不能让病人牵着鼻子走。如果林渐新就这样走了，而沈端却没有任何反应，那么对他来讲就是一次失败的拜访。所以，在谈话的过程中除了掌握主动之外，还必须让对方心有顾忌。

是的，刚才林渐新的话让沈端害怕了，他忽然发现这个人似乎看透了自己，而且还隐隐带着一种威胁，他可不想让自己就这样莫名其妙地被警方怀疑，如果真是那样的话就太得不偿失了。

林渐新指了指外面：“我们出去走走吧，房间里面的空气太糟糕了。”

“他这是在暗指刚才我和那个女演员的事情？”沈端禁不住就开始揣测起来，急忙道：“好，麻烦你等我一下，我披件衣服后就下来。”

沈端回到房间，深呼吸了几下，披上一件长大衣后就快速出了门。林渐新就在楼下等着他，刚才两个人的短兵相接对林渐新来讲不是意气用事，而是为了获取更多有关夏丹的信息。

“沈导很会穿衣服，是一个懂得生活的人。”林渐新看着他，赞扬了一句，更是把前面对他称呼中那个令人刺耳的“副”字给去掉了。这也是一种心理暗示，目的是在不知不觉中获取对方的好感。

沈端不好意思地笑了笑，心中对他的恼火顿时消散了许多。林渐新继续掌握着主动：“我们沿着公路散散步吧。对了，自我介绍一下，我叫林渐新，是一位心理医生。夏丹以前是我的邻居，我一直把她当小妹妹看的。”

沈端愕然了一下：“心理医生？”

这时候有两个人迎面而来，笑嘻嘻地朝沈端打着招呼：“沈导好。这位是……啊，今天见过。”

沈端不得不介绍道：“他是一位心理医生，协助警方来调查夏丹案子的。

林医生，这两位都是我们剧组的摄像师，马达、陈新久。”

林渐新心里一动，急忙朝二人伸出手去。他习惯于在面对陌生人的时候主动去握手，这是他的一种强迫性动作，目的是让自己尽量克服掉怕见生人的毛病。此外，握手本身就是一种消除人与人之间的防范、快速拉进与他人关系的方式。当然，更递进的一种方式是拥抱。拥抱是敞开胸怀去接纳他人，从而给对方传递出毫无戒心的强烈信号。不过中国文化讲究的是适可而止、稳重大方，过于强烈的信号反而会让对方不喜并产生戒备心理。

与两位摄像师握手之后，林渐新随即就问道：“我正好有一个比较专业性的问题想要请教二位：如果要辨别一段录像究竟是原始的记录还是后来剪辑而成，这是不是很困难？”

马达笑道：“并不困难。剪辑而成的录像始终会存在人为的痕迹，就如同经过 PS 的图片一样。”

林渐新大喜：“太好了，正好我手上有一份病人录制后经过剪辑的录像，能不能麻烦二位抽空帮我看看？不过这件事情还得请二位保密，毕竟事涉病人的隐私……”接下来就将病人录像的内容大致讲了一下。

马达和陈新久顿时就对林渐新的描述产生出了浓厚的好奇心，就连沈端也想马上知道真正的结果，急忙问道：“林医生，录像在你身上吗？”

林渐新摇头道：“在我的行李箱里。这样吧，看你们明天什么时候有时间，到时候我带过来。”

马达道：“估计明天上午是拍不成戏了。裘靳的事情出了后，欧阳导演和制片人都去见投资方了，投资方新的代表说不定明天就要来接手有关的事情。”

林渐新道：“那行，明天上午我过来一趟。”

与两位摄像师道别后，林渐新和沈端沿着农家乐外面的公路慢慢前行。开始的时候两个人都没有说话，沈端是在等林渐新的提问，而林渐新却正在思考着该从什么角度问起。思索了片刻之后，林渐新终于问出了第一个问题：“沈导，副导演是负责剧组哪方面工作的？”

沈端怔了一下，林渐新的这个问题完全出乎他的意料，不过他还是认真回答了："就相当于是导演的助理，主要就是协助导演……"说到这里，他竟然有些不好意思了，苦笑着说道，"说到底也就是替导演打打杂。"

林渐新在心里暗暗道：他终于把自己的傲慢放下来了。笑了笑，说道："怎么会是打杂呢？助手的作用也很重要呢。选演员的事情是你负责吧？"

沈端不明白他究竟想要问什么，不过还是老老实实回答道："主要演员肯定是投资人、制片或者导演负责物色，我就是从中联络；不重要的演员，导演会委托给我去筛选。"说到这里，他才好像明白了林渐新究竟想要知道些什么，心里顿时惶恐起来，"我……"

然而，林渐新却好像对他心中的那些弯弯绕绕并不感兴趣，点头道："所以，剧组里面最熟悉演员的人应该是你。沈导，我这话没错吧？"

沈端回答道："也可以这样讲吧。"这一刻，他才忽然间发现这位心理医生有着一种令人无法抗拒的能量，自己竟然在不知不觉中完全受到了他的引导。正这样痴痴想着，就听到林渐新缓缓说道："说说夏丹吧。"

沈端为难地道："这……我应该从何说起呢？"

林渐新道："把你所知道的关于她的一切都告诉我。"

沈端点头："好吧。首先，她是一个好演员，非常敬业；其次，她……"说到这里，他伸出手去搔了搔头顶，"林医生，我，好像对她的了解也停留在表面。"

冬日的天空月色朦胧，星光稀疏，岛上的小丘陵和菜地都只是隐隐可见，唯有向前方延伸的水泥路稍显清晰。虽然林渐新看不清沈端脸上的表情以及身体动作的细微变化，但是他相信这位副导演刚才所说的话。在当今这个社会，人与人之间的关系大多平淡，我们有时候自认为对某个人很熟悉、很了解，可是一旦认真去评判这个人的时候才会发现，其实自己对这个人的了解仅仅是停留在表面。林渐新点头道："好吧，那你知道夏丹是如何加入这部电影的吗？"

沈端暗暗松了一口气："这件事我当然知道。拍摄一部电影就如同一个商业项目，要么是投资方看上了某个故事，然后寻找合适的制片人、导演、主演；或者是导演对某个故事感兴趣，然后去寻找投资。而这部电影的情况属于前者。”

林渐新有些明白了，问道：“你的意思是说，其实这部电影的故事和主要演员都是投资方决定的？”

沈端愤愤地道：“是的，不然的话，裘靳为什么那么大胆？”

林渐新侧过脸去看着他：“难道裘靳骚扰夏丹的事情你知道？”

沈端急忙道：“不，他的这件事情做得很隐秘，我怎么会知道？不过这个人到了剧组后经常找女演员私下谈话，有时候还单独约某个女演员去市里。因为他约的都不是主要的女演员，也没有耽误过拍摄的进度，所以欧阳导演和我们也就只好睁只眼，闭只眼。”

这个圈子可真够乱的。林渐新马上将话题拉了回来：“我听编剧童仝讲，夏丹担任这部电影的女主角是他推荐的，真实的情况是这样的吗？”

沈端冷笑了一声，道：“他一个小编剧，哪来那么大的能量？也许他确实是提出过这样的想法，但最终的决定权还是在投资方那里。当然，欧阳导演也是认可夏丹做主演的。”

林渐新又问道：“这部电影的女一号从一开始就确定了是夏丹吗？”

沈端回答道：“好像是这样的。”

“好像？”

“我是通过朋友介绍给欧阳导演的，这也是我第一次与欧阳导演合作。我加入这个剧组的时候就已经确定了由夏丹担任女主角的事情，不过我听说投资方在这件事情上曾经有过动摇。”

“动摇？为什么？”

“不知道。我也只是听说。不过这样的情况很常见，比如演员的档期有问题，或者投资方认为还有更合适的人选，也可能是导演坚决不认可等等。”

“夏丹是你负责联系的吗？”

“不是的。最开始是制片人与她的签约公司接洽的，包括出演的价格、合同什么的都是制片人出面。我是后来才与她联系的，就是确定开机的时间，以及向她说明档期的大致情况。”

“在剧组里面她和什么人有过矛盾吗？”

“好像没有。夏丹为人很客气，对自己的要求也非常严格。”

“她请你去她住处吃过饭吗？”

“去过，不过是和导演、摄像一起去的。她做的菜味道不错，大家都赞叹不已。”

“这部戏里面设计了她穿牛仔裤和白色 T 恤的场景吗？”

“这部电影讲述的是一个生活在岛上的女孩和一个年轻作家的爱情故事。一个冬天，年轻作家到岛上去采风，两个人因此认识并产生了爱情。现在我们正在拍这一部分，所以根本就不会出现你说的那样的场景，而且那样的穿衣风格也不符合女主角的形象。”

童仝说过，他写的其实就是他幻想中的自己与夏丹的故事。林渐新点头，又问道：“关于她的死，警方的结论是自杀，对此你有什么不同的看法吗？”

“做演员这一行的，什么情况都可能发生，毕竟戏里戏外交织，有的人走不出来也并不奇怪。”

“你的意思是说，夏丹也很可能是这样的情况？”

“不，不！我只是举个例子而已。”

“夏丹和这部戏的男一号之间有感情纠葛吗？”

“应该不会吧……男一号是有女朋友的，而且夏丹和男一号的接触也不多，除了在演戏的时候。”

“如果夏丹的死是他杀的话，你认为谁最可能是凶手？”

“这个可不能随便猜测。说实话，我还真不知道谁与她有那样的深仇大恨。”

“你骚扰过她吗？”

这个问题是骤然提出来的，沈端吓了一大跳：“我哪儿敢？她是什么人？年轻演员中的一线明星！我哪儿敢？”

林渐新拍了拍他的胳膊，笑了笑：“我相信你说的话都是真的。你回去吧，我就这样走回住的地方去。”

沈端看着他：“要不我们一起回我住的地方，我派车送你回去？”

林渐新摇头道：“不用了，我想独自一个人走一会儿。再见！”

沈端怔怔地看着他的身影远去，忽然想起了什么，转身就开始快跑。林渐新并没有回头，步履依然匀速，他知道沈端害怕了，害怕这个人烟稀少的小岛的黑夜。

第六章

魔幻维度

人类对黑暗的恐惧是出于本能，而且这种本能也是一种基因传承。数百万年前，当人类还是原始人的时候，每当太阳落山，大地陷入黑暗，人们时常受到其他动物的袭击，无尽的黑暗也就带来了恐惧。

林渐新也一样害怕黑夜，此时此刻，行走在这空旷小岛暗夜中的他，内心的恐惧也一样不可自控地油然而生。他继续前行，他在心里告诉自己：这岛上没有可怕动物的袭击，毒蛇也在这冬日里休眠了，所以，除了这天空的暗与地上的黑，再也没有什么可怕的东西了。

他对自己这一天来的表现非常满意，至少在面对那么多陌生人的时候还能够从容应对。是的，我们每一个人的弱点都是可以通过自我暗示、自我调适克服的，所以，眼前的黑暗也不应该害怕。

于是，他的呼吸变得平和起来，脚步也不再像最开始那样僵硬，变得匀速而自然。

前方的道路依然依稀可见，它应该是环岛而建，白天和童仝行走在小岛那一边的公路上时，林渐新就大致想到了这样的可能。这其实也是一种规律，就如同在任何一座城市里面驾车，再复杂的道路也一定可以在立交桥的下边掉头一样。

由此，林渐新就想到了夏丹的死。

人类是有自主意识的动物，杀害同类说到底就是丧失人性的过程。即使是战争或者仇杀，绝大多数人在第一次杀人之后也会产生恐惧，有的人甚至会因此精神失常，这其实就是人的动物属性与自主意识的搏斗。自杀也是杀人的一种方式。所以，无论夏丹的死是自杀还是他杀，其中必定有着相应的动机。即使是精神性疾病造成，那也应该有着相应的征兆。

人类的任何行为都是有心理动因的，这就是规律。

所以，夏丹死亡的真相必定隐藏于她自己身上，或者在与她相关的人际关系之中。这也是规律。

到目前为止，林渐新越来越觉得夏丹生前所表现出来的一切似乎很不真实，而且这样的感觉越来越强烈。她太完美了，完美得像一个圣洁的仙子。可是，这个世界上真的有那么完美无缺的人吗？人的本质是动物，吃喝拉撒，酸甜苦辣，嬉笑怒骂，有优点也有缺点，这才是一个真正的人应有的表现。

除非是，她周围的人根本就不了解她，不懂得她。或者是另外的一种说法：一直以来，她把自己包裹得太紧。

想到这里，林渐新就情不自禁加快了脚步。不是因为恐惧，而是他已经隐隐看到了前方不远处的那家农家乐。

“你真的要住这个房间？”农家乐的老板提醒道。

“当然。”林渐新道。

“你不害怕？”对方感到疑惑而诧异。

“为什么要害怕？如果活着的人都害怕死去的人，那我问你，从古到今这地球上有多少地方没有死过人？”林渐新微微笑着回答道。

“倒也是。”农家乐的老板心悦诚服，随即就咧嘴笑道，“如果你需要什么东西的话尽管说。”

他很精明，小商人特有的精明——只要这个房间已经有人住过了，夏丹死亡造成的阴影与恐惧就会慢慢被消除掉。林渐新看着他："我就一个请求——别来打搅我，无论你听到什么样的动静。"

"真是一个怪人。"农家乐的老板离开了，自言自语说了一句。

林渐新转身就进了屋，将房门反锁，插销已经没有了，不过他还是做了那样一个动作，同时在心里对自己说：插销已经别住了。走到窗户处看了一眼，灰暗星空下的小山包有些像一只怪兽。不，夏丹不会这样去联想，她一定会害怕在它的后面隐藏着某个偷窥者，或许那个偷窥者正准备通过窗户进入这个房间。想到这里，林渐新禁不住就激灵了一下，急忙将窗户关上，插上插销，这才暗暗松了一口气。

虽然这是一间套房，但是装修的材料却非常普通，风格很是俗气，布艺沙发的花纹看上去也是那么古怪，眼前的一切让这个空间显得更加清冷。林渐新的目光投向了曾经放置煤气罐和灶台的地方……嗯，在这里做做饭倒是不错，至少可以让这个清冷的空间里面增添一些温馨。

从套房的外间进入卧室，里面是一张宽一米八的大床，和酒店一样，是白色的被子和床单，窗帘却是和外面沙发一样的红黄交织的花纹。这样的审美，夏丹或许并不觉得讨厌，也许她还因此可以感受到一些小时候那个家的气息。林渐新伸出手去摸了一下被子，感觉有些润。他找到了电热毯的插头，插上电源，打开开关……

夏丹妈妈说，夏丹在出事三天前给她打过电话，说这里很冷，不过幸好有电热毯。"爱你哟，妈妈！"也许当时夏丹就是躺在这张床上打的那个电话。此时此刻，林渐新仿佛听到了她回荡在这个小小空间里面的欢快的笑声。

夜晚，欢快的笑声，传递给母亲的感觉是可爱。抑郁症往往在夜晚的时候开始发作，那么，是否就因此可以排除夏丹存在这方面问题的可能？如果真的是这样，他杀的可能性也就更大。

这时候，一阵阵笑声忽然从不远处的某个房间传来。数天前这里也应该是这样的，外边的小客厅里面有美味的菜肴，还可能有美酒，夏丹和她请来的人在这里欢聚。可是现在……林渐新叹息了一声，颓然躺倒在那张雪白得看不见一丝尘埃的大床上。夏丹，请你告诉我，那天晚上你都经历了些什么，好吗？

屋子里面静谧得可怕，唯有上方的那盏吸顶灯传来轻微的电流声。林渐新试图让自己的灵魂回到那个晚上，融入当时的场景之中……可是，脑子里面却始终是一片空白，房间里面的电流声蜂鸣般在耳边萦绕，他感受不到这个狭小空间里面一丝一毫夏丹的气息，他顿时明白了，他与夏丹的灵魂早已不在同一个维度。不知不觉中，两行清泪已经在悄然间缓缓从眼角处溢出，内心深处那种可怕的躁动也在悄然无息中开始涌动。好吧，让我去那个维度寻找你，希望你真的存在于那个地方……

淡黄色的粉末让舌根有些发苦，它们快速地进入胃里，浸入血液之中，它们欢快地开始作用于大脑神经……夏丹，我来了，你千万别离开。

眼前一切都开始慢慢地缩小，床、枕头、那个单人沙发、电视……它们在林渐新的视线中神奇般地变成了童话般的东西，于是，自我意识中的他也就变得非常庞大起来，他吃惊地看着眼前的一切，简直不敢相信自己的眼睛。这是与他记忆中完全不同的一个世界。幻觉的力量让他忘记了自己曾经多次进入过这样的维度，不过他记得，记得自己来到这里的目的，于是，他的目光开始四处寻找，没有，没有看到她。钻到床底下，幽暗的空间中依然不见她的踪影。后来，他将目光转向那道与外面房间连接的门，那道门在他的眼里是如此狭小。他不敢站立起来，直接朝那个方向爬去。

然而，就在那道门的门口处，他停住了。一丝理智回到了他的灵魂之中，那一丝理智告诉他，眼前的这一切都只是幻觉。不，这不是幻觉，它们都是真实的！他的灵魂如此咆哮着在警告他。他最终还是放弃了反抗，就那样匍匐着爬了出去。

骤然间，他发现自己瞬间进入了另外一个全新的维度。刚才，他还把自己当成是巨人俯视着一切，而现在，他骇然地发现自己正处于一个异常巨大的空间之中，庞然大物般的沙发矗立在那里，巨大的房门，还有巨大的窗户，回看自己，竟然如同蝼蚁般渺小。两个全然不同的空间让他的恐惧更甚，内心的卑微也因此油然而生。不，这不是真实的！已经消失的那一丝理智再一次触碰到他的灵魂，他竭力试图让自己的这一丝理智变得更加强大，他闭上了眼睛，喃喃地告诉自己：不，这都是幻觉，是幻觉……许久之后，他再一次睁开了双眼，然而眼前的一切依然如故——他，还是如此卑微、渺小。

“不……”他听到自己的喉咙中发出了嚎叫般的悲鸣声。

农家乐老板打开门的时候发现林渐新蜷缩在地上，身体如同筛糠般战栗着。剧组的几个人将他抬到了床上，很快就叫来了剧组的随行医生。邓长治也闻讯赶了过来。

“他的瞳孔有些散大，身体有些虚弱，其他并无大碍。也许是服用了某种药物，或者是受到了惊吓。”医生对邓长治说道。

“他肯定是看到鬼了。”农家乐的老板颤抖着说道。

邓长治瞪了他一眼，对在场的所有人说道：“没事了，你们先离开吧，我在这里陪着他。”

那些人很快散去，最后离开的是那位医生，他离开的时候看着邓长治欲言又止，邓长治朝他挥了挥手，说道：“有我在，你放心吧。”

屋子里面再一次恢复到静谧，林渐新身体的颤抖也慢慢减弱并最终停歇了下来，他的脸上全是汗水，双眼也缓缓睁开了。

“发生了什么事情？”邓长治问道。

“你怎么在这里？”林渐新问道，声音软弱无力。

“请你告诉我，究竟发生了什么事情？”邓长治的语气忽然变得严厉起来。

林渐新默然，缓缓从床上坐起：“我去洗个澡。”

“告诉我，你是不是一直在吸毒？”邓长治尖锐的目光紧紧盯着他，面色铁青。

“先让我去洗个澡，然后我再告诉你一切。”林渐新已经站立在地上，真挚地看着他，“请你相信我，我没有吸毒。”

他的面容虽然憔悴、疲惫不堪，但是如溪流般清澈的眼神却让他整个人在刹那间焕发出不一样的光彩。邓长治看着他，点了点头：“好吧。”

旁边的洗漱间里传来哗哗的水声，邓长治怔怔地坐在那里：他究竟是一个什么样的人啊……

林渐新终于从洗漱间里面出来了，头发蓬松，两腮、上唇和下巴黑黝黝的，布满了胡须，但是给人以精神焕发的感觉。

“我回来之前你来过？”林渐新一边用毛巾擦拭着头发一边问道。

虽然觉得诧异，但是邓长治还是点了点头。林渐新淡淡一笑：“我就说嘛，我吩咐农家乐老板的时候他好像犹豫了一下。”

邓长治有些莫名其妙：“你吩咐他什么？”

林渐新道：“我吩咐他不要来打搅我，无论听到什么样的动静。”他看着眼前的这位资深法医，“我没有吸毒……”

听完了他的解释，邓长治顿时耸然动容，沉声问道：“你这样做值得吗？”

林渐新摇头道：“对我来讲，做任何事情都不存在值不值得的问题。我知道，最终我极有可能面临失败，但是我做了，至少可以让后来人知道，这个途径不需要再去尝试。”

邓长治还想说什么，却被他用手势打断了：“我们不要继续说这件事情了，它与夏丹的案子没有任何关系。邓老师，现在我感到非常迷茫。我只是一名心理医生，从来不懂得如何去调查一起案件，经过这一天的调查后我忽然发现，自己距离夏丹死亡的真相并不是越来越近，而是越来越远，整个案情变得更加复杂了。我不知道你们警方是如何破案的，你可以告诉我你们的方式吗？”

邓长治诧异地看着他：“崔英的案子你不是很快就抓住了重点吗？”

林渐新苦笑着说道：“其实崔英的案子还存在着其他很多的可能，只不过最终的真相并不是存在于小概率事件之中罢了，所以我始终认为那只不过是我的运气比较好而已。”

邓长治沉吟了片刻，说道：“说实话，你的思维模式和分析问题的方式非常与众不同，我也是第一次见到你这种特别的推理模式。不，你使用的根本就不是传统的推理模式，传统的推理模式是从各种现象、依据中去推论出最大可能性的结果，而你使用的是纯粹心理分析的方式，所以，我根本就无法给你提供任何有用的建议。”

林渐新顿时默然：是的，他说得很对，我研究的是人的行为与心理的关系，由此去辨别一个人是否在撒谎，从而推论出谎言背后的真相，这确实是与传统推理完全不同的一套逻辑体系。

邓长治站了起来：“你早些休息吧，一会儿我给曹大队打个电话，或许他能够给你一些有用的建议。对了林医生，我给你提个意见：明天你去什么地方是不是应该叫上我呢？”

林渐新有些尴尬，笑了笑说道：“好吧。”

邓长治咧嘴笑了：“明天早上我来叫你一起吃早餐。你放心，刚才你告诉我的事情我一定会保密的。”

林渐新也站了起来：“谢谢您，邓老师。”

邓长治朝他摆手：“还是叫我老邓吧。小林……哈哈！这样称呼多好，你说是不是？”

林渐新的心里瞬间温暖了一下，也禁不住笑了起来。

这天晚上，林渐新是多么希望自己能够梦见夏丹啊，然而最终却是一夜无梦。也许是因为一天的劳累，或者是因为睡前那一场苦苦的挣扎。一般人很难理解幻觉的力量有多么强大和可怕，而他却曾经多次经历。

比如，当你已经去世的父亲忽然出现在面前，他在朝着你微笑，当他伸出手来抚摸你，你却分明感受得到他双手的温暖，你听到了他的呼吸、心跳，这时候的你绝不会恐惧，而是会开始怀疑自己关于“父亲已经死亡”这个记忆究竟是不是梦境。是的，你分明真切地感受到父亲是真正活着的，就如同几个小时前母亲还在你面前唠叨过他一样，如果此时此刻你依然认为他已经离开了这个世界，那么，那个对你唠叨的母亲究竟是不是真的还活着？

幻觉就是这样，它会在你的灵魂中构建出一个真实的世界，让你能够听到它发出的声音，看到它的形状，闻到它的气味，也可以触摸到它的实感。

这一切都让人不可能去怀疑它的真实性，也就只有像林渐新这样的心理医生才能够在出现幻觉的过程中稍微产生出一丝理智，这其实是他灵魂深处对幻觉强烈反抗的结果。

幸好他的幻觉是药物导致的，药物总有代谢完毕的时候。而精神性的幻觉却总是会无休无止，甚至会渐进性地越来越严重。

第二天一大早，醒来后的林渐新深感颓丧。

第七章

逆向思维

邓长治吩咐农家乐的老板将早餐送到了林渐新的房间里面，这主要是为了方便两个人的交谈。

一顿早餐下来，林渐新吃了两个馒头、三个包子、一个鸡蛋，还有两碗白粥。邓长治在目瞪口呆之余禁不住笑了起来：“好家伙！你的饭量真大……是不是昨天晚上的消耗太大了？”

林渐新当然知道他这句话的所指，而绝不是庸俗的玩笑。他看着眼前的这位资深法医，问道：“曹警官那里有什么好的建议吗？”

邓长治却在摇头，说道：“他也是第一次接触到你的这种思维模式，所以也就无法向你提出多少具有建设性的建议，不过他告诉了我一句话。他说，虽然真相往往隐藏于众多线索之中，不过总有其最主要的脉络。”

林渐新皱眉道：“这个道理我懂，可是……”

邓长治笑了笑，继续说道：“对于他这句话的理解，我倒是想到了一个比喻：所谓的最主要的脉络，就如同心脏和静脉血管的关系一样，如果心脏就是真相，那么无论是从毛细血管还是从更大的静脉分支开始去梳理，它们最终的走向都是直指心脏的。也就是说，案件的侦破其实就是一个反推的过程。”

林渐新仿佛明白了，一下子陷入了沉思之中：“脉络……走向……反推……”

邓长治见他在那里喃喃自语，也就不去打搅他，取出一支烟来点上，眯缝着眼睛惬意地享受着。当他那支烟刚刚抽完，正准备取出第二支烟的时候，忽然听到林渐新发出了欢快的声音：“我想明白了，啊，真是拨开云雾见青天啊。”

邓长治急忙将手上的烟放了回去，问道：“你想明白什么了？”

林渐新从座位上蹦了起来，大声道：“我想明白了，所谓的脉络其实就是夏丹。是的，一个鲜活的生命不会无缘无故地逝去，无论她是自杀还是他杀，总会有一个让她失去生命的理由。对，就是这样的，一定是这样的！”

看着激动得捏紧了拳头的林渐新，邓长治却是一脸的茫然：“你刚才说的究竟是什么意思？”

林渐新朝他笑道：“我的意思是，死亡的真相应该就在夏丹那里，而要寻找到这个真相，就必须去找到真正了解她、懂得她的人。”说到这里，他从衣兜里面取出了手机，“我差点儿忘了，想必李唐早就把短信发给我了……果然，苏文，她就是夏丹的那位助理吧？另外这两个人的名字应该就是夏丹的前男友。李唐实在是太聪明了，而且很有绅士风度，这样的人如果今后都不能成功的话简直没有天理了……”

邓长治愕然地看着他：“你等等……这几个人的电话是你让李唐发给你的？”

林渐新依然沉浸在激动中：“是啊，怎么了？”

邓长治哭笑不得：“那你不是早就找到调查的重点了吗？干吗还来问我？”

林渐新却摇头说道：“不，当时我只是觉得这些人都应该作为被调查的对象，我并没有把他们列为重点，而恰恰是你刚才的话提醒了我。你看，昨天我找了童仝、李唐，还有副导演沈端，结果这些人对夏丹根本就不了解。即使是李唐，作为夏丹的现任男朋友，他对夏丹的了解其实也非常有限。还有夏丹的母亲，我可以肯定，她对自己女儿的内心几乎也是一无所知的。”

邓长治的心里更是惊讶：“为什么？按道理说，做母亲的应该是最了解自己孩子的人啊？”

林渐新看着他：“你也有孩子吧。那么，你真正了解他吗？”

邓长治道：“当然……”这时候他忽然愣住了。林渐新依然在看着他，笑问道：“你只是认为自己理所当然地很了解他，结果仔细一想才发现，你对自己孩子的了解似乎仅仅是停留在表面，是不是这样？”

邓长治尴尬地点了点头：“我从来都没有认真去想过这个问题，可是，为什么会这样？”

林渐新回答道：“这其中的原因很简单：当父母的都希望自己的孩子跟随他们的意志去成长，去发展，说到底就是为了弥补自己人生的过错、遗憾，然而他们却偏偏忘记了一点，那就是孩子早就有了自己的独立思维，于是，叛逆、潜意识地反抗也就在所难免，孩子开始在父母面前阳奉阴违，同时将自己的内心紧紧包裹起来。夏丹妈妈的情况也是一样，自从夏丹的父亲去世之后，她就给夏丹设计了一条所谓的成功之路。夏丹是一个懂事的孩子，她非常听妈妈的话，于是她终于成功了。可是，夏丹妈妈真的就知道女儿这一路走来所经历过的艰辛吗？我看未必。”

邓长治默然，心里却唏嘘不已。

林渐新没有继续说下去，他看着手机上的短信在那里自言自语：“也许，我今天就应该飞去北京。今天上午不行，我还得去找那两位摄像师……”

邓长治问道：“你去找摄像师干什么？”

林渐新将那个病人的情况对他讲了，最后说道：“这件事情非常重要，我不能为了调查夏丹的事情耽误了对这个病人病因的分析。”

邓长治也一下子对这件事情感兴趣起来：“我和你一起去，可以吗？”

林渐新笑道：“好吧。如果我不同意的话，你会吃不下午饭的。”

邓长治大笑：“那我们现在就去吧。”这时候他忽然想到了什么，惊讶地看着眼前这个年轻的心理医生，“李唐的短信是他昨天发给你的？”

林渐新将手机放回衣兜里面，不以为意地回答道：“是啊。”

邓长治的表情更加奇怪了："结果他发给你的短信你现在才看到？"

这时候林渐新才明白了他惊讶的原因，笑道："是啊，我这人没事的时候不喜欢玩手机。我喜欢思考问题，或者阅读。"

邓长治苦笑着摇头道："你真是一个奇怪的人。"

林渐新正色道："如果像我这样的人都不能克制住自己，让自己和其他人一样沉迷于网络或者游戏的话，那我就是一名不合格的心理医生。像我这样的人，不但要克制住自己，不要玩物丧志，而且还要去帮助他人，因为这是我们的责任。"

邓长治深以为然，同时对他的敬意也就更多了几分。

马达将林渐新拿来的U盘插入电脑的接口，一边打开图像处理器，一边对林渐新解释道："我们使用的是专业软件，很快就可以看到这里面的图像是否经过处理了。"

林渐新点头。此时此刻，他所表现出来的却是波澜不惊般的平静。

结果很快就出来了，马达发出了惊呼声："那个画面竟然是处理过的！"

林渐新淡淡一笑，说道："对于我和这个病人来讲，那把钥匙是否消失过并不重要，重要的是这件事情背后的意义。"

马达还是禁不住问了一句："这是什么意思？我怎么听不懂呢！"

林渐新道："弗洛伊德创立了精神分析法，虽然他的理论被后来者所诟病，但是精神分析法绝对是一个巨大的发现，它不但可以帮助心理学家探寻病人精神、心理性疾病产生的动因，而且还为接下来有效的治疗提供了一种全新的方式。就这个病人而言，无论是她寻找钥匙、钢笔还是手机，都只是表面现象，当我们透过这些表面现象，也许就会发现存在于它们背后的真实意图。"

此时在场的人也就只有邓长治有些听懂了，问道："那么，你认为这个病人的这些表象后面，所隐藏着的真实意图究竟是什么呢？"

林渐新沉默了片刻，回答道："很可能是因为父爱。"他看着马达和陈新久一脸懵懂的样子，继续解释道，"据我所知，这个病人在她很小的时候母亲就去世了，是她父亲把她一手带大，父亲为了她没有再婚，一直对她精心呵护。一年前，父亲因为癌症去世，从此她的精神就开始出现问题。也许这个病人一直以来都有着粗心的毛病，所以父亲在生前经常提醒她……”

这下就连马达也有些明白了：“这个病人寻找东西背后的真实意图其实就是希望她的父亲还活着，是这样吗？”

林渐新朝他赞赏地笑了笑，点头道：“是的。”

陈新久满脸的兴趣盎然，说道：“想不到这个学科也如此有趣味。”

林渐新正色地纠正他道：“‘趣味’这个词你使用得不恰当。有着精神或者心理疾病的病人，他们的痛苦是常人很难理解的。人是一种社会性动物，当一个人无法分清现实与虚幻的时候就会与整个社会脱节，人们就会排斥他们，厌弃他们，从而让他们承受着双重甚至是多重的痛苦。”说到这里，他的语气变得缓和了些，“我们人类无论是对宇宙、地球，还是对我们人类本身的探索都还远远不够。”

马达觉得陈新久有些冤枉，因为陈新久明明说的是学科，不过他也不好多说什么，问道：“林医生，是不是接下来你就可以对这个病人进行有效的治疗了？”

林渐新点头道：“是的。只要寻找到了发病的心理动因，接下来的治疗也就有了方向。对这个病人而言，最关键的是让她接受父亲已经去世的这个现实。”

几个人正说着，外边忽然跑进一个人来，问道：“林医生在这里吗？我们的制片人回来了，他说请你去一趟。”

林渐新道：“好。”随即侧身看着邓长治：“你也一起去吗？”

到了那里后，林渐新才知道真正要见他的并不是制片人，而是这部电影投资方的老板。当然，制片人和欧阳导演也都在。投资方老板姓翟，五十多岁的样子，给人的第一印象是他的腰非常挺直，身材也保持得很好。

见面后双方简单介绍了一下，翟老板随即就说了一句：“你们都出去吧，我和林医生单独谈谈。”

制片人和欧阳导演以及邓长治都从房间里面出去了。看着邓长治满脸不情愿的样子，林渐新差点儿忍不住想笑。

“请坐吧。”翟老板指了指旁边的沙发。林渐新从进来的那一刻起就已经感受到这个人强大的气场了。其实所谓的气场，它应该来自两个方面：成功者展现出来的强大自信，以及平庸者内心的自卑。而且气场的感受者永远是地位身份较弱的那一方，两个人的身份地位相差越大，弱者所承受的气场压力也就越大，因为自信和自卑本来就是背道而驰的两个方面。此外，林渐新还认为，气场这种东西的本源或许更多来自弱者的自卑。

此时此刻，林渐新感到很无奈，因为他也一样无法克制住自己内心深处的那份自卑。他坐下了，沉默地等待着对方的话题。

“林医生，听说裘靳的事情是你发现的？”翟老板缓缓问道。

林渐新觉得他的这个问题问得有些奇怪，回答道：“是他做了那样的事情，我只不过是发现了其中的线索罢了。”

翟老板朝他摆了摆手：“林医生误会我的意思了。裘靳人品低劣，如今身败名裂只不过是他咎由自取。不过这件事情说明了一个问题，那就是我在选人用人上面出现了问题。裘靳的事情发生后，我昨天就直接飞到了这里，从欧阳导演那里听说了你的事情，这才知道林医生是一位非常出色的心理学家。这部电影的投资巨大，不能再出现任何问题，林医生，我这里有两个接替裘靳的人，不知道你能不能帮我从中选出一个来？”

林渐新没有想到他找自己的目的会是这个，摇头道：“择人用人应该是你们人事部门的事情，为什么要来问我呢？”

翟老板笑道：“裘靳在我们公司也算是年青一代的佼佼者了，但是他在林医生面前却是如此不堪一击，如同透明人一般被你看了个通透。”他拿出手机，“这是我让公司的人准备的两段视频，今天早上才传过来。林医生，麻烦你看看！”

他说着，手机就已经递到了林渐新的面前。画面中出现的是一个年轻女子。林渐新只看了一眼就将手机朝翟老板推了回去，说道：“我第一眼看到裘靳的时候也一样觉得他是一个能力非常强的人。如果我猜测得不错的话，裘靳在负责这个项目之前或许一直身处一个比较单纯的环境里面，当他在骤然间进入演艺圈这个大染缸并且拥有很大的权力之后，欲望膨胀其实并不奇怪。所以翟先生，你让我看这个并没有多大的意义。”

翟老板惊讶地看了他一眼：“林医生果然有些与众不同。是的，裘靳刚刚从国外获得管理学博士学位就被我聘请到了公司，这是他负责的第一个项目。嗯，林医生的意思我明白了，谢谢你的提醒！”

林渐新趁机问道：“听说你们在确定夏丹作为这部电影女一号之前曾经有过犹豫？”

翟老板淡淡道：“这很正常，毕竟我们的投资不小，在主要演员的问题上慎重一些也是必要的。”

林渐新点头道：“翟先生的这个解释也很合理。不过翟先生，我个人对这部电影倒是有一个建议，我的这个建议或许可以让你的投资降低一些风险。”

翟老板精神一振：“哦？你说来听听。”

林渐新道：“毕竟夏丹在生前有着巨大的票房号召力，而且她的死本身也是一件轰动娱乐圈的大事件，如果你们能够将她在这部电影中的那些镜头保留下来……翟先生，这只是我个人的建议。”

翟老板皱眉道：“这样一来的话，编剧就需要对现有的剧本进行大幅度修改。”

林渐新看着他，说道：“如果编剧也希望让夏丹的那些镜头能够留下来呢？”

翟老板忽然笑了起来，说道：“林医生的这个想法好像并不仅仅是在替我们投资方着想啊。”

林渐新点头：“是的，将夏丹最后的银幕形象能够呈现在观众面前，这固然是我个人的愿望，但对夏丹的影迷们来讲，这又何尝不是他们的愿望呢？票房是什么？说到底不就是一张张电影票的总和吗？”

翟老板站起身来开始踱步，过了一会儿转身对林渐新道：“林医生，我好像已经被你说服了。我知道，这部电影的编剧也是夏丹的崇拜者，说不定这还真的是一个不错的建议。”

林渐新也站了起来：“翟先生，如果您没有别的事情的话，那我就……”

翟老板指了指沙发，道：“林医生，请坐。实话对你讲吧，这个项目对于我的公司来讲并不算什么，即使是全部亏损了我也还能够承受得起。不过……”说到这里，他停住了，然后就看着林渐新，“你明白我接下来想要说的是什么吗？”

林渐新看着他：“翟先生是在考我？”

翟老板微微一笑：“也算是吧。林医生可以分析出我此时的心里所想吗？”

林渐新摇头道：“说实话，我并不喜欢这样的方式。我只是一名普通的心理医生，能够尽心尽力治疗好病人的疾病就可以了，我的能力自己清楚，至于别人如何评判我，这对我来讲并不重要。”

翟老板双眼灼灼地看着他：“我听出你话中的意思了，其实你并没有拒绝。你可以提出自己的条件，就相当于是我们之间的一次交换。”

此人能够有今天的成就，果然与众不同。林渐新笑道：“翟先生虽然并不在乎这个项目的亏损，但是你却不能允许它出现那样的情况，因为在你的人生经历中鲜有失败，这关乎你的荣誉。翟先生，我说得没错吧？”

翟老板猛地一拍大腿，赞道：“林医生果然懂得我！你继续。”

林渐新笑了笑，继续说道：“其实翟先生更关心的是人才的问题，这从我们一见面你迫不及待让我看视频就已经显现出来了。当然，你关心的肯定不是这个项目的接替人选，而是那个可以替你管理公司的人。”

翟老板诧异地问道：“你这又是如何得知的？”

林渐新道：“格局，你的格局。一个能够把生意做得那么大的人，格局肯定不会太小。翟先生，我这样解释你应该满意吧？”

翟老板大笑：“满意，非常满意！想不到我翟清风活了大半辈子，真正懂得我的竟然是一个和我初次见面的人。林医生，说吧，你需要什么样的条件？”

林渐新想了想，道：“暂时还没有想好，以后再说吧。”

翟老板朝他不住摆手，道：“我这人不喜欢婆婆妈妈，你还是现在就提出来的好。”

林渐新笑道："翟先生，你不用害怕，我不会狮子大开口的。"

翟老板道："我倒是不怕你狮子大开口。不行，你……"

林渐新盯着他："想不到在商场上叱咤风云的翟先生竟然怕了我这样一个小小的心理医生，这件事情要是传出去的话岂不是让人笑话？"

很多时候都是这样，明明知道对方使用的是激将法但是偏偏要上当，而且越是自信的人越容易败在这一招上面。翟老板忽然笑了："好吧，那就听你的。我倒是好奇，今后你究竟会向我提出什么样的条件。"

林渐新朝他伸出手去："给我吧，我看看这个人的资料。"

"你等等。"翟老板到里间拿出一台笔记本电脑，打开，"这里面有他的文字资料，也有视频。"

林渐新只是看了文字资料前面的一行，然后就直接看视频，他看得很仔细，中途还回放了两次，将笔记本合上后问道："翟先生，他可是你儿子，你有什么不放心的？"

翟老板目瞪口呆地看着他："你怎么知道他是我儿子？"

林渐新笑了笑，道："资料上面只有他的英文名，很可能是你故意去掉了他的中文名字。虽然很多人认为他长得一点都不像你，也许更多的是像他的母亲，但是在我的眼里他和你长得很相像，比如他的耳廓，他脸部的外围轮廓，他的手指，还有他长期以来在潜意识中对父亲的崇拜而形成的与你十分相像的神态，这些都可以证明他就是你的亲生儿子。嗯，说不定那个英文名都是您让人现取的。"

翟老板叹息了一声，道："你果然……林医生，你觉得他怎么样？"

林渐新摇头道："我不知道。我根本就没有认真看他的资料，因为我并不是做人事工作的。不过我倒是觉得很奇怪，你自己的儿子，难道你对他还不了解吗？除非是他一直没有在你身边。"

翟老板点头道："正是如此。他是我和前妻的孩子，后来我又结了婚，但是我现在的妻子一直不育，做了几次试管婴儿都失败了，如今我就只有这一个孩子，可是……"他叹息了一声，"这些年我在商场上顺风顺水，积累了大量的财富，然而对于我这样的人来讲，财富其实已经成了社会资源，如果他没有能力管理好这笔财富的话还不如捐出去，免得今后被人笑话。”

这是一个把脸面和他人的评价看得比什么都重要的人，还有，他对自己的这个儿子显然没有太深的感情。林渐新问道：“你的前妻是不是一直以来对他溺爱太深？”

翟老板再一次叹息，道：“是啊，我这辈子犯下的最大错误就是当初没有让孩子跟着我。算了，不说那些了。林医生，你真的不想给我一些建议？”

林渐新真挚地道：“我不是不想，而是根本就说不出你需要的答案，因为我并不是这方面的专家。其实翟先生早就有了自己的想法，难道不是吗？”

翟老板顿时沉默了，一会儿后才喃喃自语着说了一句：“我再想想，再好好想想。”

林渐新站了起来准备告辞，翟老板这才回过神来，道：“林医生，谢谢你。你放心，我们之间的约定依然有效，不过这件事情请你一定要保密！”

林渐新笑道：“当然。翟先生，你也不用太过紧张，也许我这辈子都不会去找你兑现那个诺言的。”

翟老板愕然地看着他：“那你刚才……”

林渐新微微一笑：“我就是想，如果让一个有钱人欠下我一个人情的话，这总不是什么坏事吧？”

翟老板一怔，顿时大笑。

第八章

完美人设

林渐新当天下午就乘飞机到了北京。邓长治没有跟去，他是国家公职人员，而且正值案发频繁的春节前夕，不可能长时间远离自己的工作岗位。邓长治亲自驾车送他去的机场，临行前他告诉林渐新：“如果遇到什么情况的话你可以随时联系我，我在北京还认识一些朋友。”

到了京城后林渐新首先找了一家酒店住了下来。酒店就离夏丹生前签约的经纪公司不远，不过他并没有事先与苏文联系。从夏丹妈妈的口中得知，这家经纪公司似乎并不是那么厚道，他担心苏文拒绝甚至躲藏起来，如果真是那样的话这一趟可就白来了。

飞机这种交通工具虽然拉近了城市与城市之间的距离，但是从一个地方出发到另一个地方住下来所需要的时间并不少。当林渐新住进酒店的时候这座城市已经进入夜晚模式，高楼大厦的灯光如同点点繁星，马路上车灯汇成的长流与街道两旁的七彩霓虹交织在了一起。林渐新站在酒店房间的窗前，痴迷地注视着眼前那一片片绚烂多姿，心里就想：如果某个上上个世纪的人穿越到此，必定会以为自己是到了传说中的天堂。

林渐新曾经不止一次来过这座城市，他最喜欢的不是这里的灯红酒绿、高楼大厦，而是隐藏于弄堂之中的本地人最喜欢去的涮羊肉馆。他总是能够找到那样的地方。此时，他就已经置身于此了。

铜质涮锅里面乳白色的浓汤已经开始翻滚，他的情绪也因此而兴奋起来，搓了搓手，夹起几片薄薄的羊肉放入锅里，很快就熟了，放到芝麻酱里裹一圈，入口，嗯，就是这样的味道，简直是美味无比啊。

涮羊肉馆里面除了他还有两桌人，听他们说话就知道是地道的本地人，标准的北京口音，一边喝着二锅头一边天南海北神侃，上到中南海下到西沙群岛的事情好像他们都一清二楚。林渐新喜欢这样的氛围，这才是真正的老北京的味道。

“你们听说过没有？那个漂亮的女演员叫什么来着？夏丹，对，就是她，听说她不是自杀死的。”林渐新已经吃好准备离开的时候忽然听到有个人在说夏丹，刚刚抬起的屁股立刻又坐了回去。

“我也听说了，据说好像是他杀，警方正在调查呢。”

“最近被抓的那些大官，他们哪一个不和漂亮的女明星有染？她是被杀人灭口了吧？”

“这还真是不好说，当了官，有了权和钱，不玩漂亮女人的话岂不是忒亏了？我看啊，多半是这样。”

“你去告诉警方一声得了，让他们就朝着这个方向去破案。”

“我哪有那样的闲工夫？股票还套着呢。”

“我不也一样被套着？你们说说，最近这股票的走势怎么这么奇怪啊？”

话题一下子就扯到了股票上面，一个明星的死对他们来讲，就好像是这铜锅里面冒出的水蒸气，轻飘飘地一瞬而去。林渐新暗暗叹息了一声。门外的风很大，凛冽非常，他下意识地裹紧了外套，然后朝着酒店的方向好一阵奔跑。

上半夜，林渐新始终没办法入睡。

自从得知夏丹死亡的消息以来，林渐新反复警告自己不要太过依赖药物，但是始终抵御不住内心深处那只魔鬼的躁动。不得不说，他的内心还是存在着对进入那个离奇维度的渴望的。而每当他真正身处那个空间的时候却又无法克制灵魂深处那一丝理智的萌动，于是一次艰难的搏斗也就在所难免。他的内心是十分清楚的，他需要的就是那个搏斗的过程，而且总是试图让自己的搏斗越来越顽强，并且在不远的将来理智的成分越来越多，最终通过搏斗快速地从那个维度脱身出来。

这不仅仅是一个真正了解幻觉、战胜幻觉的过程，更是一个通过药物抵抗那只恶魔的途径。在林渐新的心中，神农是他最崇拜的对象之一。是啊，神农尝百草，那需要的是一种什么样的勇气？林渐新曾经不止一次认为：也许在这个世界上，在古往今来的所有人当中，唯有他自己才是真正知道并懂得神农的那个人。

在经历了与可怕幻觉的搏斗之后，大汗淋漓得差点虚脱的他终于平静地躺倒在了床上，回到现实世界的他却因此而变得更加孤独、伤感。洗完澡后本想早早入睡，但是北方的暖气却让他一次次从呼吸困难中醒来。

后来，他起床去打开了窗户，当凛冽的寒风吹进房间的那一刻，他感觉到自己的呼吸一下子变得顺畅了许多。然后，一觉睡到了天亮。

有着美好睡眠的人是幸福的，林渐新最懂得长期失眠患者的痛苦。神经官能症、抑郁症或者因为其他疾病造成失眠，这样的病人在全球有十多亿之多，他们每天晚上都在经历着无法入睡的痛苦折磨。

醒来后的他精神焕发。早餐后回到房间将自己整理了一番，这才步行去往夏丹生前所在的那家经纪公司。还好，传言中经常到来的雾霾在这天并没有出现。说不定这就预示着今天会有好运气。他在心里如此对自己说道。

方方正正的设计风格，高达数十米的雄伟气势，可以看到天空云彩的玻璃幕墙，这一切都显示着它是北京高档的写字楼之一。林渐新没有即刻上楼，他找到了一处最合适的位置，就在那里暗暗观察着进出大楼的人们。

在夏丹众多的出行照片中，林渐新早已熟悉了那位助理苏文的模样。他是在上班时间前近一个小时来到这里的，想必应该不会错过她。不过他的内心依然忐忑：万一苏文正好生病了呢？万一她休假外出了呢？

九点过五分，他终于看到了那张熟悉的脸。那一瞬，他禁不住有些激动起来：果然是好运气！习惯性看了一下手表后就快速朝她走了过去，直接出现在了她的面前，脸上带着微笑："苏文小姐，你好，我叫林渐新……"

眼前这个比照片上还要漂亮的女人一下子就停住了脚步，惊讶地看着他："林渐新？你是夏丹的朋友？"

林渐新怔了一下，来不及去多想，点头道："是的，我是林渐新。我想和你谈谈，可以吗？"

她犹豫了一下，点头道："好吧，我们找个地方。"说着，拿出手机拨了一个号码，"游姐，我在公司下面碰到了一个熟人，可能要晚一些到办公室，向您请个假。"

林渐新发现她的脸很快就舒展开来了，这表明她刚才的请假已经得到了批准。果然，苏文对他说道："对面有一家咖啡店，我们就去那里吧。"

过斑马线的时候林渐新紧紧跟在苏文的后面。从刚才短暂的接触中他已经基本上了解了这个年轻女性的性格：沉稳、果断、很有主见。其实她的美丽并不比夏丹差多少，牙齿也非常漂亮，唯一遗憾的是她那不足一米六的身高。如果是在南方，她也算得上是比较标准的身材了，"小巧可人"这个词或许就是为像她这样的女性而发明出来的。

咖啡厅刚刚开门不久，头天晚上残留在空气中的香气还没有散去，充足的暖气中飘荡着优美动听的轻音乐，服务生的微笑让这个早晨提前进入了春天。

苏文脱下羽绒服将它放在了座位的旁边，此时身着淡蓝色高领羊绒毛衣的她显得有些瘦削，不过依然能够给人以婀娜之感。在这个女人面前，林渐新感到有些拘束，以至于在是否也像她一样脱去外套这件事情上产生了犹豫，而且当服务生过来询问他们有什么需要的时候还是苏文先开了口："林先生喜欢喝点儿什么？"

"我随便吧。"林渐新在心里懊恼着，却依然无法在这件事情上采取主动。

"那就两杯拿铁吧。"苏文吩咐服务生道，上下两排白皙如玉般的贝齿闪亮着，她的目光很快就落到了林渐新的脸上，"我早就听夏丹谈起过你，我也一直对你很好奇，想不到我们会在这个时候见面。”

从李唐那里得知的信息让林渐新的心里已经有所准备，不过此时他依然感到有些诧异：“是吗？”

“是的，”苏文点头道，“夏丹不止一次在我面前提起过你。还有，最近我听说你在调查夏丹的死因，而且还发现了一些新的线索。林先生，是这样的吗？”

林渐新一下子就想起了头天晚上在那家涮羊肉馆听到的传言，心里暗叹着明星话题的强大。他点头道：“是的。苏小姐，你怎么看这件事情呢？”

苏文的眼帘微微下垂着，睫毛颤动不已：“说实话，这个消息让我感到非常震惊。”她的脸上也在这一刻出现了一丝痛苦的表情，“也许，我们已经做错了很多的事情，我很愧疚。”

林渐新不明白她话中的意思，问道：“苏小姐为什么这样说呢？”

苏文神情黯然地道：“阿姨……就是夏丹的妈妈，在夏丹出事后来过公司好几次，她坚持认为夏丹的死有问题。开始的时候我们都很理解她的痛苦，所以一直好言安慰。后来她就在公司里面大吵大闹，非说夏丹是被人害死的，非得要我们派人去调查。当时警方已经对夏丹的死有了初步的结论，我们怎么可能在这样的情况下再去另生事端？夏丹的死对我们公司来讲也是巨大的损失，而且当时我们还要应对媒体的各种传言……对于我来讲，心里的悲痛和阿姨也是一样的，毕竟我已经跟了夏丹好几年了，我们俩的感情就像亲姐妹一样。”

林渐新默然。他能够想象得到一位失去孩子的母亲当时的悲痛欲绝，以至于所表现出来的蛮横无理，与此同时，他也能够体会到苏文和她老板当时的无奈和烦躁。

苏文的眼泪下来了，哽咽着说道：“说实话，无论是在当时还是现在，我的心里都是希望警方的结论是正确的，因为那样的结论会让我的内心好受一些，也更能够接受一些。可是现在……呜呜！究竟是谁会对她有那么大的仇恨呢？丹丹那么好的一个人，怎么可能呢？”

林渐新能够理解她话中的意思，而且完全相信她刚才所有的话都是发自内心的。他从身上拿出一条折叠得整整齐齐的手绢朝苏文递了过去，温言道："苏小姐，请节哀！"

苏文接过他手上的手绢，眼神中惊讶了一下。其实她并不知道，随身带着干净手绢也是林渐新的职业习惯之一，因为他的病人很可能随时都需要这个东西。

过了好一会儿，苏文才终于止住了流泪，她将手绢递回给林渐新，轻声道："谢谢……"

林渐新却并没有伸手去接，朝她微笑着说道："我这里还有好几条，你随便用就是……是这样的，因为我是心理医生……"他见苏文的脸上一下子就出现了笑容，于是也笑，"职业习惯，你理解就好。"

苏文这才用那条手绢大胆地揩拭着眼睛，还有鼻子。此时此刻，她忽然明白眼前这个男人为什么会在夏丹的心里有着那么重要的位置了，禁不住再一次暗暗地仔细打量起他来：光洁得发青的脸颊和下巴，苍白得稍显病态的消瘦面容，以及如溪水般洁净明亮的眼眸，这一切都让他看上去是那么干净……

林渐新感觉到了她正在对自己暗自观察，微微一笑，说道："苏小姐，关于夏丹的事情，我想问问你，可以吗？"

苏文这才从刚才的失神中清醒过来，轻声道："林先生，你问吧，只要是我知道的，我都是愿意告诉你的。"

林渐新喝了一口咖啡，有些苦，不过随之而来的是香气满颊。他将咖啡杯轻轻放下，问道："我想知道夏丹出事的那天晚上究竟发生了什么事情。也许你已经对警方和夏丹妈妈讲述过多遍了，但我还是想听你亲口再讲述一遍，可以吗？"

"嗯。"苏文并没有一丁点儿想要拒绝的意思，"那天剧组在湖边拍戏，丹丹感冒了，在拍戏的过程中总是忍不住打喷嚏，欧阳导演说那就过几天再来拍那几个镜头，可是丹丹却坚持要拍完……"

苏文非常详细地讲述完了整个过程，与林渐新从夏丹妈妈和警方那里所听到的差不多。这并不奇怪，毕竟夏丹死亡过程的口供就是来自她。在她讲述的过程中林渐新一直在暗暗观察着她的表情，也十分注意她对每一个细节的描述，但是并没有发现她有撒谎的迹象。

“午夜过后，你听到过夏丹的房间里面传来异常的声音吗？”林渐新问道。

苏文摇头道：“没有。我这人睡觉择铺，每到一个新地方就容易失眠。到了那岛上后过了好几天才终于适应过来，因为白天要一直跟着丹丹，晚上总是疲惫不堪。那天晚上也是这样，丹丹半夜起来做吃的，我还是被惊醒了，后来再次入睡之后就睡得特别沉。”这时候她的眼泪又下来了，“谁知道会发生那样的事情呢？”

林渐新看着她：“也许不仅仅是从感情的角度，而是你本来就认为她的死是自杀，是这样的吗？”

苏文愕然地看着他：“你这话是什么意思？如果不是自杀的话，她身上怎么会穿着那样一套衣服？肯定不应该是忘记关煤气灶才出现的意外事故啊。”

林渐新的目光依然没有从她的脸上移开：“你做她助理的时间已经不短了，而且我感觉得到，你们两个人的关系似乎很不错。既然你认为她的死是自杀，那么想必她曾经在你面前谈及过那样的想法，或者是，她有着除了你之外别人并不知道的巨大压力，抑或是某种疾病，比如抑郁症什么的……”

苏文吃惊得差点站了起来，说话的声音也控制不住地大了许多：“不，不是这样的！”

林渐新的目光瞬间变得锐利起来：“那究竟是怎么样的？”

苏文的脸色一下子变成了苍白，激动地道：“你在怀疑我？”

林渐新摇头道：“不，不是怀疑。我不是警察，没有怀疑他人的权力。我只不过是想把有些事情搞清楚罢了，仅此而已。苏小姐，刚才我提到的那个问题你如何解释？”

很显然，苏文是一个比较善于控制自己情绪的人，这也许是她的职业所决定。她不再像刚才那样激动，不过也没有能够做到马上就镇静下来，以至于说话的时候有些结结巴巴：“我？解释？你……你要我怎么解释？警察都那么说了，现场也符合她是自杀的特征，我还能说什么？”

林渐新不得不认可她的这种解释。是的，并不是任何人都可以做到对权威结论的怀疑，因为怀疑是需要极大的自信与勇气的。对于苏文来讲，她仅仅是一个平常人，她相信权威的结论，同时也服从于内心深处对夏丹的那份情感。而夏丹妈妈却完全不一样，是血浓于水的亲情让她不顾一切地去怀疑，去寻求真相。

那么我呢？林渐新在心里苦笑：或许我仅仅是为了尽到自己的那一份责任吧。

沉默了好一会儿，林渐新才轻轻叹息了一声，点头道："是啊，你还能说什么呢？"

苏文没有想到他竟然会发出这样的感慨，愣愣地看着他："这么说，你又相信我说的话了？"

林渐新摇头道："我说过了，我只是想把很多事情搞清楚罢了。苏小姐，关于夏丹死亡时身上的那套衣服，你都知道些什么？你别这样看着我，这也是我很想搞清楚的事情之一。苏小姐，你是夏丹的助理，这样的事情我只能问你，请你理解。"

苏文怔怔地看着他，一时间差点儿走神：这是一个什么样的人啊？好像他并不是夏丹的朋友，而是一位私家侦探，自从他一出现所表现出来的镇定与冷漠实在是让人有些难以接受。是的，是冷漠，每当从他口里说出"夏丹死亡"这几个字的时候都是那么淡然，情绪波澜不惊。还有，他根本就不顾及一个为夏丹服务多年的助理的内心感受，问出的每一个问题都是那么直接，却又让人不得不回答。苏文好不容易才终于整理出了头绪，回答道："我真的不知道那套衣服是从哪里来的，我只是她的助理，负责的主要是她工作上的事情，并不知道她的行李箱里面存放着哪些衣服，那里面的东西都是她的私人物品。"

林渐新却依然忽略她的感受，继续问道："那么，在你的印象中，夏丹除了在银幕上穿过那套衣服之外，她在其他时候还穿过吗？"

苏文想了想，摇头道："好像没有。演员一般都不会让自己戏里戏外完全一样，不过我倒是从她早年的照片中看到过她穿过那样的衣服，据我所知，这正是当年导演选择她出演那部电影的原因之一。对了，当时她因为那部戏成名后去参加过一家电视台的节目，当时她的身上也是那样的搭配，除此之外就再也没有过了。”

她的这个回答与李唐所说的差不多，由此也可以让人感受到夏丹成长过程中心理上的微妙变化：也许她的内心是非常喜欢那样的装束和形象的，只不过职业的影响使得她不得不放弃一部分自己的喜好。演员是一个特殊职业，如果戏里戏外分不清的话就很容易出现心理上的问题。虚幻与现实是两个截然不同的维度，作为职业演员，他们必须做到走得进去并沉迷其中，而且还要脱身出来去面对真实的生活。

林渐新沉默了片刻，又问道：“苏小姐，你觉得自己真的非常了解夏丹吗？”

苏文愕然地看着他：“你这句话又是什么意思？”

其实从一开始林渐新就意识到自己对苏文的提问出现了问题，以至于让她始终处于不愉快的被动状态，并且因此产生对抗与防范，可是他却克制不住自己内心深处对眼前这个助理的不满——在他的潜意识中，一直都认为苏文作为助理是不尽责的，甚至还认为夏丹的死多多少少都与她有关系。林渐新淡淡地道：“那么，我换一种方式提问。说实话，我已经有好多年没有见过夏丹了，因此，我对她的了解也就十分有限。就目前而言，从我通过各种渠道得到的信息来看，夏丹似乎是一个十分完美的人，她待人客气，从不耍大牌，有着良好的职业道德，热心公益，而且她的个人生活也非常检点，除了正常的恋爱之外几乎没有任何绯闻。苏小姐，我是研究心理学的，从来都不相信这个世界上存在着如此完美的人，除非是传说中的圣人。所以，我非常想从你这里知道一个真实的她。”

苏文瞪大眼睛看着他，情绪骤然间再一次激动起来：“你……你怎么会问我这样的问题呢？夏丹她，她可是很多人心中的女神，她本来就有这么完美！亏得夏丹一直把你当成是她心中最完美的男人，想不到你竟然会如此怀疑她！”

林渐新的内心瞬间被她其中的一句话触动了，禁不住全身战栗起来：

“你……你刚才说什么？我？我是她心中最完美的男人？”

苏文握着咖啡杯的两只手在颤抖，情绪依然激动着：“是，她曾经就是这样对我说的！她对我说：‘小时候家里有一个邻居哥哥，这个邻居哥哥一直以来都是我心中最完美的人，他身材修长，眼睛明亮，身上的白衬衫总是那么干净，他每一次看我时的眼神都让我感到温暖，他喜欢看书，不抽烟，不喜欢喝酒，没有任何不良嗜好。有一次我受伤后他背过我，他的后背是那么宽广，让我第一次感受到了什么是安全感……’林先生，在夏丹的心中，你也是那么完美，难道你一直都在欺骗她？”

林渐新喃喃地道：“那是因为她不了解我……”

苏文直盯盯地看着他：“你也不了解她！她的完美是就大方面而言，她当然也有缺点，她有时候喜欢使小性子，她特别好吃，她不喜欢洗衣服，她的住处乱成一团糟，她喜欢将东西扔到床底下，看过的书从来不放回原来的位置，她喜欢做饭却厌烦洗碗，她喜欢睡懒觉，她在自己的住处蓬头垢面，她还喜欢抠脚趾！林先生，你觉得我应该把她的这些缺点都拿出去对人讲吗？”

林渐新顿时目瞪口呆、张口结舌。苏文却依然情绪激动：“你知道吗，那些最喜欢打探明星隐私的狗仔队，后来都没有兴趣再去跟踪她了，因为她没有绯闻，她喜欢把自己关在住处几天都不出门，她喜欢在自己的空间里面自由自在、无拘无束。但是她又害怕孤独，所以经常请朋友们去品尝她做的美食。她不喜欢保镖，因为她觉得不自由，她认为自己和大多数人一样是很平常的人。所以，我根本就不相信她的死是他杀，因为我实在想不出有谁那么仇恨她……我们都很喜欢她，不希望有任何人去伤害她，如果发现有人对她有不良的企图，就会马上去做出警告。可是，可是想不到她还是……”

说到这里，她再一次潸然泪下，很快就泣不成声，手上紧紧捏着林渐新刚才给她的那条手绢却并没有去揩拭。悲伤的情绪是最容易感染到他人的，此时此刻，林渐新内心的悲痛也一下子被她激发出来，他的双眼瞬间就湿润了。他竭力不让自己的眼泪掉下来，轻轻叹息了一声：“苏小姐，谢谢你告诉了我这么多……”

然后，就再也说不下去了。他从钱夹里面取出几张钞票放在了桌上，缓缓起身准备离去。“你等等。”这时候苏文忽然叫住了他，“你准备去哪里？”

林渐新的目光有些茫然，摇头道：“不知道……也许，我还要去见见夏丹的那两个前男友。”

苏文也站了起来，将桌上的钞票拾起朝他递了过去：“要不了这么多，应该是我请你。”

林渐新直接转身朝外面去了，苏文听到他说了一句：“夏丹的死是他杀，这已经毫无疑问。”

在给邓长治打电话前林渐新接到了童仝的电话。童仝在电话里面对他说：“谢谢你，林医生！”

林渐新一下子就明白了他的感激是缘于什么，问道：“剧本修改起来困难吗？”

童仝道：“不困难，让夏丹的那个角色受伤后整容就可以了，接替她的这个演员和她饰演的还是同一个角色。”

林渐新赞道：“简直是天才般的构思啊。辛苦你了。”

童仝有些兴奋：“这还得谢谢你的那个建议，那才真正是天才般的设想呢，欧阳导演听了后也赞不绝口。林医生，我代表我自己，还有夏丹的粉丝们，感谢你。”

林渐新的心里暗自惭愧，问道：“剧组现在的情况怎么样？有什么关于夏丹的传言吗？”

童仝回答道：“现在大家都有些相信她的死是他杀了，都在等着你的调查结果呢。林医生，你还回来吗？”

林渐新的心里突然间一阵烦躁：“不知道，看情况吧。”

第九章

初恋男友

“如今我基本上可以肯定夏丹的死是他杀。”林渐新拨通了邓长治的电话后直接就说道。

“为什么？”

“从一开始我就觉得夏丹死亡时身上所穿的那套衣服有问题，不过当时有些问题我并没有想明白，所以也就没有把这一点作为这起案件的重要疑点。”

“嗯。我们初次见面的时候你确实提到过这个问题，只不过是在你提出的疑点后面谈到的。你的意思是说，现在你已经可以通过这个细节证明夏丹就是属于他杀了？”

“是的。最关键的是季节。我问过了夏丹的现任男朋友李唐和助理苏文，他们都告诉我夏丹在成名之后不再有牛仔裤搭配白色T恤的习惯，他们还告诉我这是因为演员必须分清楚戏里和戏外，不过我认为这样的解释并不全面。演员的银幕形象扮演的是他人，并不是他们真实的自己，如果一个演员在日常生活中也是以银幕形象出现的话，那显然就是一种非常肤浅的表现，所以，夏丹不再有那样的穿衣风格其实是刻意的。此外，如今正值冬季，日常生活中也不可能那样去穿，白色T恤又不是内衣。而且正在拍摄的场景里面也没有那样的镜头，即使是真的需要也只能是由剧组去准备。所以，至少那件白色T恤不应该是夏丹本人的东西。”

“有道理。”

“还有，苏文的一句话也间接提供了夏丹很可能是死于他杀的证据。苏文说，夏丹喜欢做饭却厌烦洗碗。注意，当时夏丹可是处于重感冒的状态，而你们在现场却发现碗筷收拾得干干净净。”

“我同意你的分析。那么，接下来你准备怎么做？”

“不知道，先去和夏丹那两位前男友接触后再说吧，说不定会发现一些新的线索。”

“小林，其实你刚才的分析对这起案件来讲就已经是很大的进展了，至少基本上确定了案件的性质，这非常重要。我马上把这个情况汇报给曹大队，如果你有什么需要的话就直接告诉我们，我们一定会尽力配合你的。”

“夏丹的尸体是你解剖的，是吧？”

“是的。”

“你确定她的尸体没有任何异常的情况？”

“是的。而且……而且她还是处女。”

林渐新的内心震惊了一下，一会儿后才又继续问道：“不知道你当时是否注意过，她身上的那套衣服是不是很合身呢？”

“我当然会留意这个问题了。作为法医，当一具尸体送到我面前的时候，这具尸体的点点滴滴我都必须了然于胸并且记录在案，其中当然也包括尸体身上的衣物。夏丹身上的T恤很合身，牛仔裤的肥瘦、长短也是恰到好处……我明白你的意思了：如果夏丹是死于他杀，那凶手就很可能是她的熟人，是吧？”

“不一定。在那些狂热的粉丝眼里，他们所崇拜对象的星座、身高甚至三围都不再是秘密。”

“那你的意思是？”

“我想看看夏丹死亡时候的现场照片。你那里一定有，是吧？”

“……我得和曹大队商量一下。”

“原来你刚才说的尽量配合只不过是一句空话。”

“小林，我可是让你去看了她的尸体的，是你自己……”

“你看着办吧。再见。”

林渐新一下就挂断了电话。邓长治唯有苦笑。

其实林渐新并不是在针对邓长治发脾气，而是因为在刚才那一瞬间，他的内心忽然涌出了一阵难以克制的烦躁——如今虽然已经基本上明确夏丹是死于他杀，但接下来的调查方向却依然毫无头绪，那个杀害夏丹的凶手就像幽灵一样悄然无息，但是又偏偏能够感知到他的存在。

耐心、细致、善于观察、富有亲和力、甘于寂寞，这本身就是一个心理医生应该具备的职业素养，但是他却偏偏在面对这个案子的时候出现浮躁与烦躁的情绪，而且还不止一次。

不过邓长治理解林渐新的这种心境，毕竟他是心理师，而不是职业警察，角色的骤然转变出现不适应的情况也是很正常的事情。

邓长治非常容易地就说服了曹能。因为曹能也认同林渐新的分析结论，与此同时，他也从中看到了案情真相很快就要浮出水面的希望。

北京冬天的空气干燥异常，凛冽的风刮到脸上的时候会让人隐隐生痛。林渐新站在街道的人行道旁，看到当绿灯亮起那一瞬，包裹在羽绒服、棉大衣里的人蜂拥般蔓延、交汇的场景时，他忽然发现自己其实是一个很幸福的人，至少他的生活不像眼前这些人那么艰辛。

烦躁的情绪也因此得以宁静，他快速地将自己融入朝着对面漫涌过去的人群之中。人群交汇处，眼前是一张张被厚厚围巾遮住了大半的麻木的脸。

夏丹的第一个男朋友是一位摇滚歌手，名字叫赵延，非常普通的名字，见面后林渐新发现他也是一个很普通的人。先前林渐新拨通了他的电话，自我介绍后对方就即刻告诉了他见面的地点：“我在住处等您。因为晚上还有个演出，我得准备准备，不然的话我就来见您了。”

而正是因为这个电话，林渐新才看到了邓长治给他发来的短信：照片已经发到了你的邮箱。

不过他并没有通过手机去打开自己的邮箱。回酒店后再仔细去看，他在心里如此对自己说。随即，他给自己的手机设置了消息提醒。

“不喜欢随时看手机的习惯也并不好。”喃喃自语着，林渐新朝着地铁的方向走去。

乘坐地铁不到一个小时就到了赵延的住处附近，不过即使是这样，从地铁路线图上林渐新发现赵延所在的地方已经是在五环的郊区了。林渐新好不容易才找到了他，他的住处在一栋居民楼里面，一室一厅的房子，里面凌乱不堪，还有一股子奇特的臭味。赵延很是热情，茶早已泡好，发现有些凉了，急忙又重新去换上热的。林渐新借机又观察了一下他的这个住处，发现茶几下面有一盒已经抽了一半的硬盒中华，沙发对面的电视旁边放了一把吉他，地板是刚刚清洁过的，不过还是可以看到一片片无法去除的污迹。

赵延发现他在皱眉，不好意思地道：“我这里乱习惯了，也就是您来我才做了一下清洁。”

林渐新发现眼前的这个小伙子倒是有些单纯可爱，问道：“李唐告诉过你我要来？”

赵延却摇头道：“我已经很久没有与他联系了。我以前从夏丹那里听说过你的名字，最近又从朋友那里听说你正在调查她的死因，所以我也就大概明白了你来找我的缘由。”

原来是这样。林渐新叹息了一声，看着他轻声问道：“其实你心里一直都有她，是吧？”

他点头，不过随即就苦笑了一下，说道：“我配不上她，幸好当初早早地就和她分了手，不然的话会更痛苦。”

林渐新再一次发出叹息声，温言质问道：“就因为你的事业总是遇到挫折，然后你就给自己吸食大麻寻找到了一个合理的理由？”

这突如其来的质问让赵延目瞪口呆，转而就变得惊慌失措起来：“你是怎么知道的？”

林渐新指了指眼前的空间：“我一进来就闻到一丝发了霉的烟草气味，

你住的这个地方房租应该不低，抽的又是中华牌的香烟，想必你的收入还算可以，绝不至于抽发了霉的香烟。除了是大麻的残留气味，还能有别的什么解释？”

赵延顿时沉默不语。林渐新继续温言道：“似乎我比你年长一些，而且你曾经又是夏丹的男朋友，所以我才在你面前说这些话。我知道一个人在北京打拼很难，其艰难的程度肯定超乎很多人的想象，而成功的希望却又是微乎其微，你所承受的压力当然是可想而知的。可是，当初你为什么要当北漂？为什么一直坚持到现在？这说到底不就是为了心中的那个梦想吗？既然如此，你又为什么要用那样的东西去麻醉自己呢？你也许会说，你只是吸食大麻，成瘾性没有重度毒品那么严重，而且这种东西在某些国家是合法的……”

赵延看着他：“难道不正是这样吗？”

他很年轻，所以依然逆反。林渐新摇头道：“不，不应该是这样的。这样的说辞只不过是你为自己寻找的借口罢了。毒品就是毒品，所谓的成瘾性只不过是相对而言，就连香烟这种东西上瘾了都非常难以戒掉，更何况是大麻？所谓的成瘾，心理机制在其中起很大作用，你为自己的堕落寻找理由这就是最大的心理依赖。另外，一个国家的法律制定是根据国情所需，法律就是法律，任何一个人都不可能去撼动它已经存在的既成事实，也就是说，吸食大麻就是犯法，这一点并不会因为你反对这一条法律的制定而改变，即使是你拥有这个世界上最优秀的律师也依然不可能让你逃脱罪名。如果某一天你因为这个走上法庭，那么你多年的梦想、无数的努力也就会因此而化为乌有。也许你的这个恶习才刚刚开始，趁早戒掉还来得及。即使是你已经吸食了很长一段时间，也必须马上戒掉。一个沉迷于毒品，用这种东西去麻醉自己的人，根本就没有资格对自己，对他人谈什么梦想。”

赵延再一次默然。

林渐新看了他一眼，轻轻叹息了一声，继续道：“我知道，你的心里一直都在爱着夏丹。她越来越优秀，越来越成功，这就使得你内心的压力越来越大，让你觉得自己和她在一起的希望越来越渺茫。如今她已经离开了这个世界，使得你仅存不多的希望瞬间化为乌有，于是你也就因此而更加痛苦，甚至差点儿因此而放弃自己多年以来的梦想，因为你的心中再也没有了继续努力的方向和动力……”

林渐新的这番话瞬间触动了赵延内心深处最为敏感、柔弱的神经，他的眼泪一下就滚落而出。林渐新从茶几下拿出那半包烟，取出一支来递给他：“抽一支，也许这样会让你好过一些。这东西虽然对身体不好，但并不违法。”

赵延替自己点上了，他的情绪也因此很快就平静了下来。林渐新这才问道：“可以告诉我吗，你和夏丹是如何认识的，后来又是因为什么分的手？”

“我们是在一部电视剧里面认识的……”赵延回忆道，“经朋友介绍，我在那部电视剧里面饰演了一个歌手。当时夏丹大学刚刚毕业，也在那部剧里面演了一个小配角。我们就那样认识了，她后来经常去我演出的酒吧玩，一来二去我们就恋爱上了。那是我人生中最幸福、最美好的一段时光。当年我大学没毕业就为了梦想独自一个人来到这座城市，身上揣着父母给我交学费的钱和第一个月的生活费。我还算是比较顺利的，很快就有一家酒吧和我签约，我成了驻店歌手，那时候的我信心满满，幻想着自己很快就会成为国内一流的音乐人，再加上又有了夏丹相伴……可是我很快就发现了自己与她之间的差距。大半年过后，夏丹在一部电影里面迅速走红，而我却在自己的道路上止步不前。这时候夏丹的母亲出现了，她坚决反对我们两个人的感情，她对夏丹大吵大闹，跑到我演出的场所来无理取闹，所以，我们最终只能分开。”

他的讲述貌似平淡，但是能够让人真切地感受到他和夏丹曾经所经历的无奈与痛苦。林渐新神色一动，问道：“其实，从你们一开始谈恋爱的时候夏丹妈妈就已经知道了，是吧？”

赵延点头道：“是的。夏丹很听她妈妈的话，把自己的什么事情都告诉她。不过夏丹还是在我们两个人的感情问题上试图反抗，但是最终还是……”说到这里，他又点上了一支烟，苦笑着说道，“其实我心里明白，她妈妈就是认为我和夏丹的差距太大，还觉得我没前途。后来夏丹又谈了两次恋爱，每一次我听到消息的时候，心里就特别难受，同时又希望她能够幸福，这种矛盾的心境只有我自己知道。”

林渐新完全理解他的这种感受，或许爱情就是这样的一种体验：得到了就是甜蜜与幸福，失去了一切都会变成无奈与酸楚。在古往今来的诗词中，陆游的《钗头凤》可谓道尽了其中全部的滋味。这一刻，林渐新的心里忽然产生了一种奇异猜测，他觉得，也许夏丹最重要的成长过程就在其中。这个猜测一出现就让他开始浮想联翩并且挥之不去，问道：“你对夏丹成名之前的情况了解吗？”

赵延回答道：“我知道她在那之前拍过一些广告片，还在多部电影和电视剧里面饰演过小配角。”

林渐新看着他：“就这样？”

赵延点头：“大致就这样。”

在林渐新一直以来的观念中，所谓的恋爱其实就是婚姻的前奏，也就是一个相互了解、相互磨合的过程。直到此时，林渐新才忽然意识到在恋爱这件事情上面自己一贯以来的想法和认知很可能是错误的。不，不是错误，准确地讲很可能是他太过理想化，以至于与现实中真正恋爱的状况出现了脱节。他曾经有过一次刻骨铭心的恋爱，最终的结果当然是以失败告终，后来他总结自己那次恋爱失败的根源后认为，说到底还是因为两个人的价值观不一致。

林渐新怔怔地看着赵延，很是好奇地问了一句：“那么，当时你们是如何谈恋爱的？”

赵延觉得他的这个问题很奇怪，不过还是认真回答了：“不就是在一起看看电影，吃吃夜宵，她拍戏的时候我去看她，我在酒吧演出的时候她来玩……对了，我们偶尔也会谈起自己以前的一些事情，比如她就好几次在我面前提到了你。”

这已经不止一个人提及此事了，也许赵延并不知道夏丹的真实内心，但林渐新却似乎已经明白——或许是因为恋爱的失败以及时间的推移，她才越来越强烈地意识到了自己的初心，并且还将自己内心最真实的感受告诉了她身边的人。

很显然，夏丹心中一直以来真正爱着的人是他。此时此刻，林渐新的内心顿时充满幸福，不过痛苦也因此随之而来……夏丹，其实我也是一直在喜欢、想念着你的啊。

林渐新没有再问赵延其他的问题，他知道，其实赵延和李唐一样对她知之甚少，而其中最根本的原因很可能是夏丹一直密封着自己的某些经历。

“夏丹离开了这个世界，而你、我的生活还得继续下去。赵延，多想想你自己的未来，多想想你的父母。一个人的成功除了努力之外还有机遇的成分在里面，不要过于强求，把自己该做的事情做好就可以了。一个人最重要的是责任担当，而不是让自己的父母整天为你担惊受怕。”林渐新站起来向他告辞。

赵延苦笑着说道：“你说的我都懂，可是……我总是不甘心。”

林渐新过去拍了拍他的肩膀，道：“不，你并不真正懂得我刚才所说的那些话。再见，祝你一切都好！”

“你……你想去看看我今天的演出吗？”当林渐新已经走到门外的时候，赵延忽然邀请道。

林渐新歉疚地道：“今天不行，我还有很多事情要做。以后吧。希望以后能够有机会去看你的个人演唱会。”

干燥而寒冷的空气让林渐新感到鼻腔有些隐隐作痛，他用手轻轻捂住嘴巴和鼻子，不住哈气，很快就感觉舒服多了。当他站在地铁口的那一刻，内心却忽然间产生了犹豫，还有浮躁——接下来是继续去拜访夏丹的第二个男朋友呢，还是回酒店去打开邮箱？

其实林渐新是十分清楚自己为什么会产生这种情绪的：从李唐和赵延那里已经知道他们对夏丹的了解非常有限，那么，她的第二任男朋友也很可能依然是这样的情况。不过他却又担心，如果不去拜访这个人的话会漏掉一些什么。

一个人的死总是有原因的，而其中的原因很可能就在死者身上。从心理学的角度来讲，这才是符合逻辑的。林渐新最终还是做出了选择，拿起电话打给简立钦。

简立钦就是夏丹的第二任男朋友，据说此人是一个富二代，多年前用他父亲的钱开了一家影视公司。电话刚刚拨通就被对方挂断了，林渐新等了一会儿却并没有等到对方的短信回复，只好主动给他发过去一则信息：你好，我是夏丹的朋友林渐新，如果方便的话麻烦你给我来一个电话。

又等了好一会儿，对方依然没有回复。刚才，简立钦在第一时间挂断了他的电话，即使是因为正在忙着也说明他的手机就在眼皮底下，短信进来也应该能够马上看见。因此，林渐新也就即刻明白了：对方根本就不想理会他。

我正在调查夏丹死亡真相的事情早已传开，想必简立钦也应该知道，那么，如今他不愿意见面这说明了什么？想到这里，林渐新反倒有了一种想要见到这个人的强烈的冲动。

很快就拨通了李唐的电话，林渐新说了下自己与简立钦联系的情况，问道："他好像并不关心夏丹死亡的真相，你知道其中的原因吗？"

李唐那边的信号似乎不大好，让林渐新听起来十分困难："等……我……我在外边拍戏呢，你刚才在说什么？我这边信号不好。现在我出来了，你能够听得见吗？"

林渐新只好把刚才的话又说了一遍。李唐道："我没在北京。简立钦这个人……这样吧，我先给他打个电话，你看可以吗？"

林渐新更是好奇："你先告诉我这是为什么，他不愿意见我，我可以直接上门去找他。"

李唐道："好吧。简立钦是富二代，他家里非常有钱。非常有钱，你明白我的意思吧？也许他最开始和夏丹并不是真感情，然而后来是夏丹提出来和他分的手，这让他非常没面子，所以他心里一直恨着夏丹。"

林渐新更觉得奇怪了："我听你说过，你好像和简立钦的关系不错？"

李唐回答道："我曾经在他投资的一部电视剧里面饰演男一号，所以我们一直比较熟悉。夏丹对他来讲已经是过去时了，他身边从来都不缺女人。你明白我的意思了吧？对不起，导演在叫我了。对了，夏丹的事情你调查得怎么样了？"

林渐新将手机从耳边拿开："我会把这件事情调查清楚的。你去忙吧。"

李唐刚才的话虽然含糊其词，但是林渐新已经基本上明白了。于是，林渐新也就没有马上再与简立钦联系。在这样的情况下着急也没有用，冷却一下说不定会有意想不到的情况发生。

对现在的林渐新来讲，或许他更感兴趣的是对夏丹的了解，因为他越来越觉得这个曾经的邻家女孩有着许多不为人知的秘密。他对自己说，也许更进一步去了解她、接近她，她死亡的真相也就可以迎刃而解了。

不再犹豫，他直接上了回酒店的地铁。

地铁缓缓启动，林渐新惊喜地发现车窗外那些闪逝而过的都是夏丹漂亮的脸，那是她代言的一个化妆品广告。

我就要看到你了，也许你在死亡的那一刻已经给我们传递出了有用的线索。林渐新在心里暗暗对着画面上的她说。

第十章

会富二代

邓长治提供的照片非常清晰，远近镜头、特写都有，一看就知道是刑侦和法医的专业水准。

照片上的夏丹看上去是那么沉静、美丽，只有在特写镜头下的照片上才可以分辨出她脸上透出的是病态的樱桃红色。她的双目轻闭着，嘴唇微张，头发一丝不乱，不过那绝不是自然状态下的睡姿，因为她的身体是笔直平躺着的，双手也是直直地放在她身体的两侧，十指没有丝毫弯曲。此外，林渐新还注意到，她身上那件 T 恤的下摆竟然连一丝褶子都没有，牛仔裤也是如此，脚上是一双粉红色的袜子，还有白色波鞋，看上去不像是新的。她的袜子和鞋子，林渐新还是第一次注意到。

这一刻，他忽然想到了什么，急忙去网上搜索那部让夏丹成名的电影。

花费了一个多小时，林渐新从头开始看完了整部片子。她演得真好，我以前为什么没有去看呢？是的，那是因为她在自己的眼中、心里，都已经变得遥不可及。作为心理医生，他比常人更加懂得“放下”这两个字的含义。

白色的 T 恤，蓝色的牛仔裤，粉红色的袜子，以及白色的波鞋，这些都是影片中夏丹的穿着。

凶手一定是她的粉丝，而且……林渐新拿起电话给邓长治拨了过去：“我大致可以描述出凶手的特点了。”

邓长治很是惊喜：“真的？需要我们马上通知拼图师吗？”

林渐新道：“我说的是特征，不是相貌。”

邓长治这才反应了过来：“我明白了，你说的是心理画像。太好了！你说说，凶手的大致特征是什么样的？”

林渐新一边思索着一边说道：“男性；未婚；很可能没有过性生活史；追求完美，或者曾经是军人；富于幻想；轻度的妄想症；喜欢熬夜；个子不高，身材偏瘦；双手有力；穿三十九码的皮鞋。大概就是这些。”

邓长治当然是相信林渐新的能力的，他一边听着一边用笔记下，内心激动而震惊，问道：“可以解释一下吗，为什么是这样一些特征？”

林渐新苦笑着说道：“这些特征是通过夏丹死亡的现场推断出来的，利用的是心理学的相关知识，一时间给你解释不清楚，到时候我们见面谈吧。跑了一整天，我得去吃点儿东西了。你们那边有消息的话请及时通知我，谢谢！”

这一刻，林渐新也有些激动了。他相信自己的推断，因为这些结论都是源于心理学理论。挂断电话后他又在心里思考了一遍，没错，这样的结论是符合逻辑的，心理学的逻辑。

还真的是饿了。他只记得中午的时候就在街边买了个烤红薯吃。他急匆匆出了门。凶手的信息终于显露出来了一些，他想好好犒劳一下自己。

还是那家羊肉馆，一进去就直接叫了两盘羊肉和羊杂，然后就迫不及待地等着铜涮锅里面的水开。也许是周末的缘故，这家小店几乎坐满了人，剩下的几个座位也很快被人占了。

他从来不喝酒，因为酒精最容易诱惑出内心的那只魔鬼。今天也是一样，当服务员询问他是否需要酒水的时候，他直接就说不需要。这顿饭吃得酣畅淋漓，以至于让他没有闲暇再去注意周围那些食客的闲谈。

作为一位心理师，他最懂得他人的想法，所以，吃完了涮锅里面所有的东西后，他很快就在小店老板赶人的眼神中结了账。

当他掀开布帘、置身于寒冷之中的时候禁不住打了一个寒噤，灵魂深处的那只恶魔又开始蠢蠢欲动了，他加快了脚步，但是不敢快速奔跑，脸颊上忽然感觉到有一丝彻骨的寒冷，空气湿度好像也大了。看来是要下雪了。

到酒店大堂的时候林渐新已然克制不住身体的颤抖了，他知道，此时自己的脸一定苍白得厉害。再坚持一下，只要进入电梯，很快就可以到达房间，一切的问题也就解决了。

其实他知道问题出在什么地方：为了不影响对夏丹死亡真相的调查，最近几天他刻意减少了药物的剂量，于是也就造成了症状的反弹。说到底还是因为他灵魂中的那只恶魔太过凶猛、强大。

终于回到了房间，来不及将房门反锁就直接从行李箱里面取出那个小瓶。他还有着最后的理智，所以依然控制了用药的量。

恶魔很快隐身而去，但是他也因此进入了另外那个童话般的维度，房间里面的一切神奇般在缩小，而他自己却已然变成了巨人……不知道过了多长的时间，他又在瞬间进入了一个截然相反的世界，在这个世界里面，他渺小如蚂蚁。

就在这个时候，巨大无比的房门一下子打开了，他看见，数个身穿警服的巨人冲了进来，正在朝他发出叫嚷声："你是不是吸毒了？"

他本能地摇头。那个声音再次炸响在他的耳朵里面："赶快叫救护车！搜查房间！"

随即，两个穿着警服的巨人将他提出了房间。这一刻，他感觉到自己是如此卑微，竟然没有一丝一毫的反抗之力……

清醒过来的时候，他发现自己已经躺在医院的病床上，右手手背的血管中插着针头。头痛得厉害。不远处的门口处站立着一个警察。林渐新忽然意识到了什么，奋力地伸出自己的左手，猛地将那枚针头拔了出来，从针头处流出的液体瞬间浸湿了一小片床单。

他的这个举动一下子惊动了那个警察，警察快速朝他跑了过来，厉声道："你要干什么？！"

话音刚落，病房的房门一下子就打开了，又有两个警察冲了进来。此时此刻，林渐新已经明白了一切，朝他们摆着手，虚弱地说了一句："我没吸毒，输液瓶里面的东西对我的身体影响太大。"

一个警察拿出一个小瓶："你没吸毒？那你告诉我，这是什么？"

林渐新无力地回答道："这是一种菌类的粉末，这种菌类生长在云南。"

警察道："你说是菌类我们就相信了？你明明是在酒店里面吸毒！你是被我们抓的现场知道吗？"

林渐新道："你们拿去化验就知道了。对了，有个人知道我的情况，他叫邓长治，是你们公安系统的一名资深法医，我手机上有他的电话号码。"

几个警察相互看了一眼，随后，其中的一个匆匆出去了。

大约半小时后，刚才出去的那个警察又回来了，嘀咕着和两个警察说了几句什么，随后，他们都朝林渐新看过来。此时林渐新已经完全清醒，汗水将床单打湿了一片，他发现几个警察的眼神怪怪的，问道："他的电话打不通？嗯，也许他是出现场去了，或者是正在解剖尸体，他们那个地方的停尸间里面好像没信号。"

这时候前面出去的那个警察说道："我们查了一下，你说的那个人倒真的是一位法医，不过他的电话打不通。现在你必须跟我们走一趟，等医院对你的血液化验结果出来后再说。此外，你携带的那几样东西我们也得拿去做化验。"

林渐新大急，如果真的是那样的话可就有些说不清楚了，毕竟自己的身体里面确实存在着毒品的残留。情急之中他忽然想到了一个人："我可以打个电话吗？"

警察道："不可以。你现在涉嫌吸毒，在你的问题没有搞清楚之前，你不能和任何人联系。好了，既然你已经清醒了，现在就跟我们走一趟吧。对了，你在这里的费用得马上去缴了，一千二百块。"

林渐新一激灵："这么贵啊？"

警察不以为然地道："你不也是医生？医院不都这样吗？"

林渐新明白了，在这短暂的时间里面，警察已经搞清楚了他的身份，不过吸毒的嫌疑却并不能因此而洗脱。他心里不禁恼恨起邓长治来：还说尽力配合我呢，出了这样的事情却偏偏打不通电话……不过他也只能无奈，很多时候就是这样，这个世界上事事如意的时候本来就不多。

警察很快就把林渐新带到了附近的派出所，接下来就是讯问。首先是例行性地讯问他的名字、性别、年龄、职业，接下来就进入了正题。

警察："你是不是吸毒了？"

林渐新："没有。其实你们并没有在我的房间里面搜查到毒品，是吧？因为我根本就没有吸毒。"

警察："那你说说，你行李箱里面那几个小瓶子是怎么回事？"

林渐新："那是一种菌类磨的粉。我发现它具有克制毒瘾的功效，所以一直在服用，不过这东西有很大的副作用，会让人产生爱丽丝综合征。所谓的爱丽丝综合征其实就是一种强烈的幻觉，会让人感觉到周围的一切忽然变小或者变大，自己也因此在忽然间变成巨人或者小人。这种菌类粉末产生的副作用是交替的，每一次都会让我置身于小人国和大人国之中，不过它真的对抑制毒瘾很有效果。你们进来的时候我正好处于幻觉的状态。"

警察："也就是说，你以前吸毒？"

林渐新点头，道："我的病人中有不少的病例曾经有过吸毒史，而且我也很想亲身体验毒品对一个人的危害究竟有多大，更想搞清楚上瘾的心理机制是什么，以及究竟有没有有效的药物去控制它，所以……"

警察顿时动容："你是心理医生，明明知道这东西碰不得，你还要吸，你是不是疯了？！"

林渐新苦笑着说道："我也知道自己当时的这个念头很疯狂，可就是忍不住非得那样去做。"

警察似笑非笑地看着他："你现在才知道后悔了？"

想不到林渐新却摇头说道："不，我一点儿都不后悔。"

警察惊讶地问道："为什么？"

林渐新道："第一，我至少知道了这种菌类可以有效克制毒瘾的发作，虽然到目前为止我还没有搞清楚其中的机制，也许是以毒攻毒，也可能是里面的某些成分在起作用，或者是通过幻觉转移了对毒瘾的心理依赖。当然，我相信今后一定会搞清楚的。第二，虽然我是心理医生，但是一直以来却很难真切地体验到幻觉究竟是怎么回事，同时也一直在寻找让病人从幻觉中走出来的方法，而这种菌类恰恰满足了我对幻觉进行系统研究的需要。”

这真是一个怪人，简直是太疯狂了。警察在心里如此评价眼前这个人，不过他还是有些不大明白：“幻觉就是幻觉，出现幻觉的时候告诉自己那根本就不是真实的，这样不就可以了？”

林渐新问道：“当你做梦的时候是否意识到那样的场景其实是一种虚幻呢？”

警察怔了一下，说道：“有时候我知道那只不过是在做梦。”

林渐新看着他：“你说的那是在浅睡眠的时候，并没有进入深睡眠的状态，你大多数时候并不认为自己所处的梦境是虚幻的，是吧？”

警察不得不点头。林渐新正色地看着他：“一般来讲，当一个人的心理有着严重问题，或者精神出现分裂的情况下才会出现幻觉，他们置身于其中，完全将那样的场景当成了真实的世界，就如同你在大多数梦境中的时候一样。这位警官，现在你明白了吧？”

警察耸然动容。林渐新道：“邓长治的电话打不通，但是你可以问他的上级——曹能，他知道我的一些情况，是他委托我调查夏丹死亡的案子。”

警察点头道：“我们已经联系过他了，但是他并不知道你是否吸毒。而且即使是你说的那位法医可以替你证明，我们也必须等各种化验结果出来之后，才能对你的口供做出判断，所以，现在你只能继续在这里待着。”

林渐新顿时急了：“如今我的调查已经有了进展，接下来还有很多事情要去做。”这时候他又想起苏文来，“那麻烦你们联系一下夏丹生前的助理，她叫苏文，我手机上有她的电话。我想让她替我去调查一个人，这样可以吗？”

警察摇头道：“不可以。现在你正处于我们警方的调查期间，你不能见除了律师之外的任何人。”

林渐新急忙道：“苏文公司里面应该有律师的。”

警察合上了卷宗，道：“好吧，今天暂时就到这里。你在这里休息一晚上，说不定明天你的化验结果就出来了。”

这其实是一种暗示。林渐新听明白了，心里也就不再那么着急。警察对他还算比较照顾，特地在拘押室里面给他铺了一张床，被子也还比较暖和。“既来之则安之吧。”林渐新苦笑着自言自语了一句，安然入眠。

第二天上午十点过后，头天讯问他的那个警察终于再次出现，林渐新心里暗喜，因为他发现这个警察的脸上带着和煦的笑容。

果然，这个警察对他说的第一句话就是：“你可以出去了，这是你的个人物品。对不起！这是一场误会。”

林渐新却一副并不着急马上要出去的样子：“我想问你一件事情，这件事情对我调查夏丹死亡的真相非常重要，请你一定要回答我！”

警察客气地道：“你问吧。”

林渐新看着他：“你们来抓我，是不是有人匿名举报？”

警察微微一笑，道：“是有人打电话给110中心举报，我们只是奉命行动。”

林渐新点头：“这就对了。那么，可以帮我查一下这个举报人的电话号码吗？”

然而，警察的回答却让他失望了：“我们刚刚查过了，那是一个公用电话。”

林渐新又问：“报案人是男的还是女的？”

警察犹豫了一下，回答道：“男的，外地口音。”

林渐新思索了一会儿：“我可以听一下报案录音吗？”

警察疑惑地看着他：“从录音可以听出来些什么？”

林渐新沉吟着说道：“也许我能够从中获得一些有用的信息也难说。”

警察道：“这件事情我做不了主，得请示一下上面。对了，有个人在外面等你，今天一大早就来了。”

林渐新一下就知道是谁了：“苏文？”

警察惊讶地看了他一眼："是的。你怎么知道是她？"

林渐新道："昨天我告诉了你们她的名字和电话，你们肯定会告诉她有关我的事情的。"

警察的神情怪怪的："那也不一定吧？"

林渐新一下就笑了："一定的。因为曹能希望你们能够尽量关照我，毕竟他和你们是一个系统的，更何况我的调查对他的工作有很大的帮助。而苏文是夏丹生前的助理，她也知道我正在调查夏丹的案子，而且到目前为止已经有了一些进展，所以她并不希望我出任何事情。"

警察一下就瞪大了眼睛，他发现眼前这个人对他人内心的洞察简直到了出神入化的程度。

当林渐新第一眼看到苏文的时候禁不住有些怀疑自己是不是错了。苏文脸上的焦虑和憔悴是那么真实，以至于她一看到林渐新就朝他跑了过去，目不转睛地看着他："你没事儿吧？"

林渐新摇头道："没事儿，就是一场误会。"

苏文伸出手去拈起他胸前的棉花球，同时说道："我都听他们说了，你怎么能那样糟蹋自己的身体呢？"

仅仅是这样的一个小小的动作，就已经让林渐新温暖而感动，他笑了笑："没事儿，这都是我当初的选择，既然已经做了，那我就应该一直做下去，而且还应该做得更好。我没事儿了，你回去上班吧，辛苦你了！"

苏文摇头道："昨天你走了后我想了很久，我是夏丹生前的助理，而且我们也是朋友，既然你已经怀疑她的死是他杀，那么我就不能继续将自己置之事外了。"

林渐新惊讶地看着她，问道："你的想法是……"

苏文道："刚才我已经向公司请了假，我想和你一起去调查夏丹的死因。林医生，请你一定答应我，好吗？"

看着她满脸的真诚与期盼，林渐新认为自己再也没有了怀疑她真正意图的理由，问道："你认识简立钦吗？"

苏文点头道："认识。他是夏丹的第二个男朋友，一个公子哥儿。"

林渐新朝她笑了笑："走吧，我们现在就去找他。"

苏文诧异地问道："这个人和夏丹的死有关系？"

林渐新摇头道："现在还不清楚，不过我已经揪住凶手的尾巴了。我本来是想马上赶回剧组去的，不过现在我更想搞清楚夏丹被害的真正根源。"

苏文听得莫名其妙："你能说得更明白一些吗？"

林渐新苦笑着说道："我本来是一个心理医生，破案的事情是第一次接触，所以调查起来有些找不着重点。而且有些事情到目前为止还只是猜测，现在我必须去丰富它，证实它。"

苏文大致明白了他的意思，虽然内心充满了好奇，但也不便继续询问下去。

出了派出所，苏文直接朝着一辆白色的宝马轿车走了过去，打开车门后就直接上了驾驶位。林渐新怔了一下，还是去打开了副驾驶的车门，意味深长地说了一句："想不到你这么有钱。幸好你昨天没开车，不然的话我在你公司楼下肯定就等不着你了。"

苏文听明白了他话中调侃的意味，淡淡地道："北京限行呢。林医生，你是不是觉得我这个助理像吸血鬼一样，吸的都是夏丹的血？"

林渐新没有想到她的心思如此细腻，淡淡笑了笑没有说话，不过他脸上露出的表情还是落入了苏文的眼里。苏文哂然一笑，又说道："经纪公司和明星是一种相互关系，说到底，经纪公司的作用就是让明星的价值最大化，就如同商品与广告之间的关系一样。林医生，你总不会认为广告公司是在吸商品的血吧？"

林渐新这才意识到自己太过狭隘了，与此同时，他也惊讶于苏文的敏感，歉意地道："对不起，是我的观念有问题。苏小姐，你和夏丹在一起的时候也时常注意她的表情吗？"

苏文点头道："是的，这是我的职业。我必须随时注意夏丹的情绪变化，而且还要安排好她工作上所有的事情。此外，私底下我们也是朋友，只要她愿意告诉我的事情，我都会去替她处理好。"

林渐新看了她一眼："其实，你对她的了解也十分有限，是吧？"

苏文将车开上了马路，回答道："是的，我首先要做到的是让她在工作上尽量少出差错，至于她的私事，她不想告诉我，我也不可能随便去打听，是不是？"

确实是这个道理。林渐新沉默了。前面有些堵，苏文驾驶着车缓缓前行，也许是她不大喜欢车上的这种沉闷，主动问道："昨天晚上你在那里面休息得好吗？冻着没有？需不需要去前面的药店买点儿感冒药？"

林渐新摇头："还好。不过昨天晚上我在那里做了一个很奇怪的梦。"

苏文很感兴趣的样子："很奇怪的梦？可以说来我听听吗？"

"一只带有木塞的瓶子飘浮在我头顶前方的不远处，它看上去是那么地洁净，如果不是因为那个木塞几乎就看不见整个瓶子的形状了。我伸出手去将它拿到了眼前，忽然间觉得这个东西毫无用处，于是就将它放回到了它原来的位置。这时候忽然飞来一只蜜蜂，它用尾部的刺一次次去蜇那个瓶塞，蜜蜂全身鲜血淋漓但是依然在继续那个动作。我终于明白了它的意图，于是再一次将那只瓶子拿在了手里。当我取下木塞的那一瞬间，瓶子忽然从我的手上冲天而去，半空中，它在骤然间发出令人炫目的七彩流光。我站在那里看着它，惊诧无比。而就在此时，那只蜜蜂忽然在我一侧的肩胛骨上狠狠地蜇了一下，在承受好一阵的痛彻心扉之后，我忽然发现自己的背上长出了两只漂亮的翅膀。"林渐新缓缓讲述着自己的那个梦，此时此刻，他的目光也变得迷离起来。

苏文的内心莫名地战栗了一下，驾驶的车差点儿撞上了前面的车尾。她问道："你梦中的那个瓶子，所指的是不是你装药物的容器？也就是说，你曾经试图放弃以身试毒的想法？如果那只蜜蜂代表的是天使的话，那就是说，是它在提醒你不要放弃自己的责任，是这样的吗？"

林渐新诧异地看着她："你对梦也有过研究？"

苏文不好意思地笑了笑，说道："我看过弗洛伊德的《梦的解析》，不过也就是囫囵吞枣似的读过一遍。"

看着前方已经松动了的正在加速的车流，林渐新缓缓说道："所谓梦，说到底就是一个人潜意识中最真实的想法，你刚才的分析并没有错，不过，当我今天早上醒来后在冥想的过程中得到的答案是：那只瓶子代表着的是我的每一个病人。”

冥想？嗯，这是一种回忆梦境的方法，同时也是自我解析梦的方式，弗洛伊德在他的论著中经常提及。苏文的内心再一次被震动，问道：“你希望自己能够成为一个可以拯救他们的天使？”

林渐新摇头道：“不，不是我希望，这是上天赋予我的责任。”

苏文忽然发现，坐在自己身旁的这个男人似乎有些另类——在如今这个私欲横流的社会，竟然还有这样一个把责任看得比什么都重要的人。这一刻，苏文的内心竟然涌起一阵羞愧，轻声问道：“你为什么要把自己的这个梦告诉我？”

林渐新的声音依然不急不缓：“我只是想要告诉你，调查清楚夏丹死亡的真相，这也是我的责任，无论遇到多大的困难，我都会坚持下去。”

苏文依然不明白：“为什么要告诉我这个？”

林渐新侧过脸去看着她，真挚地道：“因为你是夏丹真正的朋友。”

苏文顿时就明白了，心里也因此油然升起一种感动。这一刻，即使是眼高于顶的苏文也感觉到了自己内心深处的变化。那条干净的手绢，他那双明亮如溪水般的眼睛，他以身试毒的故事，以及他的这个梦，这一切汇积在一起形成了足以冲击她灵魂的力量，怦然心动的美好也就因此悄然而至。

由于堵车，林渐新和苏文两个小时后才到达目的地。不过林渐新还是觉得坐车舒服，特别是在这寒冷的冬季。下车的时候他为此还笑着说了一句：“我终于知道大城市堵车的原因了，主要还是因为像我这种贪图舒服的人太多。”

苏文一下就笑了起来：“不是你，是我们好不好？”

刚才在车上的时候林渐新基本上处于半寐的状态，一方面是他确实有些累了，而另一方面却是他在一时之间找不到话说。苏文见他如此也只能暗暗气恼，毕竟两个人的关系还达不到为了这种小事生气的程度。而此时，林渐新的幽默让苏文心中的气恼瞬间全无，心情也一下变得好了许多。

简立钦的公司竟然是在一座两进的四合院里面，青砖黑瓦，红色的柱子。林渐新低声问苏文：“这地方是他租的还是买的？”

苏文回答道：“听说是他老爹多年前就买下来了，那时候不贵。后来简立钦要开公司，就把这地方要了过来。”

林渐新叹息着说道：“人们看见的都是富豪如何有钱，但是偏偏忽略了他们超前的投资眼光。这就是富人和穷人的差别。”

苏文愣了一下，她没有想到这个人竟然是从这样的视角去看待这个问题，笑道：“林医生，你的思维模式果然有些与众不同。”

林渐新觉得她的话有些奇怪，问道：“真的与众不同吗？那如果是你的话会怎么思考这个问题？”

苏文笑道：“我想，不仅仅是我，也许大多数人的第一反应应该是：啊，做有钱人家的孩子真好。”

林渐新愣了一下，禁不住也笑了：“好像我的想法是有些特别……”

四合院里面有不少人在进进出出，其中不乏俊男靓女，也有大腹便便的中年男性，看得出来，苏文在这个圈子里面的人脉不错。自从他们两个人进入这个四合院，就不断有人和她打着招呼。苏文一边和林渐新说着话，一边笑吟吟地回应。

很快地，两个人就进入了这个四合院的第二进，里面的格局差不多，不过在正堂的大门外边多了一张桌子，桌子后面坐着一位身穿裘皮大衣的漂亮女子。苏文到了那个地方就止步了，问漂亮女子道：“小秦，你们简总在不在？”

小秦其实早就看见他们了，脸上一直带着微笑，她回答道：“在呢。苏姐，你来啦？我这就进去给简总通报。”又看着林渐新，“这位是？”

林渐新正准备做自我介绍，却听苏文说道：“这是我的一位朋友。”

小秦倒是没有再问，笑着说道：“好的，苏姐你等一下啊。”

林渐新明白苏文的想法，不过心里却有些不以为然：我都已经到了这个地方，难不成这个公子哥儿还会拒绝不成？嘿嘿，即使他拒绝，我也有办法让他马上请我进去。不过这样也好，让我少费了一些心思。

不多一会儿小秦就出来了，笑吟吟地对苏文和林渐新道："苏姐，林先生，我们简总请你们二位进去。"

苏文诧异地看着林渐新："他怎么知道是你？"

林渐新也惊讶了一下，不过很快就明白了，指了指身后，低声道："这地方应该有摄像头，而且我昨天给他打过电话，再联系到你是夏丹生前助理的这个身份，他当然能够猜测出来我是谁了。看来这个人倒是聪明，今后能够成为你们这一行的佼佼者也难说。"

在小秦的引导下，两个人进入了正堂里面，正堂的布置和常规的客厅差不多，并不是古朴的明清家具，而是一套高档牛皮沙发。简立钦并没有在正堂里面。正堂的左侧处开了一道门，林渐新跟随着苏文从那道门进去后一眼就看到了这个传说中的公子哥儿：模样和发型都非常普通，皮肤黝黑，双腿搭在他面前那张大大的书案上面，书案倒是明式风格，一看就是一件古物。他的目光从林渐新的脸上一扫而过，然后就停留在了苏文的脸上，这才将双腿从书案上面放了下来，笑着对苏文说道："我们俩可是很久不见了，你越发漂亮了啊。请坐。小秦，给客人上茶。"

苏文笑着指了指林渐新："简少，我是专程陪他来的。"

简立钦这才将目光再次投向林渐新，脸上皮笑肉不笑："你是……"

这个人太虚假了，而且虚假得赤裸裸。不，这不是什么虚假，而是一种高高在上带着鄙夷的调侃。这时候就连苏文都不禁皱了一下眉，林渐新却是一副宠辱不惊的样子，笑了笑，说道："简总，昨天我给你打过电话，你没接；后来又给你发了短信，结果你也没有回复，想必是你太忙了。自我介绍一下，我叫林渐新，是夏丹的朋友。"

简立钦这才一副恍然大悟的样子："我听说最近有个什么心理师正在调查夏丹的案子，据说夏丹死亡的真相还有了些进展，传说中的那个心理师就是你吧？"

林渐新看着他，点头道："应该是说的我。简总，现在我就可以告诉你，到目前为止，我基本上可以肯定夏丹是他杀。"

简立钦随手拿起一份文件，目光落到了那上面，淡淡地道：“哦？林先生来找我，难道你认为我和她的死有关系？”

林渐新的目光却一直在这个富二代的脸上：“夏丹的死究竟和你有没有关系目前我还不知道，不过凶手已经露出了破绽，我相信很快就可以搞清楚一切的。”

简立钦的身体一激灵，一下就将手上的东西扔到了桌上：“你不会真的认为我和她的死有关系吧？”

林渐新淡淡一笑，道：“我刚才说了，和你有没有关系很快就会搞清楚的。不过我今天来的目的就是想问简总几个问题，仅此而已。”

简立钦皱了一下眉头，很快脸上就换成了笑容，不过他的笑容是给苏文的，话语也非常客气：“苏小姐，我想和这位林先生单独聊一会儿，你看……”

此时，苏文对林渐新简直是佩服不已，想不到他这么快就掌握了主动，她笑了笑，起身道：“我说了，我就是陪着他来的。那我先出去了，你们慢慢聊。”

简立钦的目光一直追随着苏文离去的背影，当林渐新咳嗽一声后他才将注意力转回到了眼前的这个空间里面。看着有些魂不守舍的简立钦，林渐新缓缓问道：“简少究竟是喜欢苏小姐呢，还是因为她的到来忽然想起了夏丹？”

此时，简立钦的目光一下子就变得清亮起来，看向林渐新，神情中充满着好奇：“你真的是心理师？”

林渐新笑道：“心理师又不是什么显赫的身份，我有冒充的必要吗？不过从你刚才的话中我倒是明白了，也许你早就从夏丹那里听说过我。”

简立钦却没有认可这一点，说道：“如果你真的是心理师的话，那就一定会解梦，是吧？”

林渐新诧异地看着他：“你为什么如此关心我的身份问题？”

简立钦沉默了片刻，轻叹一声道：“夏丹以前对我说过，她有位邻家哥哥名叫林渐新……她说的就是你吧？她还对我说，你今后一定会成为一位非常优秀的心理师。”

林渐新有些明白了：“所以，你想考考我？”

简立钦淡淡一笑：“就算是吧。”

林渐新忽然笑了起来，他觉得眼前的这个人其实也很有趣：“那就说说你的梦吧。”

简立钦道：“最近很奇怪，我老是做同样的一个梦。在我的那个梦里面每次都会出现一个年轻漂亮的女孩，而且我还知道她就是年轻时候我的妈妈。然而问题是，我看过我母亲年轻时候的照片，那时候的她并没有那么漂亮。”

林渐新看着他：“就这样？”

简立钦点头：“就这样。我梦中的妈妈很年轻，也非常漂亮，还很可爱。”

林渐新神色一动，问道：“你妈妈现在……”

简立钦道：“她看上去很健康，不过我担心的是……林先生，这个梦是不是预示着她……”

林渐新微微摇头，又问道：“那么，你还记得梦中的她身上穿的是什么衣服吗？”

简立钦仰头想了想，道：“记不清楚了，不过那场景好像是在夏天吧，感觉阳光明媚的。”

林渐新已经了然于胸了，说道：“你的这个梦，和你母亲的健康没有任何关系。在我看来，它似乎反映出了你的两个潜意识。通过你的这个梦可以得知，你父母的关系一直都非常好，特别是你的父亲，他在感情和婚姻问题上想必十分保守，是这样的吧？”见简立钦吃惊地点头，他继续说道，“所以，你的潜意识其实是希望通过这个梦，来为你个人生活的荒诞做掩饰和辩解。准确地讲，你的潜意识应该是这样的：如果我也能够像父亲那样找到一个满意的妻子，也就绝对不会像现在这样花心了。”

简立钦的脸色一下变得尴尬起来：“你的这个分析……嗯，好像是有点儿道理。”

林渐新却是一脸的严肃，继续道：“此外，这个梦还应该包含你的另外一种潜意识，那就是其实你梦中的那个年轻漂亮的女孩子并不是你的母亲，而是夏丹。是的，不管你表现出来的对她的厌恶或者痛恨有多深，但有一点是非常肯定的，那就是你的心里一直都有她的存在。所以，这个梦的意思还应该是：要是夏丹能够成为我的妻子，那将是一件多么美好的事情啊。”

简立钦的嘴唇动了动却并没有说出话来，他陷入了沉默之中。林渐新看着他，轻声问道：“现在我想知道的是，你和夏丹之间究竟发生过什么，以至于你们最终分手，并且还让你如此厌恶和痛恨她呢？”

简立钦终于说话了，而且是咬牙切齿：“原因很简单，因为她欺骗了我！”

第十一章

匿名短信

简立钦一直将林渐新送到了门外，还一直说着客气的话，二世祖的嘴脸竟然全无。正在和小秦闲聊的苏文却诧异地发现林渐新的脸色有些不大好，待两个人走出四合院后才低声问了一句：“我看简少对你很客气的啊，你怎么看上去不大对劲？”

林渐新闷闷地说了一句：“没事。苏小姐，谢谢你陪我来这里！接下来我要先回酒店拿东西，然后再去机场。”

苏文一下就生气了：“你这人真是的，不是说好了我和你一起去调查夏丹的案子吗？你什么都不告诉我，这究竟是什么意思？不相信我还是觉得我是你的累赘？”

漂亮女人的生气对男人来讲也是具有杀伤力的，林渐新急忙说道：“刚才的事情也许和夏丹的死没有多大的关系，我只是没有想到有些事情竟然会是那样，心里有些难受罢了。苏小姐，接下来我要去剧组，你工作那么忙，就不用……”

苏文更加生气了：“我已经请假了！你还说我是夏丹的朋友呢，我怎么觉得你总是口是心非呢？！”

林渐新转身看着她：“你真的要和我一起去剧组？”

苏文恼怒地问道：“怎么？我去不合适？”

林渐新叹息了一声，道：“好吧，那我们先回酒店，然后再去机场。你看先把车停在什么地方。”

苏文没想到这个人的态度变化得这么快，更加觉得他让人琢磨不透，继续对他生气也不可能了，不过还是深呼吸好几次后才终于平静了下来，说道：“以前我和夏丹去外地的时候都是自己开车去机场，这样回来的时候也就方便了许多。”

倒也是，普通人可能会计较停车费的问题，而她们根本就不需要。林渐新问道：“所以，即使是你们没有保镖随行也不会存在多大的安全问题，是吧？”

苏文点头道：“是啊。保镖大多是男人，虽然他们有自己的职业素养，但总还是觉得不方便。其实很多明星请保镖并不是考虑安全问题，更多是为了讲排场。”说话之间她已经发动了车，然后缓缓驶入车流之中。林渐新沉默了好一会儿才缓缓问道：“关于夏丹妈妈，你都知道些什么？”

苏文似乎明白了，问道：“刚才你和简少在一起的时候谈到的就是这件事情？”

林渐新想不到她竟然如此聪明，点头道：“是的。”

苏文想了想，道：“夏丹的妈妈对人很客气，也很热情，夏丹也非常听她的话。不过有时候我也听到夏丹在电话上和她吵架。”

林渐新问道：“你知道她们都为了什么吵架吗？”

苏文摇头道：“具体的不清楚，不过我听到她们吵架的时候很少，有一次我见到夏丹听电话的时候很激动，朝着电话大吵大闹，后来她还挂断了电话，大声说了一句：‘气死我了！’我问她谁呀，她说：‘我妈，真是拿她没办法。’我问怎么回事啊，她说：‘没事，没事。’然后她就像没事人一样了，没多久她又主动给她妈妈打去了电话，说话的声音乖得像个小女孩一样。”说到这里，她又想起了林渐新去拜访简立钦的事情，忍不住再次问道，“夏丹和简少究竟是怎么回事？”

林渐新反问道：“难道夏丹从来都没有告诉过你她和简立钦的事情？”

苏文道："倒是说过，她说简少这个人太花心。"

林渐新忽然笑了："我倒是发现简立钦对你很感兴趣。"

苏文撇嘴道："只要是漂亮女人，他都感兴趣。喂！你怎么又把话题给岔开了？"

女人的好奇心总是那么重，难怪有人说女人是八卦新闻最肥沃的土壤。虽然林渐新本来并不想将自己所了解到的情况告诉苏文，毕竟那其中涉及夏丹妈妈非常不堪的地方，不过现在想来，有些事情迟早都会有曝光的时候，提前让苏文知道也未尝不可。

简立钦告诉林渐新说，当初是他主动去追求的夏丹。这并不奇怪，富家公子疯狂追求影视女明星的事情从来都不是什么新闻，而且从心理学的角度来讲，某个阶层的男性追求什么样的女人本身就存在着一定的心理动因，也就是说，财与色本来就是一对匹配的关系——社会底层的男性最大的目标就是能够找到一个女性结婚、繁衍后代，中产阶级的男性才会希望自己未来的配偶有容貌而且知性，而富家子弟往往追求的是女神级别的女性。这绝不是表面上的现象，而是由人类心理的五个层次的需要所决定。

"她和我以前谈过的那些女朋友不一样，完全不一样。即使是我和她在一起很久了，也不允许我和她之间太过亲密。她对我说，除非是到了结婚那一天，否则的话绝不和我上床。"也许是有些事情在内心憋闷得太久，简立钦顿时有了一吐为快的冲动。当然，前提是他对林渐新有了最起码的信任。

"那时候你是真的爱她吗？"林渐新当然也感觉到了对方情绪的变化，所以询问得也比较直接。

简立钦非常认真地点头，说道："是啊。我第一次见到夏丹的时候简直惊为天人，差点就魂飞天外了。当时我就在心里对自己说，如果她真的成了我的女朋友，这辈子一定要对她好，绝不背叛她。后来，她终于答应了我的求爱，当时我高兴得差点儿昏了头，一连请了三天的客，喝醉了还跑到大街上去撒钱。那时候我真的觉得自己是这个世界上最幸福的人了，我对自己说，我一定要和她好好过这一辈子，和她在一起多生几个孩子，如此的话，此生也就不会再有任何的缺憾。可是，当我和她接触的时间越久，却越感到心里不踏实……”说到这里，他一下苦笑了起来，“我放荡多年，和我好过的女人也算有过不少，其中也不乏漂亮的影视明星、知名模特、富家小姐，却偏偏在夏丹面前总有一种手足无措之感。后来我终于明白了，说到底还是因为我太过在乎她，所以才如此害怕失去她。”

作为心理师，很多时候必须做到像相声中的捧哏那样，在关键的时候能够让对方的讲述继续下去。林渐新点头道：“这样的心境很正常。然后呢？”

简立钦道：“刚才我说过了，在男女关系的问题上其实我是一个很有经验的人，所以我就想，也许只有在我真正得到她之后才不会再害怕失去她了。然而让我想不到的是，她却一次次地拒绝了我。除了亲吻，她根本就不允许我做进一步的动作。我无可奈何，却苦恼地发现自己越来越爱她了。”这时候他看了林渐新一眼，“不，我不是你以为的‘得不到才最珍贵’那种庸俗的心理，而是我知道，其实她也是真心在爱着我。”

林渐新禁不住问道：“你那样的感觉有依据吗？”

简立钦摇头道：“不是感觉，是我知道。一个女人是不是真的爱你，完全可以从她是否愿意和你亲吻，以及亲吻时情感的投入中感觉得到。林先生，你可是心理师，难道这都不知道？”

林渐新微微一笑，说道：“从理论上讲或许是这样，因为在女性的内心世界，嘴唇才是真正代表着情感的部位。”

简立钦的脸上露出了怪怪的笑容，说道：“想不到林先生在男女问题上如此单纯。我说的是真的，我听别人讲过，很多卖淫的小姐大多不愿意和嫖客接吻。我接触过的女人中也有……”

这个家伙一谈起这方面的事情就变得有些兴奋。林渐新急忙用手势阻止他道：“我们还是继续谈夏丹的事情，有些问题今后我们有机会的话再探讨。”

简立钦赧然一笑。虽然只是短时间的接触，他却忽然觉得眼前这个心理师并不让人感到厌恶，反而还让人在不知不觉间产生一种亲近感。或许夏丹的话是对的，眼前的这个人今后很可能会成为心理学界的佼佼者。简立钦接下来说道：“我和她之间所有的问题都是在夏丹的母亲出现之后发生的。”

当时林渐新愣了一下："夏丹妈妈？"

简立钦点头，道："是的。应该是夏丹告诉了她我们俩的关系，结果夏丹的母亲就直接跑到这里来了。她先是去我下面那些工作人员那里四处了解我的情况，他们都是我的人，当然不会说我的坏话了，而且很快就有人把情况报告给了我。从夏丹那里我看过她的照片，我一见是她，有些哭笑不得，急忙将她请到办公室里面。你知道她当时问我的第一句话是什么吗？她问我：这地方是你租的还是买下来的？我回答说是我爸早就买下来的产业，不过现在归我了。她听了后特别高兴的样子，就开始问我爸是谁，家里有几口人，还有别的什么生意等等。我想，她毕竟是夏丹的妈妈，想充分了解我的情况倒也可以理解，于是就老老实实地都对她讲了。你不知道，她这个人简直就是一个见面熟，很快就对我亲热得不得了，后来还经常跑到这里来，而且在我的员工面前一副老板的模样，到处颐指气使……"

他一边说着，一边不住摇头苦笑。林渐新也禁不住皱眉，问道："后来呢？"

简立钦道："我并没有把这件事情告诉夏丹，我感觉得到，很可能夏丹并不知道她母亲到我公司来的事情，而且她也不会允许她那样做。我吩咐公司的员工一定要尊重她，随便她怎么说听着就是了，态度一定要好。可是让我没有想到的是，这样一来反倒纵容了她，结果她来得更勤了，我对此毫无办法，同时也暗暗担心。而且这时候我才有些明白她的意图了……"说到这里，他看着林渐新，"林先生，你是研究心理学的，想必应该知道她真实的意图吧？"

林渐新点头："很显然，她是为了更真实地了解你究竟是一个什么样的人，而且我还可以肯定，接下来她的做法会越来越过分。"

简立钦诧异地看了他一眼，道："你说得没错，确实是这样。那段时间她几乎每天都跑到这里来，不但继续四处打听我的情况，而且还暗暗观察我和那些前来办事的漂亮女人之间的关系。我这个人随和……不，浪荡惯了的，虽然自从与夏丹确定关系后就不再像以前那样了，但还是习惯和别人胡说八道开玩笑，结果她这样一来就让我如坐针毡，几乎没办法工作了，在这样的情况下我才不得不将一切都告诉了夏丹。想不到夏丹一听就生气了，不是生她妈妈的气，而是生我的气。她对我说，她妈妈就是那样的性格，如果我适应不了的话就算了。她还说，她知道我以前有过很多的女朋友，如果我现在没有悔过之心、畏惧之心的话，说不定今后老毛病还会再犯。我争吵不过她，同时又觉得委屈，于是我们两个人就陷入了冷战。”

林渐新道：“这一点我倒是理解夏丹，毕竟她父亲去世得早，她当然要全力维护自己的母亲了。”

简立钦摇头道：“我们俩冷战的那段时间，她妈妈来得倒不像以前那么勤了，可是这样的状况反而让我感到心慌起来。我知道圈内圈外追求夏丹的人很多，害怕我们的关系一旦凉下来就会让他人趁机而入，于是就主动去向夏丹道歉，可是她依然生我的气，几次去找她都不理我，不过后来还是被我感动了，我们俩的关系这才又恢复到了常态。又过了一段时间，公司的一个员工来找我，说夏丹妈妈找他借了钱一直没还，还拿出了借据。我一看她借的钱倒是不多，也就一万块，我什么都没有说就直接把钱还给了人家。可是让我万万没有想到的是，紧接着公司又有好几个员工拿着夏丹妈妈的借据来找我了，借据上面的数额都是一到两万不等。这一下我再也忍不住就冒火了……我不是因为她借款的数额在生气，而是她的这种行为太让人无法理解了，这不是打我的脸吗？”

听到这里，林渐新打断了他的话：“你等等。当时你就没有问你公司的那些人为什么要借钱给她吗？”

简立钦道：“我当然问了啊。结果从他们那里我才知道，夏丹的妈妈都是私底下分别找他们借的钱，而且都是我不在公司的时候，她的借口就是急需用钱，或者买东西差了那么一点点。我的员工都知道她和我的关系，人家都觍着脸开口了，而且还写了借据，怎么可能不借呢？”

林渐新点头：“想必她还借口夏丹正在外地拍戏，一时间联系不上她，是吧？”

简立钦激动地道：“正是！按理说她也不应该缺钱才是，毕竟那时候夏丹已经成名了，片约不断，我实在不能理解她为什么要那样去做。于是我就去找夏丹，将这件事情告诉了她。夏丹开始的时候根本就不相信，后来我将借据拿出来让她看。想不到她看了后竟然又对我生气了，说不过就十几万块钱的事情，问我找她究竟是什么意思。她根本就不听我的解释，直接就去银行取了钱还给了我。我当然不可能要她的钱，只是说自己不能理解她妈妈的做法。她说：‘我妈的想法很简单，就是看你是否可靠。’我反问她：你觉得我可靠吗？她没有回答我，不过也不再生我的气了。林先生，你知道接下来又发生了什么吗？”

林渐新看着他：“夏丹妈妈不会直接来找你借钱吧？”

简立钦激动地道：“你还真是说对了！几天后，夏丹的妈妈直接来找我了，说她想在家乡买一套房子，要找我借三百万元。我问了财务，公司的账上倒是还有一笔钱在周转，于是我就给她开了一张支票。她拿着支票就走了，也没留下借据，当时我也没有在意。一天后，我的手机上忽然收到一条短信，短信上说夏丹早就和某某明星好上了，问我知不知道这件事情。我吓了一跳，急忙给那个号码拨过去，想不到那个号码根本就打不通。我觉得这件事情很蹊跷。当时夏丹刚刚去外地拍一部新戏，于是我就给她打了个电话，问她知不知道她妈妈找我借钱的事情。夏丹问我借了多少，我说了数额，她说：‘把你的银行账号给我吧，我明天就把这笔钱还给你。我们俩就到此为止吧。’我问她是不是已经和某某好上了，她说：‘是的，所以我们分手吧。’当时我非常愤怒，对她说，分手可以，但是你今天之内必须把那笔钱还给我。她说：‘好！我这就去银行。’就在当天，那三百万元就到了我的账户上，从此我们两个人就成了陌路。林先生，你应该知道，其实我并不是在乎那笔钱，我在乎的是自己像傻子一样被人玩得团团转还不自知。当时我是那么爱她……也许你不知道，从成年到现在，我真正付出过的感情就只有两段，一是我的初恋，二就是她。可是她呢？她，还有她母亲，都对我做了些什么？！”

林渐新唏嘘不已，问道：“当时你收到的那条短信中提到的那个某某是不是李唐？”

简立钦摇头道：“不是。李唐和她是后来的事。短信上所说的那个人是另外一位当红的男明星，当时他和夏丹正在一起拍摄一部电视剧。”

林渐新看着他：“一直到现在，你都认为当时夏丹欺骗了你，是这样的吗？”

简立钦反问道：“难道不是吗？”

林渐新叹息着说道：“你那么聪明的一个人，为何在这件事情上如此糊涂呢？你想过没有，为什么两次都是夏丹马上将钱还给你了呢？”

简立钦道：“这有什么奇怪的？夏丹分明从一开始就是在利用我，她妈妈那样做就是为了替她找到一个和我分手的理由。你知道吗，让她成名的那部电影我可是投资人之一，后来我才想明白了，当初她答应和我在一起，完全是为了让我增加影片的宣传投资。确实也是，后来是我说服了另外的那几个投资人增加了后期宣传的费用，她也因此很快走红。”

林渐新摇头道：“那只是你个人的以为，但是你却从来没有从夏丹和夏丹妈妈的角度去思考。简少，也许当时你太不冷静了，是愤怒让你失去了智慧，让你变得太过偏激，以至于让你总是从最坏的角度去看待他人，去分析这件事情的因果。”

简立钦根本就不接受他的这种说法：“是吗？”

林渐新笑了笑，说道：“我是研究心理学的，所以我基本上能够做到从心理的角度客观地去分析某个人或者某件事。很显然，你的那种分析是不符合夏丹的心理逻辑的。你想过没有，即使是她当时真的要和你分手，根本就不用她妈妈出面去做那样的事情。是的，是你让她在忽然之间成了名，但与此同时，你和其他的投资人都从中获取了巨大的利益，所以，从利益的角度讲，这完全是一个双赢的局面，因此，她并不会因为要和你分手而产生太多的负罪感。如果她是真的不爱你了的话，直接提出来就可以了，就如同她最后采取的方式一样。”

简立钦正准备说话却被林渐新打断了：“你先听我把话讲完。还有就是那条短信，难道你不觉得它出现的时间很奇怪？此外，那时候夏丹已经成名，按道理说她和某某人之间的恋爱关系如果是真的的话，八卦新闻上早就应该有了。可是，从那时候到现在，你从其他渠道看到过、听到过这样的传闻吗？”

简立钦一下子就怔住了，过了一会儿才问道：“那你认为那条短信究竟是怎么回事？”

林渐新摇头道：“我不知道，我一时间没想明白这件事情。不过就你刚才讲述的整件事情而言，我更愿意相信其中的真相应该是：所有的事情都是夏丹妈妈瞒着她女儿做下的，而夏丹采取那样态度的原因很简单：她只能无条件地服从母亲的安排。也许她反抗过，但是最终的结果还是选择了服从。”

简立钦不以为然，问道：“难道你这样的解释就符合心理逻辑吗？”

林渐新点头道：“是的。首先我们要分析夏丹妈妈那样做的心理动因。夏丹的父亲去世得早，是夏丹妈妈一个人辛辛苦苦把女儿养大并送她读完了大学，你知道这样的一个母亲最大的问题是什么吗？是极度缺乏安全感。此外，夏丹妈妈早就替女儿规划好了一切，而女儿的很快走红也因此让她的内心开始膨胀，她发现自己是那么有智慧，是那么高瞻远瞩，于是，进一步规划女儿的婚姻也就成了必然。还有就是你的过去，这世上没有不透风的墙，你过去和那么多女孩子好过，夏丹妈妈不可能不知道，这就是夏丹妈妈调查你、考验你的心理动因。而通过借钱的方式来考验你却是夏丹妈妈极度没有安全感的表现，我可以肯定，如果没有那条短信，你和夏丹的感情继续得以维持下去的话，夏丹妈妈一定还会找你借钱的。”

简立钦依然不能理解：“可是当时的夏丹并不差钱！”

林渐新摇头：“不是夏丹差不差钱的问题，而是夏丹妈妈要考验你对她女儿是不是真爱，她要看你究竟愿意为她女儿付出多少。正是因为夏丹妈妈内心极度没有安全感，于是金钱也就成了你对她女儿爱的尺度。不需要过多分析就知道，在夏丹妈妈的潜意识中，她的女儿是有一个价格标准的。简少，你知道现在一些地方嫁女儿收彩礼的习俗吗？所谓的彩礼，其实就是女方父母心中女儿的价格。有些事情讲出来虽然非常难听，而且也很难让人接受，但事实就是这样。”

林渐新的话让简立钦的内心很是震撼，他不得不认同这样的说法。简立钦颤抖着声音问道：“你的意思是说，其实当时夏丹还是爱着我的，而且她并不认同她母亲的做法，只不过她不得不屈从于她母亲的意志？”

林渐新叹息着说道：“你的这几句话说得多好啊，简直可以说准确之至。是的，夏丹两次替她母亲还钱，但是始终在你面前维护着母亲，可惜你当时被愤怒蒙蔽了心智，以至于完全忽略了夏丹这种极度矛盾的表现。很多人都评价夏丹是一个乖乖女，都说她非常听母亲的话。是的，她确实是这样，因为父亲的早逝，她不忍让母亲再因为自己的事情伤心。其实，从另外一个角度来讲，那就是夏丹妈妈从情感、道德上绑架了自己的女儿。夏丹试图反抗过，可是她最终发现自己反抗不了。在这种情况下，她是多么希望有人能够理解她啊，然而你所表现出来的却是与你身份不符的斤斤计较，甚至是对她人品的怀疑，所以，她只能选择与你分手。”

简立钦争辩道：“我那不是斤斤计较！”

林渐新看着他：“那是你的认为，刚才我分析的是夏丹的心理。”

简立钦顿时颓然：“你的意思是说，我和夏丹的感情本来就注定了会是那样的结果？”

林渐新道：“不，如果你对夏丹是真爱的话，那就应该深入地去了解她，了解她的母亲。当那则短信出现之后，你首先要做的事情就是去当面向夏丹问清楚此事，而不是拿那三百万元说事。因此，这说到底还是你对她的爱不够真诚，不够深厚。真正的爱情是什么？我认为就是可以忽略掉对方所有的缺点。此外，在面对夏丹妈妈那种考验方式的时候，其实你可以做得更好：她找你借三百万元，你就直接给她一千万元。这笔钱对你这样的家庭来讲并不是什么大数目，既然是真爱，那你就应该选择信任夏丹，信任她的人品。即使是你心里有所怀疑也不应该表现出来，如果到时候你和她最终没有结局，不是还可以通过法律的渠道去解决吗？夏丹妈妈没有给你写借条，可是你开具的是支票，银行走账也是证据啊。”

简立钦当然能够听出林渐新最后那句话所指，再次辩解道：“我真的不是小家子气，不过你刚才的话确实很有道理，确实是我当时太不冷静了。”

林渐新摇头道：“你当然不是小家子气，而是你潜意识中已经不再相信爱情。你相信自己对夏丹是真爱，但是怀疑她对你的爱并不纯真。这才是你最终做出那样选择的根源。”

林渐新的这句话一下击中了简立钦隐藏得十分严密的内心，让他瞬间颓然坐在了椅子里面。林渐新看着他，继续说道：“如果你是真的深爱着夏丹的话，那就应该选择接受夏丹妈妈一切的考验，用你的包容，用你和夏丹的幸福去温暖她，让她真切地感受到家庭的温暖，她内心深处的安全感也就因此有了保障。也许，这正是夏丹所期望的。可惜的是，你最终的选择让夏丹彻底失望了。”

这时候，简立钦已然明白了一切，内心深处对夏丹的怨念也就因此消失一空，随之而来的却是无尽的懊悔与自责。好一会儿，他终于坐直了身体，朝林渐新投去了感激的目光：“林先生，谢谢你，现在我才知道确实是自己做错了。”说到这里，他已经忍不住流下了眼泪，“想不到夏丹当时会是那样一种情况，她实在是太可怜了。可是我，我……”

林渐新拍了拍他的肩膀，叹息了一声，说道：“事情已经过去了，如果夏丹在天有灵，当她得知你现在已经能够理解她当时的矛盾和痛苦的话，她也会因此而感到欣慰的。其实你这人做事情还算比较厚道，至少你没有将那样的事情拿出去对外人讲，而且还尽量在维护着夏丹的名誉。谢谢你简少，谢谢你告诉了我这一切！”

简立钦急忙起身相送。这时候林渐新忽然想起一件事情来，笑着对他说道：“给你一个建议，我觉得你最好重新布局一下这个四合院，你的秘书小秦坐在那个地方给人的感觉太过别扭了，搞得像乡政府似的。”

简立钦不住咳嗽：“是吗？”

苏文听了后也感到非常震惊，问道：“你能够确定简立钦说的都是真话吗？”

林渐新淡淡一笑，说道：“至少我没有发现他在撒谎。有些事情在他心里存放得太久了，而且他的内心依然爱着夏丹，所以，像这样的事情他也不可能到处去讲，即使是你，在此之前也就只知道个大概，刚才他终于一吐为快了，想必也就没有了撒谎的必要。”

苏文喃喃地道："夏丹妈妈在我们面前挺大方的啊，我这个包就是她送给我的，好几万块呢。"

林渐新怔了一下，其实他早就注意到苏文随身带着的那个奢侈品牌挂包了，却万万没有想到竟然是夏丹妈妈送给她的。不过他转瞬之间就明白了，说道："她送你这个包完全是因为你作为夏丹助理的身份……"

苏文也即刻就明白了，脸色有些不大好看："你的意思是说，这其实是她对我的一种恩赐？"

林渐新提醒道："那只是夏丹妈妈的想法，并不就代表着夏丹的意思，这一点你应该清楚。而且这本身也说明了夏丹妈妈对你工作的肯定，同时还希望你能够更好地照顾她女儿。这是一位母亲的心理。"

林渐新的话让苏文的心里感到舒服了许多，点头道："其实当时我也是这样想的，所以最终还是接受了她的这个礼物。"

林渐新皱眉思索着，说道："夏丹妈妈极度没有安全感，极度功利，我真是不明白夏丹究竟是如何做到坚守底线、出淤泥而不染的。"

苏文忽然道："听你这样一说，我倒是想起来了。夏丹曾经对我说过，你曾经告诉过她一句话，她一直牢记在心。"她侧过头看着林渐新，"你是不是对她说过，她的可爱、她的清纯就是她最独特的魅力这样的话？"

林渐新点头，苦笑着说道："我的话对她的作用不可能有那么大。"

苏文将车停靠在了路边，摁下了应急灯，这才转过身看着他，说道："现在我有些明白了，其实无论是夏丹还是你，你们一直以来都在欺骗自己。"

林渐新心里一跳，否认道："不，根本就不存在你所说的那种情况，这只不过是你个人的猜测而已。"

苏文依然双眼灼灼地看着他，直看得他有些不大自在了，这才将目光移开，"扑哧"一笑，说道："虽然我不是心理师，但也一样可以看出你一部分的内心：林医生，你喜欢夏丹，这毫无疑问。也许你对她的那种喜欢只是隐藏在心里，而且那份喜欢一直影响着你的情感。林医生，直到现在你都还是单身，是吧？你别解释，你解释了我也不相信。"

林渐新唯有苦笑："哪有你这样不讲道理的？"

苏文根本就没有理会他，继续说道："其实夏丹也喜欢你，她的心里一直都有你，不过她知道，你们俩永远都不可能有结果，因为夏丹妈妈绝对不会同意你们俩在一起。对，一定是这样，一直到现在我才终于想明白了。林医生，我说得对吗？"

林渐新讪讪着说道："既然你都把话说得那么肯定了，我还能说什么呢？"

苏文幽幽轻叹："东风恶，欢情薄。一怀愁绪，几年离索。错！错！错！桃花落，闲池阁。山盟虽在，锦书难托。莫！莫！莫！有情人终难成眷属……为什么数百年过去了，这样的事情还要重演呢？"

这一刻，苏文郁郁的情绪深深地感染、刺痛了林渐新。他急忙收敛住心神，笑了笑说道："你哪来那么多的多愁善感？好好开车吧，千万别出什么事情。"

苏文微微摇头："别急，有些事情我还得理一理。林医生，你分析过李唐和夏丹的关系吗？他为什么要背叛夏丹？"

林渐新道："他们两个人的事情不需要分析……"于是就将他和李唐之间的谈话讲述了一遍，最后说道，"让我很感兴趣的倒不是李唐的想法，而是夏丹妈妈的改变。夏丹妈妈强势干预了夏丹和赵延、简立钦之间的感情，但是对女儿和李唐的感情几乎是不闻不问，这说明夏丹的反抗还是有效果的。"

苏文点头道："或许只能这样解释了。对了林医生，前面有句话我还没有说完。夏丹对我说过，除了你之外，她的一位大学老师对她的影响也十分巨大。"

林渐新心里一动，问道："她告诉过你那位老师的名字吗？"

苏文摇头道："我问过她，但是她没有说。不过这件事情调查起来应该不难吧？要不我们先去她以前的学校然后再去机场？"

林渐新想了想，道："算啦，以后再说吧。现在还有一件非常重要的事情要去做。"

苏文这才想起今天刚刚从派出所出来的时候他说过的那句话来，问道："你指的是凶手的尾巴？"

林渐新点头："是的。所以，我们必须尽快赶回去。"

有时候事情就是有那么巧。林渐新的话音刚落，邓长治的电话就打进来了："小林，听说你已经没事了，太好了。你别责怪我啊，发生了一起凶杀案，我出现场去了，那地方没有信号。你给我打过招呼，让我替你的那件事情保密，所以曹大队也没办法替你说话。你现在一切都还好吧？"

说实话，当时林渐新打不通他电话的时候确实是有些生气的，不过现在事情已经过去了，就是想生气也一时间酝酿不起来。林渐新笑道："幸好打不通你的电话，不然我还体验不到坐牢的滋味呢。"

这句话在邓长治听来却像是对方在调侃他，尴尬地道："小林，你千万得原谅老哥哥我啊，我也是没办法，特殊情况嘛。"

林渐新并不想在这件事情上和他多说："老邓，别说了，我已经没事了。对了，今天我就乘飞机返回剧组，到时候你们得派人和我一起去才可以。"

邓长治听出了他的话外之音，问道："你有线索了？"

林渐新道："我们见面再说吧。"

邓长治被他的话撩拨得心痒痒，但是又不好多问，急忙道："太好了！你把航班告诉我，到时候老哥哥我亲自去接你。"

林渐新心想，这样倒是方便了许多，道："还没买机票呢，到时候我给你发短信。"说到这里，又禁不住调侃了他一句，"老邓，到时候你别又出现场了啊。"

邓长治大笑："再也不会了，再也不会了！"

挂断电话后，林渐新再也忍不住笑了起来，自言自语说了一句："这个老邓！"

苏文微微笑着，问道："我感觉得到，你现在的心情很不错。"

林渐新不好意思地道："答案马上就要揭晓了，我心里难免有些小激动。"

苏文看着他，满眼的真挚："谢谢你……"

林渐新知道她说的"谢谢"二字所饱含的真意，心里暗暗替夏丹感到高兴：这才是你真正的朋友啊！

第十二章

泄密者

很显然，苏文是一位非常合格的助理。她将车开到住处楼下，很快就收拾好了东西，然后又送林渐新去酒店，当林渐新上车的时候苏文拿出一条围巾朝他递了过去："我看你脖子上光光的，寒风很容易进去，刚才我在酒店的商店给你买了一条围巾，不知道你喜不喜欢。"

当她将围巾递过去的时候林渐新很自然地拿在了手上，这是一条咖啡色的男式围巾，世界知名品牌，入手的感觉非常柔腻温暖，应该是羊毛绒质地的，肯定价值不菲，林渐新不好拒绝，问道："多少钱？到了那里后我去取钱给你。"

苏文的脸上一下布满了寒霜："作为夏丹的朋友，我送你一条围巾都不可以啊？"

林渐新没想到她的脸变得那么快，心里不禁忐忑，讪讪地道："这东西太昂贵了，我实在是有些不好意思。"

苏文朝他嫣然一笑，问道："你喜欢这样的颜色吗？"

林渐新不得不点头。很显然，苏文在购买这款围巾的时候一定仔细考虑了他的形象和气质，而咖啡色正是他喜欢的颜色之一。苏文笑得更灿烂了：

“围上，我看看。”

林渐新将围巾从包装袋里取出，然后围在脖子上。苏文歪着头看了看，满意地点了点头：“嗯，好像是不错。”

这一刻，林渐新真切地感受到了一种温馨和温暖。他知道，这样的感觉绝不仅仅是脖子上的那条围巾给他带来的。

林渐新没有想到曹能也亲自到了机场，为了接他，警方竟然出动了五辆警车。曹能和邓长治都认识苏文，他们暗暗奇怪着苏文的到来，看向林渐新的目光中都显得有些怪怪的。林渐新佯装不知，说道：“不需要来这么多人啊，三五个人就可以了。”

曹能解释道：“警力多一些，对犯罪分子也是一种威慑。小林，什么情况？现在可以讲了吧？”

林渐新道：“难道你们就从来没有想过我在北京的时候为什么会被警察带走吗？”

曹能双眼一亮：“你的意思是说……”他苦笑了一下，“最近发生的案件太多了，你那边的事情我也就没有去多想，现在想来这件事情确实有些奇怪。小林，你觉得谁最可疑？”

这个问题林渐新早已细细分析过，说道：“那天晚上我在剧组的时候出现了状况，当时在场的除了农家乐的老板，还有老邓和剧组的随行医生，当然，那件事情的传言范围估计也不小。我当时出现了那样的状况，无论是那位农家乐的老板还是其他人都认为我是中邪了，而老邓毕竟是法医，他首先怀疑的是我沾染了毒品，除此之外，还有一个人应该会想到我很可能是属于那样的情况。”

邓长治顿时明白了，问道：“那位随队医生？”

林渐新点头：“是的，他的可能性最大。我到了北京后，特别是在出事的那天晚上，因为我的身体状况发生得太过突然，如果当时有人跟踪我的话肯定就会发现我的异常，特别是在酒店大堂的时候，于是这个人就马上匿名报了警。而问题的关键在于，究竟是什么人在跟踪我？他报警的真实目的又是什么呢？”

曹能道：“很显然，对方的目的就是为了阻止你继续调查夏丹死亡的真相。”

林渐新点头道：“是的。除此之外无法用别的动机去解释了。当然，那个跟踪我和报警的人也不一定就是凶手，这个人也可能是被人指使的，我本来希望北京那边的警方将匿名报案的录音拿来让我听听，可是到现在为止都还没有消息。”

曹能沉吟着说道：“这件事情我来协调。小林，那我们现在是不是直接去剧组，然后提审那位随队医生？”

林渐新侧身去问苏文：“你了解那个随队医生的情况吗？”

苏文还没有回答，旁边的邓长治忽然说道：“我认识他，他是我们市级医院的内科医生，剧组花钱聘请他去的。他叫黄良泽。”

邓长治的话让林渐新暗暗感到有些不大对劲，皱眉道：“那，我们先见了这个人之后再说吧。曹警官，真的用不着去那么多人，你觉得呢？”

曹能想了想，道：“好吧，那我就只派两个人去，老邓随行。”

这一次对黄良泽的讯问进行得非常低调。邓长治陪着林渐新和苏文一起去了黄良泽工作的地方，另外两个警察都站得远远的。当然，这是林渐新的意思。

给剧组做随行医生是一件非常轻松的活儿，而且待遇还很不错。这是一部时代爱情剧，出现人员受伤的情况几乎不大可能，不过因为剧组远离市区，配备一名医生也非常必要。林渐新他们到那里的时候黄良泽正百无聊赖地在手机上打游戏，一见到邓长治就急忙热情地朝他打着招呼，还随口问了林渐新一句：“你没事了吧？”

林渐新问道：“你问我的是什么事情？”

黄良泽用一种奇怪的眼神看着他：“那天晚上你不是生病了吗？”

林渐新发现他的眼神怪怪的，笑了笑说道：“早就没事了。黄医生，你是不是以为我在吸毒？”

黄良泽没想到他会问得这样直接，尴尬地笑了笑，说道：“从你当时的症状上看有些像。不过我并不能完全肯定。”

林渐新看着他：“我那天晚上的事情你都告诉了哪些人？”

黄良泽不住摆手，急忙道：“没有，没有。像这种拿不准的事情我怎么可能随便讲呢？”

林渐新注意到，就在刚才他问出这个问题的那一瞬，黄良泽右侧颧骨处的肌肉颤动了一下。

林渐新笑了笑，说道：“实话对你讲吧，我们这次是特地为你而来的，刑警大队的曹队长准备直接提审你，我觉得倒是没有那个必要，因为我相信，夏丹的死应该与你无关。不过黄医生，如果你现在对我们撒谎的话，有些事情你就很可能说不清楚了哦。”

黄良泽一下就慌了：“我说的都是实话啊，随便你信不信，我真的没撒谎。”他看向邓长治，发现他的眼神带着一种戏谑，急忙又道，“我……我……那天林医生生病之后是有一些人来问我，我……我当时确实说漏了嘴，我说你不像是中邪，但是我绝对没有说你吸毒的事情。”

这时候苏文忽然生气了：“你真的认为他是在吸毒？什么水平啊，剧组居然请到了你这样的医生！”

林渐新即刻制止住了她，看着黄良泽道：“我究竟吸没吸毒并不重要，重要的是我到了北京后被人跟踪了，而且还有人报警说我在房间里面吸毒。很显然，这是杀害夏丹的凶手意图阻止我继续调查下去。黄医生，现在你应该明白这件事情的严重性了吧？你好好想想，你究竟对谁说过我在吸毒的事情？”

这时候黄良泽才真正被吓住了，哆嗦着说道：“我没报警。我……我想想，我好像是对谁说过来着……”

他的双腿微微颤抖，这说明他的害怕倒是真的，不过他的眼球转动了两下，说明此人的心里还有别的什么想法。林渐新把他的一切尽数看在了眼里，温言说道：“我知道，你现在最担心的事情就是剧组解散后会影响到你今后的工作，这你放心，只要你没有违犯法律，像这样的事情我们一定会替你保密的。”

黄良泽的神色因林渐新的话悄然而动，瞬间就表现出了恍然大悟的样子："我想起来了，我确实对一个人说过这件事情。"

林渐新并没有在意他这种拙劣的表演，问道："谁？"

黄良泽道："就是这部电影的童编剧。"

林渐新大吃一惊："童仝？你确定？"

黄良泽点头道："就在你生病的第二天上午，童编剧到我这里来拿药。他经常失眠，而且体虚，我怀疑他有……当时我正在给他拿药的时候就听到他在问我：'听说正在调查夏丹案子的那个人昨天晚上出了点儿状况？是你去给他看的病？究竟是怎么回事？'我说，不懂的人都以为他中了邪，不过我觉得不是那么回事。他很好奇，再三问我，我就说，就说你可能是毒瘾犯了。当时我真的没想到事情有这么严重啊，前面有些人来问我我都是说你生病了，后来也不知道是怎么，就那么一下说漏了嘴。"

林渐新问道："前面来问你的都是些什么人？"

黄良泽回答道："就是住在这里的剧组后勤人员。当时我从你房间出去后他们就来问我发生了什么事情。"

这一次他没有撒谎。很显然，这是一个害怕寂寞的人，在他的内心深处太过渴望与他人交流。他没有在前面那些人面前多说，那是因为他认为那些人的身份太过低微，不屑于去告诉他们"真相"。

"当这个人说到童编剧的时候你好像很吃惊？"从黄良泽那里离开后苏文低声问林渐新。

林渐新道："我确实没有想到会是他。上次我来到这里后第一个接触的人就是他，他给我的印象极好，是一个非常有想法的年轻人，而且为人也比较真诚。怎么可能是他呢？"

苏文道："知人知面不知心，有些人是最善于伪装的。你这个心理师难道还不知道？"

林渐新摇头道："不，我应该相信自己对一个人的观察，在一般情况下，伪装是瞒不过我的双眼的，除非是这个人经过特别的训练。"

他竟然对自己的能力如此自信。苏文好奇地看着他，问道："你经过训练吗？是不是你撒谎的时候别的心理师很难辨别得出来？"

林渐新苦笑着说道："我干吗要去训练自己那样的能力？我面对的是病人，只要能够辨别他们在讲述的过程中是否撒谎就可以了。"

苏文诧异地问道："精神有问题的病人还会撒谎？"

林渐新道："当然会。只要是人，只要有情感就会撒谎。撒谎是人的本能，是自我保护的一种方式。"

苏文点头道："你说得很有道理。不过要知道那位童编剧究竟有没有问题，你去和他见了面不就知道了？"

林渐新不语。苏文很是聪明，一下子明白了他的内心，轻声道："其实你也并不是特别自信，你是在害怕童编剧真的就是凶手，是吧？"

林渐新诧异地看了她一眼，叹息着说道："是啊，美好的东西一旦破碎，总是让人难以接受的啊。"

苏文走到他面前，伸出手去温柔地替他整理露在衣领外面的围巾角，柔声说道："但是，总得去面对，你说是不是？"

林渐新的内心再一次被温暖到了，甚至还因此而战栗，点头道："你说得对。走吧，我们去童仝那里。"

冬日里，黄昏时分的小岛上，一对年轻男女温馨相伴的景象全部都映在了邓长治的眼里，他十分惊诧：这不才短短的三天时间吗，这家伙究竟是如何做到的？嗯，唯一的解释就是他超乎寻常的个人魅力了。他低声对身旁的两个年轻警察说道："这画面，可是比电影里面的真实美好多了。"

"林医生。"林渐新在农家乐的外边碰到了正在散步的童仝，童仝远远地就主动朝他打招呼。林渐新猛然间意识到了一点，急忙转身对那两个年轻警察说道："你们先别过去。"

"怎么回事？"苏文一边随林渐新朝童仝走去，一边低声问道。

"我有一种感觉，好像他是刻意在这里等着我。"林渐新低声回答道。

"什么意思？"苏文一时间没有想明白。

林渐新朝她微微一笑："你很快就明白了。"随即就朝童仝大声问道："你的剧本改得差不多了吧？"

童仝已经迎了过来，苦笑着说道："系统工程呢，没有个十天半个月是修改不完的。"

林渐新愕然道："哦？那剧组的人岂不是都在那里闲着？"

童仝笑着摇头道："那倒不会，有些镜头可以先拍的，就是衔接部分需要重新拍摄然后进行后期剪辑处理。林医生，你们这是准备去找谁啊？"

林渐新看着他："你不是一直在这里等着我吗？"

童仝惊讶地问道："你为什么这样说？"

林渐新依然在看着他："你明明知道在我面前无法撒谎，为什么非得要伪装自己呢？"

童仝苦笑："林医生，我真的不知道你究竟是什么意思。"

林渐新笑了笑，同时转身去看了看宽阔的湖面，说道："你本来是希望我能够晚一些回到这里来的，但是同时也盼望我很快就能够出现在这里，是吧？"

林渐新的话让苏文和邓长治都感觉莫名其妙，然而童仝却偏偏听懂了，苦笑着说道："看来真的什么都瞒不住你。你在北京的情况怎么样？"

林渐新拍了拍他的胳膊，道："正如你最不想看到的结果那样，我被警方带走了。你现在可以告诉我了吧，那个人究竟是谁？你为什么会怀疑他？"

童仝轻叹了一声，道："警方筛查了剧组里面所有的人，但是并没有找到那个穿三十九码鞋子的人。他是夏丹出事前离开的，而且我还知道，他的脚码大概也就只有三十九码。"

林渐新有些诧异："你怎么知道的？"

童仝道："他和我在一起探讨过剧本，他有个习惯，喜欢盘腿坐在床上，于是我也就只能和他一样盘腿在床上和他交流了。有一次他中途去方便，结果穿错了我的鞋子，觉得太大才马上换了回去，他还问我有没有脚气，当时我顺便就问了一句：'你的脚怎么那么小啊？'他说：'遗传，我老爹也穿这个尺码的鞋。'虽然我并不能完全相信他真的会做出那样的事情来，但我还是觉得他很可疑。你住进夏丹房间的第二天早上，我忽然听到有人在说你中了邪，还听说就连剧组的黄医生都觉得你不对劲，正好我的安眠药吃完了，于是就借去拿药的机会询问了黄医生究竟是怎么回事，当我得知你竟然吸毒……林医生，你不会真的吸毒吧？”

林渐新朝他摆手：“我肯定不会吸毒的，这件事情我们以后再说。然后呢？”

童仝顿时松了一口气的样子，道：“我就说嘛。不过当时我听到这个消息后还是感到非常吃惊，而且也很难相信，我本来想去找你的，结果听说你去找副导演了，我不想当着其他人的面向你证实那个消息。”说到这里，他不好意思地笑了笑，“其实我这个人的好奇心很重，总想把有些事情搞清楚。当天下午我又去找你，可是有人告诉我说你已经去了京城。这时候我才忽然有了一个想法，于是就给钱慕白打了个电话。当然，我肯定不会直接说你的事情……”

林渐新微微一笑，道：“你肯定是首先告诉他投资人和欧阳导演要保留夏丹那些镜头并要求你重新修改剧本的事情。嗯，以这个借口给他打电话才不会引起对方的怀疑。”

童仝看向他的眼神有些崇拜，点头道：“是的，当时我就是这样想的。我将投资人和导演的想法告诉了他，紧接着就向他请教如何修改剧本的事情。他很惊讶，问我这究竟是谁的想法，于是我就趁机说出了你的名字，还借此向他透露了警方已经对夏丹死亡案件重新立案的情况。他听到这个消息后很吃惊，就开始打听你的情况，我大致对他说了些，假装在无意中说出了你吸毒的事情。最后我对他说道，这个人今天去北京了，也不知道接下来他准备要去调查哪些人。他说：‘想不到竟然会出现这样的情况，究竟是谁会对夏丹下那样的狠手呢？’我说，谁知道呢，这个姓林的心理医生非常厉害，到了剧组后很快就把裘靳给揪了出来，可是最终却发现他并不是凶手。于是他就好奇地问了我裘靳究竟是怎么回事，我就把情况都告诉了他。”

林渐新问道：“然后呢？”

童仝道：“我担心自己说得太多会引起他的怀疑，于是就开始和他探讨剧本修改的问题。他倒是给我提了一些不错的建议，后来他又将话题说到了夏丹的案子上。他说：‘想不到这个心理医生这么厉害。你觉得他到北京后会去调查哪些人？’”这时候他看了苏文一眼，“我说，按照常规，他肯定会第一个去找夏丹生前的助理，接下来很可能是夏丹以前的那些同学同事什么的，谁知道呢？就这样，我们那天通了很久的电话，一直到我的手机要没电了才挂断了电话。”

林渐新看着苏文：“很显然，他是通过跟踪你才找到了我落脚的地方。”

苏文却并没有表现出害怕的样子。林渐新顿时就明白了：她的工作本来就随时会遇到狗仔队的跟踪，想必早已麻木。苏文点头，喃喃道：“我怎么也没想到会是他……”

林渐新朝她温言道：“有些事情你暂时不要去多想。”他将目光投向邓长治：“早知道我就不从北京回来了。”

邓长治笑道：“谁知道会是这样的情况呢？不过没关系，接下来我们的人会去北京的，你也不用离开这里，等我们抓到人再说。”

林渐新问道：“你的意思是说，你们会把他从北京押送回来？”

邓长治点头道：“案子发生在这个地方，在他招供之后还必须到现场指证当时的作案过程。”

林渐新在那里轻松地跳跃了几下，借此松了松筋骨，道：“但愿不要另生事端。”这时候他忽然想起了什么，开玩笑地对童仝说道：“你就没想到我会被你害得去坐牢？”

童仝摸了一下脖子，尴尬地道：“我相信你不应该是那样的人。”

林渐新看着他，怪怪地笑：“又说假话了不是？在你的心里，明明是更希望能够找到杀害夏丹的凶手，至于我是否会因此去坐牢根本就不在你的考虑之列。哈哈！你别这样看着我，你放心好了，我绝不会因此而记恨你，反而我还会因此十分敬佩你，因为你做了一件其他人都难以做到的事情。”

童仝这才松了一口气，不好意思地道：“我是写小说的，只是想象力比较丰富而已。”

林渐新禁不住点头，感叹道：“是啊，想象力是一种伟大的东西，它可是创造力的无尽源泉。小童，现在我就可以预言，在不久的将来，你一定会成为一位了不起的小说家。”

“夏丹的案子了结后你准备做什么？”送走了邓长治和那两个年轻警察，苏文轻声问林渐新。

林渐新看向她的目光很是柔和：“当然是回家了，我的诊所和病人都还在那里呢。不过在回去之前我必须再去一趟京城。”这一刻，苏文的心里欣喜不已，却听到他继续说道，“也许我还应该去一趟夏丹的学校，我很想知道她曾经还经历过什么。因为就目前来讲，我对她的了解并不完整。”

苏文看着他，眼神中有些复杂：“既然如此，这些年来你为什么一直不与她联系？你千万别告诉我你根本就不喜欢她。”

林渐新何尝听不出她话语中酸酸的滋味？与此同时，他也能够从苏文流露出来的情感中感受到从未有过的甜蜜和美好，不过理智让他认识到自己与眼前这个女孩子巨大的差距，就如同曾经偶尔对夏丹产生那样的想法一样。此外，他还将苏文对自己的好感归结于受到了夏丹多年来潜移默化的影响。林渐新真挚地看着她，说道：“我和夏丹之间根本就是不可能的，我比她大那么多，她后来又成了明星……是的，我承认我喜欢她，但我也十分清楚，那绝不是什么爱情。因此，这些年来我也就不可能去和她联系，就如同她也从来不与我联系一样，因为我们就是两条永远都不会相交的平行线，但她一直是我心中的那个邻家小妹。如今她虽然已经离开了这个世界，但是我觉得自己有责任去知道、去了解清楚她的过去。这不是为了她，而是为了我自己能够心安。”

苏文愕然问道：“心安？”

林渐新点头，道：“是的，就是为了心安。曾经我对她说过，今后如果心里有什么过不去的坎就来找我，但是一直没有等到她的到来。对于我来讲，这本来是一件值得欣慰的事情，因为她不来找我就说明她一直过得很好，没有承受不了的心理压力。但是现在我才知道，真实的她并不是这样的，她一直承受着工作的压力、情感的波折，以及母亲对她的道德和情感的双重绑架。可是，在这样的情况下她为什么依然不来找我呢？是因为不信任我还是别的什么原因？所以，这一切我都必须去搞清楚。”

这时候苏文已经完全懂了，她禁不住有些嫉妒起夏丹来：是啊，你为什么不去找他呢？我怎么就没有像他这样的一个邻家哥哥呢？此时此刻，她瞬间变得泪眼蒙眬起来。

欧阳导演听说林渐新回来了，特地打电话来请他和苏文一起去吃晚餐。本来林渐新还以为是童仝给欧阳导演打去的电话，结果到了那里后才发现童仝并不属于被邀请之列，这才想到很可能是邓长治的想法，很显然，这位老法医的内心一直在惭愧着，他不希望林渐新在岛上的生活太过孤寂、清苦。

陪同林渐新的除了欧阳导演之外，还有制片人孙家良，以及副导演沈端，摄像师马达、陈新久，还有这部电影的男女主角。晚餐准备得十分丰盛，湖鲜、鸡鸭和新鲜的蔬菜摆满了一桌，红酒、白酒、啤酒一应俱全。晚宴开始后制片人孙家良举杯道：“林医生，今天这顿饭我们可是代表翟总请你的，翟先生离开的时候特别交代了，等你回来后一定要好好接待你。想不到苏小姐也回到了剧组，真是太令人高兴了……”

孙家良说了好一会儿，都是场面上的客套话，然后大家才一起举杯。欧阳导演给林渐新夹了一条油炸小鱼，举杯对他说道：“林医生的那个建议非常好，我代表剧组谢谢你。”

林渐新有些受宠若惊，客气地道：“我不过就是一个心理医生，对影视这方面根本就是一窍不通，也就是随便那么一说。”这时候他忽然注意到目光正前方那位新女一号的神情有些不大高兴，很抱歉地道，“我这随便一说，就有些对不起小钟了。小钟，你可千万不要怪我啊。”

孙家良笑道：“她怎么会怪你呢？她还年轻，今后机会多的是。如果不是夏丹出事的话，她还得不到这个角色呢。任何一件事情都得从不同的角度去想，是吧小钟？”

小钟不愧是专业演员，脸上马上就绽放出了妩媚的笑容，嗲声道：“是呀是呀，我晓得的呀，这一次的机会对我来讲是非常重要的，我在心里非常感谢在座的各位还有夏丹姐。”说到这里，她的眼睛一红，眼泪一下就出来了，“呜呜！夏丹姐那么好的人，怎么就……呜呜！”

“真是一个不错的演员啊，也许在场的人当中也就只有我才能够看得出来她的言不由衷。”林渐新在心里暗叹。孙家良急忙道：“好了好了，今天大家难得聚在一起，多亏了林医生，不然我们今天还得继续吃盒饭。来，我们一起敬林医生一杯。”

不得不说，孙家良确实是一个社交场上的好手，很快，晚餐就又回到了开始时的热烈氛围，大家说着笑话，其乐融融。中途的时候男一号小吕给林渐新敬酒，问道：“听说林医生精通心理学，更擅长读心术，不知道我在您眼里是一个什么样的人？”

林渐新笑道：“这个世界上哪来的什么读心术？所谓的读心术不过就是行为心理学的一部分罢了，心理医生用这门学科来辨别病人在讲述其个人经历的过程中是否在撒谎而已。”

男主角小吕很感兴趣的样子，问道：“既然是病人，即使不撒谎也不一定说明他们的话就是真实的啊，是吧林医生？”

林渐新惊讶地看了他一眼，点头道：“是的，所以，这也是区分病人是否处于幻想状态及鉴别幻想程度的重要方法。”他又一次看了小吕一眼，道，“小吕家学渊源，沉稳大气，想必不是艺术类学院毕业的吧？”

小吕惊讶地道：“林医生是如何知道的？难道您在百度上查看过我的资料？”

林渐新摇头，道：“我以前和你一点儿都不熟悉，去查看你的资料干什么？不过刚才你所问问题的深度，就让我大概知道你的知识范围不但很广，而且绝不肤浅。据我所知，去考艺术类院校的学生有些是因为学习成绩才不得不走上了那条路，像小吕这样的学霸，应该不会考虑那样的学校。”

在座的人不禁频频点头，都认为林渐新的分析有理有据，而且也符合事实。小吕苦笑着说道：“结果我最终还是走上了这条路。”

林渐新笑道：“殊途同归嘛。据我所知，演艺圈那些处于一线的大咖都是学识渊博之人，这其实并不奇怪，一个人的底蕴有了，对作品、饰演人物的理解当然也就更加深入、精准，这才是一种良性循环。”

欧阳导演由衷赞道：“林医生这才说到了我们这一行最关键之处，为了这句话我们就值得干一杯啊。”

众人一起喝下。苏文见林渐新开始的时候还略略有些拘束，不过很快就融入了这些人的氛围之中，虽然是侃侃而谈却依然稳重、儒雅，心里对他的情感顿时又增添了几分。

这杯酒饮毕，女星小钟笑吟吟地问道：“林医生，你觉得我是一个什么样的人呢？”

欧阳导演不禁皱眉，孙家良也在心里暗叹：林医生刚刚赞扬了小吕底蕴深厚，你这个不学无术的女孩子来凑什么热闹？还好林渐新似乎并没有在意，笑道：“你呀，首先是漂亮。”大家都笑，林渐新也笑，继续道，“其次呢，你的兴趣比较广泛，多才多艺，不过在遇到事情的时候往往犹豫不定，而且不大善于控制自己的情绪，容易发小脾气。”

小钟瞪大着眼睛：“你是怎么知道的？简直说得太准确了！”

林渐新心道：其实你经常发的可不是小脾气，而是为了一点儿小事情就大吵大闹。他笑了笑，说道：“我和小苏刚刚来的时候见到你正在补妆，我发现你使用的那支口红的中间是内凹的，从行为心理学的角度来讲，从一个女性使用口红的习惯也是可以看出她的性格的。”

作为圈内人，苏文当然早就听说过小钟的性格，此时见林渐新不但没有让她难堪，而且还将她的坏脾气一带而过，心里更赞：原来他并不是一味较真的人，他不但智慧过人，而且还敦厚宽容。总而言之，此时此刻，她怎么看林渐新都觉得顺眼。

饭桌上的段子、奇闻总是活跃气氛的重要元素，而林渐新如同传说中看相算命的本事更让大家惊奇万分、兴趣盎然。接下来在大家的要求下，林渐新一一分析了他们的性格特征，每个人都赞叹说非常准确。其中林渐新对苏文的性格分析是这样的：乐观、开朗，比较喜欢小浪漫，在遇到问题和困难的时候往往手足无措，不过很快就能够调整好心态并寻找出解决问题的办法。苏文诧异地问他是如何得知这一切的，林渐新笑着解释道：“我发现你有撩头发的习惯，而且还有经常搔脸的小动作，这些习惯往往与我刚才提到的那些性格特征是相匹配的。”

所有的人都叹为观止，赞叹不已。林渐新却谦虚地道：“小游戏而已。我也只能简单分析一下各位的性格，如果你们要我说得更多一些的话可就露馅啦。老子说：知人者智，知己者明。无论是准确评判他人还是真正了解自己，其实都是一件非常困难的事情。”

欧阳导演深以为然，此时他心里不禁想：今后有机会的话一定要和这个人好好交流一下，如果能够将他的所学应用到电影里面去的话一定非常精彩。

在座的人都知道林渐新在调查夏丹死亡的案子，而且都非常想知道他目前调查的进度如何，但是一开始所有的人却都忌讳主动去问他。这其实是一种自我保护下的恐慌心理在作怪，毕竟他们已经听说林渐新刚刚回来就去拜访了剧组的随行医生和编剧，心里面担心自己陷入嫌疑之中也就在所难免。

不过后来欧阳导演还是忍不住主动问起了此事。当他问及此事的那一刻，饭桌上所有的人都将目光一齐看向了林渐新。

林渐新倒是觉得这件事情没有什么值得保密的，毕竟目前嫌疑对象已经非常明确了，说道：“警方已经去了北京，也许明后天就会将钱慕白带回到这里来。”

众人都非常惊讶，欧阳导演更是动容：“怎么可能是他？不是听说他是在夏丹出事前就离开了这里吗？”

林渐新道：“这里毕竟只是一个湖心岛，又不是在汪洋大海之中。他先假装离开，半夜的时候租一条小船返回来，这并不困难。当然，还可能是其他的什么方式。”

副导演沈端道：“我还是不敢相信这样的事实。林医生，你认为他作案的动机究竟是什么呢？夏丹因为他的那部作品而走红，他又何尝不是因为夏丹对他那部作品的完美演绎才得以成名？这也简直太不可思议了吧？”

林渐新道：“沈导是站在局外人的角度客观冷静分析夏丹和钱慕白之间的利益关系，可是你想过没有，如果当你成为局内人的时候会不会也这样去想呢？人都是自私的动物，在利益面前评价自己和他人的时候往往会在潜意识中夸大自己在其中所起到的作用，特别是对那些骤然成名的人，他们就更容易出现内心膨胀。因此，钱慕白也许会这样认为：如果没有我的作品，你夏丹也就不可能有今天。于是在这样的心理逻辑下，他对夏丹产生出非分的想法也就并不奇怪了。”

摄像师马达鄙夷地笑了笑，道：“夏丹怎么可能看得上他？”

林渐新点头：“对，这就是问题的关键了。刚才我已经说了，钱慕白有他自己的想法，而对于夏丹来讲，她会认为自己只是被投资方和导演选中去出演了那部片子，而她自己也在其中努力诠释了角色，她当然就认为自己的成功不仅仅是编剧的功劳，所以她拒绝钱慕白也就理所当然，不会有任何的心理压力。而对于钱慕白来讲，夏丹的拒绝就很可能成为他由爱变恨的爆发点，所以，钱慕白的杀人动机是完全成立的。当然，具体的情况还得警方对他进行审讯后才知道。”

大家都认可林渐新的这番分析，摄像师陈新久点头道：“古今中外由爱生恨的事例太多了，即使是再聪明、地位再高的人，往往都会因为这个‘情’字而失去理智，不过这件事情还是太令人扼腕叹息了。”

在谈及夏丹的案子之后，制片人孙家良一直没有说话，皱着眉头似乎在思考着什么，这时候他忽然问了一句：“林医生，我觉得这里面还是存在着一个巨大的疑点。夏丹的尸检报告我和欧阳导演是看过的，记得当时我和欧阳导演都十分震惊于夏丹还是处女这个事实。要知道，在我们这个圈子……呵呵！你们都懂的，这确实是太不可思议了。然而问题是，如果真的是钱慕白由爱生恨杀害了夏丹，在那样的情况下钱慕白为何没有去侵犯她呢？”

沈端道：“我倒是觉得这并不是什么疑点。夏丹在煤气中毒下昏迷最终导致死亡，钱慕白难道不害怕中毒？如果他在夏丹昏迷前施暴的话，周围住着那么多的人，当时苏文也在，他当然害怕事情败露而身败名裂了。”

孙家良摇头道：“很显然，夏丹的死是一起有计划的作案，而且凶手在夏丹昏迷后还替她换了衣服。在这个过程中他竟然没有侵犯夏丹，这也太不可思议了吧？”

这时候大家才忽然想起还有这样一个细节，顿时都觉得确实有些让人匪夷所思，于是又都将目光投向了林渐新。

林渐新沉吟着道：“钱慕白通过那套衣服给我们留下了夏丹在他心中的形象：纯洁、白玉无瑕。也许钱慕白最开始也并不知道夏丹依然还保持着处女之身，也许最开始他确实想去侵犯夏丹，但是当他发现夏丹竟然还是处女的那一刻，他震惊了，于是就放弃了侵犯她的念头。为什么会这样？这其中的原因很简单：从心理学的角度分析，夏丹的形象就是他作品想要表达的东西，他不忍破坏掉自己作品的完美，如果他侵犯了夏丹也就是亵渎了他自己的作品。”

孙家良问道：“你的意思是说，如果夏丹已经不是处女了的话，钱慕白反而就会侵犯她？”

林渐新点头道：“可以这样去分析。如果他发现夏丹已经不是处女，他会认为夏丹亵渎了他的作品，于是也就为他自己寻找到了一个侵犯夏丹的理由。此外，我觉得钱慕白很可能还是处男。作为文艺青年，他们往往对自己的第一次充满着最美好的幻想，两情相悦才是他们追求的最高境界。还有，一个能够写出如此纯美作品的作者，他很可能是一个追求完美的人，这些都可能成为阻止他侵犯夏丹的因素。”说到这里，他忽然想起了一件事情，于是就问孙家良道，“孙先生，听说钱慕白当时是受你的邀请才来到剧组的，是这样吗？对不起，我并没有别的什么意思，只是想把有些情况进一步搞清楚而已。”

孙家良点头道：“确实是这样的，这件事情欧阳导演也知道。”

欧阳导演道：“是的。当时我们都觉得剧本还可以进一步完善，童全是新作者，又是第一次独立完成一部电影的剧本，经验欠缺，毕竟钱慕白有成功的先例在那里，而且这部戏依然是夏丹主演，请他来指导一下似乎更好一些。”

这顿饭的时间有些长，后来终于在大家的嗟叹中结束。

上次林渐新出事后夏丹的房间就更没人敢去住了，苏文曾经住过的房间也空着，他们决定还是住在那里。

吃完饭后林渐新提议步行回去，苏文也想和他多说会儿话，当然也就不会拒绝。

“我觉得很不舒服。”两个人走了一段距离，苏文忽然轻声说了一句。

林渐新关心地问道：“是不是生病了？”

苏文微微摇头：“不是。是因为你们在桌上老是说夏丹还是处女的事情。”

林渐新点头：“现在我才觉得是有些不应该，不过当时，我……”

苏文道：“不是你的问题。你这个人有时候太学究气了，你是因事论事，他们却在这个话题上越说越兴奋，太让人恶心了。”

难怪她后来就一直不说话了呢，还有那个小钟也是如此。他歉意地道：“说到底还是我的问题，作为心理医生，我竟然没有考虑到在座女性的感受，对不起！”

苏文长长呼出了一口气：“没事了，我们换个愉快的话题吧。”

林渐新却皱眉道：“也不知道是怎么，我总觉得好像有什么地方不大对劲。”

苏文侧身去看着他：“你觉得钱慕白并不是凶手？”

林渐新摆手道：“不，我反复分析过，指向他的嫌疑应该是没有问题的，非常明确。不过……也不知道是怎么，我就是觉得心里有些不踏实，也不知道问题究竟是出在什么地方。”

苏文柔声道：“警方的人已经去北京了，事情很快就会搞清楚的，你现在多想也没什么用，还不如暂时将这件事情放下。你觉得呢？”

林渐新心想也是，笑道：“好吧，那就暂时放下吧。”

两个人又朝前面走了一小段距离，这时候苏文忽然走到他的面前，歪着头看着他，问道：“你是不是也有处女情结？”

林渐新愕然：“你这话是什么意思？”

苏文“扑哧”一声笑了，眨巴着眼睛又问了一句：“你是不是也还是处男？”

林渐新苦笑：“是又如何？不是又如何？”

苏文忽然感觉到脸的两颊滚烫得厉害，同时也发现自己可真够无聊的，急忙道：“好了好了，我们不说这个话题了。林医生，我问你啊，你为什么一直到现在还没谈女朋友？”

林渐新有些尴尬，道：“我这个人比较宅，平时打交道的都是我的病人。也许是缘分还没有到吧。”

苏文看了他一眼，轻声道：“也许，你现在的缘分就已经到了呢。”

林渐新愕然：“你什么意思？”等他反应过来时，却发现苏文已经快速朝前面跑去。他看着那个正在远去的模糊身影，以及天空中那一轮清冷的明月：我和她，真的可能吗？

“你真的要住在这里面？你不害怕？”到了房间门口，苏文如此问林渐新。

林渐新诧异地看了她一眼，反问道：“难道你害怕？”

苏文显得有些不自然：“毕竟，毕竟她已经……”

林渐新朝她笑了笑：“晚安。”

苏文急忙叫住了他，轻声问道：“今天晚上，你是不是还要服用那东西？”

她的眼神中不仅有关心，还有担忧。林渐新为此而感动，道：“我尝试一下不再服用，或者少量服用。苏文，你别管我，我已经习惯了。”

苏文犹豫了一下，这才点头道：“你记住，我就住在你对面，需要的时候叫我一声。”

林渐新再一次向她道了“晚安”，然后进入房间里面。房间里面一切依旧，但是林渐新却感受不到她一丝一毫的气息。刚才他从苏文的话中听出了害怕，这能够理解，毕竟她是女性，而且她并不是夏丹的亲人。亲人的逝去只会让人痛苦，不会有害怕。当然，他不一样，职业决定了他总是有一种试图去与他人灵魂触碰的欲望。每一次与病人的交流，其实就是去感知、去触碰、去抚慰他们灵魂的过程。

虽然已经感觉到自己灵魂深处的那只魔鬼又开始蠢蠢欲动，但是他却没有去理会。是到了该用精神的力量去抵御它的时候了。

洗完澡出来，被子下面的电热毯已经很温暖了，他将身体置入其中，试图让脑子里面浮现出夏丹的模样，但奇怪的是，她的样子却很快被苏文所替代，全部变成了苏文关心的眼神，还有她曾经留下的一次次美好的笑容。那只魔鬼一次次在骚扰着他的灵魂，但是又一次次被那个美好的笑容压制了下去。

“我要战胜你！”他对着那只猖狂的魔鬼说。

“你做不到的，因为你永远都不如我强大，除非你继续使用那件武器。”那只魔鬼鄙夷地对他说。

难受的滋味开始从灵魂深处蔓延开来，他知道，魔鬼正在对他进行着疯狂的进攻，它变成了一只专门噬咬灵魂的虫子，在他的身体里面横冲直撞。“我要吞噬掉你的灵魂，我要让你变成一具行尸走肉！”他仿佛听到了那只魔鬼从他灵魂深处传来的阴冷的笑声。

这一刻，没有人能够感知到他所承受的极度痛苦，他发现自己的肉体开始腐烂，无数的蛆虫在他的身体上蠕动，空气中弥漫着令人作呕的腐臭气味。他再也承受不住这样的痛苦与恐惧，虽然最后的那一丝理智告诉他这一切只不过是幻觉。对不起，我做不到，对不起，我还是失败了。

从床上到行李箱的距离是如此漫长，当他终于看到那几只小瓶的时候，忽然感觉到自己变成了一只飞蛾，一只正在扑向熊熊火光的飞蛾。

进入到那个维度的过程是如此快速，他分明听到了那只魔鬼正在远去的冷笑声。房间的一切也在刹那间缩小成了一个童话般的世界。平躺在床上的他第一次在这个维度里面流下了眼泪。

终于，他再一次回到了现实的世界，不过他依然隐隐记得，这一次，他只使用了一点点。心里依然颓丧：可是我还是使用了。此外，他仿佛还记得，当他正处于那个维度的时候好像听见了手机的铃声。

上面果然有两个未接电话，都是苏文打来的。

“我睡不着，我有点儿害怕。你刚才没事吧？”电话拨过去的时候，苏文的声音是如此清晰。

“我没事。别害怕，如果你真的梦见了她，就大胆地告诉她说，你是她的朋友。”

“你别这样说，会让我更加害怕的。”

“你在害怕她什么？”

“那天晚上，我就在她隔壁的房间里面，但是根本没有感知到她的危险，她一定会责怪我的。”

她的害怕原来是源于内心深处的内疚。林渐新明白了：“这样吧，你将手机放在耳朵旁边，闭上眼睛，让自己全身放松，一边听着我说话一边让自己慢慢睡去。”

“这样可以吗？”

“可以的，一定可以的，你别再说话了。对，就像这样，我会一直在你耳边说话。”他的声音低沉而充满磁性，然后开始絮絮叨叨讲述着记忆中的每一个与夏丹有关的画面。许久之后，他终于感觉到她已经进入梦乡，这才在暗暗的叹息声中轻轻挂断了电话。

然而，他却发现自己已经陷入了失眠的痛苦之中。在经历了许久的思绪纷乱之后，他忽然间想起了晚餐时候的场景。他记得自己隐隐感觉到有些不大对劲就是在晚餐的过程中产生的。

仔细回忆了一遍，但是唯一觉得有破绽的地方也就是自己在分析钱慕白的时候，不过他记得自己当时是刻意在那个地方转移了话题——关于推论钱慕白是处男的时候。当时转移话题的目的其实也就是不想向那些人展示太多心理学理论的东西。

而此时此刻，他依然认为自己关于钱慕白的那个推论是正确的。虽然男性没有女性生理上的那一层膜，但在心理上却是存在的。无论是生理上还是心理上的那层膜，同样会对一个人的行为产生巨大的影响，比如那层膜尚处于完整的女性，她们不大可能表现出浪荡，而心理上的那层膜却往往能够阻止男性对女性的性侵。那层膜其实就是一种枷锁。当然，我们每个人的内心是复杂的，所以出现例外也并不奇怪。

不过这已经不再重要，睡吧，也许明天就会一切都变得明了起来。他开始一次次暗示自己，同时让自己的身心彻底放松……黑暗终于如潮水般来到。真好。他在心里喃喃地赞美着。

“早。”

“早。谢谢你。”

当天际的朝阳照射到这座小岛的时候，林渐新和苏文已经站在房门外相互打着招呼。随后，两个人一起到楼下用早餐。

“你是不是对我进行了催眠？昨天晚上我睡得非常好。”吃饭的时候苏文问他。

林渐新摇头：“在没有征得你同意的情况下我不会对你进行催眠的，这是作为心理师最起码的职业素养。当时你的心里充满着恐惧，我的声音会让你产生安全感。当然，这必须是在你对我有着起码信任的基础之上。”

“我明白了。”她朝林渐新粲然一笑，“当时我忽然就回忆起了小时候，父亲抚摸着我的头，低声对我说话时候的情景。”

是的，为了让你有一个好的睡眠，我充当的就是你小时候父亲的角色，因为父亲永远是孩子心中最安全的港湾。林渐新朝她微微一笑，说道：“看来我这个心理医生还算比较合格。”

苏文朝他嫣然一笑：“岂止是比较合格？简直是非常合格呢。对了，今天你准备做什么？”

林渐新道：“等。等警方的消息。”

警方的消息来得很快。就在他们早餐后不久，邓长治和一名警察来到了小岛上，一见面邓长治就对林渐新说：“林医生，你得跟我去一趟市里。”

这一瞬，林渐新心里那种不安的感觉更加强烈了，急忙问道：“出什么事情了？”

邓长治苦笑着说：“是我们的人大意了些，钱慕白在首都机场的时候跳楼自杀了。滕飞已经上了返回的飞机，或许他会比我们先到。”

林渐新仿佛一下子掉入了冰窟窿之中，更加不好的预感向他袭来，他问道：“钱慕白都承认了吗？”

邓长治看向他的目光变得十分复杂，摇头道：“他只承认了一部分。我们的人本来是想把他押解回来让你继续审讯的，结果……”

林渐新愕然问道：“一部分是什么意思？”

邓长治叹息了一声，道：“具体的情况我也说不清楚。走吧，到了市里你就知道了。”

第十三章

诡异自杀

头天下午，邓长治赶回去向曹能汇报了林渐新调查到的情况，曹能听了后很是震惊，随即就通过内部网络查看了钱慕白的有关资料。让曹能更加吃惊的是，这个人竟然完全符合林渐新当初对凶手基本特征的分析。

为了慎重起见，曹能派了滕飞和另外两个刑警当天就直接去了京城，而且事先还与当地警方取得了联系。抓捕钱慕白的过程非常顺利，当滕飞他们敲开钱慕白住处房门的时候，这位编剧正一边听着音乐一边在写一部电视剧的剧本。

钱慕白开始的时候还拒不承认自己的犯罪事实，不过警方很快就寻找到了证据——那双三十九码、与现场鞋印完全相符的皮鞋，钱慕白这才招供了一切。

钱慕白供述，几年前当夏丹在《青春那道风景线》剧组的时候他就喜欢上了她，而且还在影片公映后不久就在私底下向她表白过，不过被夏丹直接拒绝了。当时夏丹拒绝的理由很简单：她告诉钱慕白她已经有了男朋友。钱慕白还因此失望痛苦了许久。后来随着那部电影的热映，夏丹因此成了众多影迷的偶像，钱慕白对她的那份感情也变得越来越炽热。当夏丹与简立钦分手的消息传出后，他又一次去向她表白，不过遭遇到的依然是拒绝。

“我对你没有一丁点儿那方面的感觉。”这是夏丹当时回绝他时说出的话。

“为什么？我有才华，今后也会很有钱，我觉得自己能够给你想要的幸福。”钱慕白却并没有绝望，他想搞清楚其中的原因。

当时夏丹就看着他：“在你的眼里，我只不过是一个对金钱感兴趣的女孩子？”

钱慕白急忙道：“不，不，最关键的是我非常爱你。”

夏丹却冷冷地道：“可是我不爱你。你不用多说了，今后也不要再在我面前提这样的事情，否则的话我们连普通朋友都没的做。”

那一刻，一向自视甚高的钱慕白顿感尊严全无，内心一片冰凉，他万万没有想到夏丹的回绝竟然如此冷酷、决绝，根本就不曾考虑到他一丝一毫的自尊。也就是在那一刻，长时间以来对她所有的痴情和爱恋变成了无尽的怨恨，不过他不敢在夏丹面前造次，暗暗咬牙切齿地离开。

在接下来的那一段时间里面，钱慕白还曾经历过爱恨交织的内心搏斗，他一次次在梦中见到夏丹，梦中的她是那么完美，而且不止一次从哭泣中醒来。醒来后的他内心之中只剩下怨和恨，他诅咒夏丹有一天在车祸中致残，并且容貌尽毁。然而，他知道那样的诅咒是不会起任何作用的，而且现实中的夏丹越来越被影迷追捧，她的模样也越来越漂亮。

我一定要得到她，然后再无情地将她抛弃！这样的念头让他兴奋不已，他一直在等待着那一天的到来。

有一天，他得到了夏丹所在剧组的邀请，这个邀请让他兴奋了许久，他告诉自己说，机会终于来了！

在出发去往岛上之前，钱慕白就早已准备好了那件T恤和牛仔裤，衣服和裤子的型号他当然记得，曾经那份炽热的感情让他早已对夏丹穿衣的尺寸牢记于心。我要让她穿在身上，一点点去爱抚她，最终才去得到她的身体。这是他许久以来一直在幻想着的画面。

到了剧组后他发现，夏丹虽然对他还算客气，不过那样的客气却仅仅停留在表面，每当他的眼神中稍微露出一丝炽热，她的脸色马上就会变得冷若冰霜，让钱慕白内心中许久以来好不容易才升起的那一丝柔情，又一次全部化为深深的怨恨。

在一个寒冷的夜里，午夜之后，当剧组的人都已经进入梦乡的时候，他到了夏丹的房门外，但是他不敢敲门，好几次流连于门外，最终惶惶离去。不多久，他出现在了外面的那个小山包上，痴痴地看着夏丹卧室黑漆漆的窗户。他感觉到自己的灵魂已经飘浮在夏丹所睡的那张床的上方，正在俯视着那张精致如画般安详沉睡的脸。

在冬日清冷的月光下，他发现了小山包上不知道是谁留下的鞋印，以及一处特别的印迹，他俯下身去细细观看，忽然间就明白了那是什么。就在刚才，当他来到这里的时候就已经在小山包的后面看到过那块木板。也就在那一刻，当他的目光沿着那个特别的印迹投射到夏丹卧室旁边那个窗户的时候，内心的那股恨意也因此变得更加炽烈：好你个夏丹，竟然在我面前假装清纯！也不知道和谁在这夜里干着如此的勾当！

转过小山包去，他将那块木板搭到对面的窗户上。正好合适。他不住冷笑，随后将木板放回到了它原来的地方。在接下来的两个晚上，钱慕白一直在小山包的远处偷偷观察着，他很想知道夏丹勾搭上的那个男人究竟是谁。然而最终的结果却让他失望了，这时候他才忽然想到了另外的一种可能：也许在剧组来这里之前那块木板就已经在那个地方了，也就是说，他怀疑中的男女勾当很可能与夏丹无关。

在得出了这样的结论之后，他忽然感觉到自己的内心好受了许多。不过与此同时，他的心里也开始有了一个完美的方案。

第二天下午他就离开了小岛，走之前还去和剧组的制片人及导演等一一道别。他直接回到了市里，从一家大型渔具店购买了一只小型的钓鱼充气船。这只小型的钓鱼充气船在充气前被刻意放进一个中型背包里面，随后他就乘坐公交车返回湖边隐藏了起来，一直到夜深人静的时候才给充气船充上了气，然后划着它到了对面的小岛上。那天夜里的气温有些低，湖面上更是寒冷刺骨，而这一切更加刺激着他内心深处的欲望。

到达小山包的时候已经是午夜后，他在那里倾听了好一会儿，除了不远处一个房间里面传来鼾声，笼罩在夜色中的这栋建筑已经彻底被静谧所包围。那块木板还在。

进入房间的过程非常顺利，而且悄然无息。钱慕白发现自己一点儿都不心慌，直接就进入了夏丹的卧室——卧室的门是关着的，但是并没有反锁。他直接走到夏丹的床前，从窗外映射进来的暗淡月光中看到正在沉睡的夏丹。他忍不住伸出手去轻轻抚摸眼前那张如画般精致而美丽的脸庞。他感觉到自己的手在颤抖，而手心处传来的却是夏丹如脂般的细腻与温暖。

“夏丹，我是真的爱你的啊，你为什么对我那么冷漠无情呢？你知道吗，你是我这辈子爱过的唯一的女人啊。你无时无刻不在我的脑海中出现，就连我的梦中都全部是你啊……”他轻声地对她说，倾诉着自己对她所有的爱恋。而在那一刻，他心中所有对夏丹的恨与怨都化为了乌有。

夏丹一直沉睡着，仿佛已经沉浸于他的倾诉之中。钱慕白把她的这种反应视为她的回心转意：或许，她早就在等着我来了。他认为这是最合理的解释，于是就去打开了卧室的灯。

没有他担心的夏丹惊醒后的大喊大叫，不过她依然沉睡着。钱慕白再一次走到夏丹面前，轻声呼喊了她一声，她并没有回应，也没有醒来，不过却清晰地看到她的嘴角处绽放出了笑容。啊，她这是在鼓励我呢！

他尝试着去亲吻夏丹的脸，还有她的嘴唇。她的嘴唇微微张开着，似乎正在期盼着他的爱。他也因此陷入了狂乱之中，去亲吻她那美好的耳垂，还有天鹅般优雅的颈脖……而就在这时候，他忽然听到夏丹发出了梦呓般的声音：“赵延……”

钱慕白的身体瞬间僵硬，激情骤然消退殆尽。他终于明白了，原来这个女人内心深爱着的竟然是那个三流歌手，而且说不定暗中和她见面的人也是那个人。贱人！如果不是我，你哪能有今天的这一切辉煌！恨意刹那间弥漫于他的灵魂之中，他再一次陷入狂乱之中，三两下就扒光了夏丹身上的睡衣……他目瞪口呆，却在转瞬间兴奋得仿佛心脏就要从胸腔里面跳跃出来，因为他发现睡衣下的夏丹已然是一片赤裸。贱人！淫荡的小娘皮！他一边低声咒骂着，一边粗鲁地去分开她白玉般的双腿。他的双眼已经变成赤红，伸出去的手颤抖着去抚摸……那一刻，他的内心爱恨交织，咬牙切齿般喃喃自语：你宁愿把这么美好的身体交给那个三流歌手，却连一个正眼都不给我，现在我就要得到你，得到你的全部！

然而，接下来他所见到的事实再一次让他震惊万分，他万万没有想到自己深爱已久的她竟然还是处女之身，竟然如同他希望的那样白玉无瑕。他不敢相信自己的眼睛，但事实却明明就在眼前！那一刻，他内心中所有的怨恨都变成了自责，甚至开始痛恨自己，他喃喃地不住向她道歉："夏丹，对不起，是我亵渎了你！我错了，也许从一开始我就错了，你穿上这套衣服，你醒来后也许就知道是我来过了，你在我心里永远都是那么完美无瑕。"

他从旁边的衣柜中找到了夏丹的内衣替她穿上，然后又将他带来的那套衣服仔细地穿在了她的身上，将衣服的每一个褶子都细细抚平。他站在那里，凝视了她好一会儿之后，很快就消失在窗外的夜色之中。离开前，他将那块木板扔到了远处的菜地里，他不希望有别的人再对夏丹起觊觎之心。

看完了钱慕白的供述材料，林渐新不住摇头，问滕飞道："他的供述里面存在着那么多的漏洞和疑点，你不可能没有注意到，是吧？"

滕飞的脸色很是难看，回答道："我当然注意到了。林医生，后面还有当时的讯问笔录，此外，我们还对当时的讯问过程全程录了像。你要的报警电话录音我也带回来了。"

林渐新感觉到双眼有些疲惫，点头道："这样的话就太好了，我一会儿再看。滕警官，麻烦你叙述一下钱慕白跳楼自杀的过程好吗？"

滕飞满脸的沮丧，道："这次抓捕钱慕白和审讯他的过程本来都很顺利，不过他却拒不承认杀害夏丹的事实，而且他的供述也与现场的情况并不完全相符。在请示了曹大队后，我们决定第二天一大早将他押回来进一步调查审讯，其实曹大队的意思是让你协助我们，搞清楚他究竟是在什么环节说了假话。第二天一大早，当地警方就派出了警车护送我们去机场，机场方面也给我们开启了绿色通道，很快就办理好了值机。后来，当我们正准备去安检的时候钱慕白说他想要方便一下，于是我们两个刑警就和他一起朝着厕所的方向走去。想不到才走出几米的距离，钱慕白忽然就快速奔跑了起来，我和两个刑警见势不妙，急忙朝他追了过去。当时钱慕白像发了疯似的，奔跑的速度非常惊人，就连我们那两位身强力壮的年轻刑警都追不上他。就那样，我们眼睁睁地看着他翻过了远处的那道栏杆，从那个地方跳了下去……那地方距离楼下的高度有十多米，而且他当时是头部着地，脑浆都飞溅了出来，当场死亡。我根本就没有想到会出那样的事情，只好留下那两个刑警处理善后事宜，急匆匆赶回来向曹大队汇报此事。”

曹能黑着一张脸看着滕飞：“你呀，让我说你什么才好呢！自己先去写一份详细的事发经过报告吧，如何处理的事情接下来再说。”

林渐新暗自叹息：这个副队长可真够倒霉的，这样的事情竟然都被他遇上了。

画面上的钱慕白与林渐新想象中的模样差不多：一米七左右的身高，消瘦，黑框眼镜，双腿交叉，双手手指绞在一起，习惯性斜眼看人，右侧的嘴角处习惯性微微翘起，这些特征都表明他是一个骄傲、固执的人，或许还有轻度的强迫症。

录像的前面除了滕飞例行常规的讯问内容之外，接下来就是钱慕白供述的内容。这部分内容刚才林渐新已经在文字材料中看过，不过他还是继续将录像看完了。让他感到诧异的是，他竟然没有发现钱慕白在供述的过程中存在撒谎的情况。这一刻，他内心中隐隐的不安又一次出现了。

接下来是滕飞讯问钱慕白的过程，一问一答的方式。

滕飞：“前面你说的都是实话？”

钱慕白：“到了这个地步，我还有撒谎的必要吗？我知道，你们认为就是我杀害了夏丹，可是我没有！虽然我曾经那么恨她，恨不能让她去死，但是在我的内心深处却一直是爱着她的，我为什么要杀害她？”

滕飞：“你使用过的充气船呢？”

钱慕白：“那天深夜，我从岛上划回到湖岸边后将它放光了气，折叠后塞进背包里面，又装了几块石头，然后扔到湖里了。”

看到这里，林渐新将画面暂停了下来，问道：“找到那个背包了吗？”

孙挺坚点头：“找到了，是一只黑色的橡皮划艇，很小，只能乘坐一个人。”

林渐新点头，继续看后面的录像内容。

滕飞：“按照你的说法，自从你进入夏丹的房间后她就一直在沉睡，而且中途一直没有醒来？”

钱慕白：“是的。”

滕飞：“难道你对此就一点儿都不感到奇怪？”

钱慕白：“……我根本就没有想过那有什么奇怪的，当时我完全沉浸在了激动、刺激、愤怒、震惊之中。”

滕飞：“当时你注意到她房间里面的煤气罐了吗？”

钱慕白：“……好像有点儿印象。我后来知道夏丹是因为煤气中毒死的，可是我并没有去打开煤气罐，我真的没有。我说过了，我根本就没有必要去杀害她，最开始的时候我只是想要得到她，那是我被她拒绝之后一直以来的念想。”

滕飞：“既然如此，后来你为何又放弃了那个念想呢？”

钱慕白：“前面我已经说过了，因为我万万没有想到她竟然还是处女之身，一直保持着白璧无瑕。我感到非常震惊，同时也在那一刻才意识到自己错了，全部都错了。”

滕飞：“你为什么会在那个时候认为自己错了？”

钱慕白：“因为在我固有的认识中，她早已是残花败柳，她所谓的清纯，只不过是为了角色需要而惺惺作态罢了。然而让我想不到的是，她竟然真的那么纯洁，也就是在那一刻，我才知道自己错了，原来夏丹的成功并不完全是因为我的那部作品，而是她用自己真正的纯洁完美地诠释了我作品中的那个角色。她不仅饰演了我心目中的那个女孩，更展现了她自己的灵魂。所以，我绝不可以去侵犯她，因为侵犯她就是在亵渎我自己心中的美好啊。”

滕飞：“但是，夏丹就是在那天晚上死亡了，因为煤气中毒。而且她身上穿的是你带去的那套衣服。此外，第二天我们勘查现场发现，夏丹房间里面所有的插销都是插上的，包括你当时出入的那个窗户。这一点你又如何解释？”

钱慕白：“我……我不知道，我真的不知道啊。”

滕飞：“你在撒谎。”

钱慕白：“没有，我没有撒谎，我真的没有撒谎啊……”

林渐新看完了录像中全部的审讯过程，当他终于默默站起来的那一瞬，竟然趔趄了一下，旁边的苏文急忙将他扶住，关心地问道：“你怎么了？”

林渐新朝她摆了摆手，道：“我没事。对了，麻烦将那份报案录音放出来我听听。”

滕飞点头，点开电脑上面的一个图标，很快就出现了一个四川口音的声音：“警……警察吗？我要……要报案……”

“这个人不是钱慕白，很可能是他花钱请的民工。报案人太紧张了，从声音上可以判断这个人应该四十岁以上。这份录音没什么意义，毕竟钱慕白已经死了。”

曹能点头，问道：“那么，你对钱慕白的供述怎么看？”

林渐新叹息了一声，缓缓说道：“他没有撒谎。”

滕飞惊声问道：“怎么可能！难道杀害夏丹的凶手另有其人？”

林渐新没有回答他的这个问题，他看着曹能：“曹警官，你看完了全部录像后有什么感觉？”

曹能斟酌着回答道：“很显然，他是在撒谎。”

林渐新道：“如果我再一次明确地告诉你，钱慕白真的没有撒谎呢？”

曹能怔了一下，问道：“那么，林医生你的感觉是什么呢？”

林渐新缓缓说出了两个字：“诡异！”

孙挺坚点头道：“诡异？如果林医生确定钱慕白真的没有撒谎的话，这确实非常诡异。林医生，你又如何解释这样的状况呢？”

林渐新欣赏地看了他一眼，心里暗暗想道：看来此人能够超越滕飞凭借的绝不仅仅是运气。他看着眼前所有的人，问道：“在钱慕白暴露之前，我对凶手的特征分析基本上是正确的，这一点你们都不否认吧？”

曹能点头道：“是的，对此我也感到非常震惊。”

林渐新对苏文道：“你把昨天晚上我和剧组的制片人及导演一起吃饭时对钱慕白的分析说一下。”

苏文虽然并不明白他的目的，不过还是将头天晚上林渐新的话复述了一遍。看着曹能他们惊讶的神情，林渐新又问道：“很显然，我的分析和钱慕白的口供基本上是符合的，关于这一点，你们不会有什么问题吧？”

孙挺坚问道：“林医生，你的意思是说，钱慕白肯定就是杀害夏丹的凶手，但是又肯定他没有撒谎，所以，这其中还存在着我们目前并不知道的隐秘，是这样的吗？”

林渐新对他更欣赏了，不过却依然摇头：“孙警官说得很对，不过后面的那句话并不准确，在前面那两个前提下，我可以基本上得出一个结论，那就是：钱慕白被人催眠了，然后，钱慕白又催眠了夏丹。准确地讲，钱慕白其实成了某个人的傀儡。”

滕飞感觉头都大了，问道：“林医生，我怎么听不明白呢？”

林渐新解释道：“假如我是幕后的那个人，我催眠了钱慕白，让他去杀害夏丹，与此同时，我还赋予了钱慕白催眠夏丹的能力及步骤，所以，钱慕白供述的只不过是他的显性记忆部分，他被人催眠以及他催眠夏丹的过程却成了他的隐性记忆。如此的话，一切的疑点和漏洞也就可以得到解释。”

孙挺坚问道：“可是，插销的问题如何解释？”

林渐新痛苦地揉搓着头发：“是啊，这应该如何解释呢？难道是爱的力量？也许幕后的那个人只是催眠了钱慕白，他在钱慕白的意识中植入了催眠夏丹的程序，并下达了杀害夏丹的命令，但是钱慕白对夏丹的爱是真挚的，甚至是刻骨铭心的，正因为如此，他才最终没有侵犯夏丹。你们想过没有，作为一个正常的男人，当自己心爱的女人一丝不挂呈现在面前的时候竟然还能保持着最起码的理智，这样的力量从何而来？”他忽然变得激动起来，“不，绝不仅仅是不愿意亵渎他自己的作品那么简单。性是人类作为动物的本能，特别是一个人在被催眠的情况下，动物的本能也就会因此变得更加强大，也许唯有爱的力量才可以让他保持着最后的那一丝人性，而一旦人性在那一刻得到复苏，爱的力量也就会因此而变得更加强大。钱慕白是一个富有幻想力的作家，他不希望夏丹在死后被人诟病，制造出夏丹自杀的场景似乎更能够凝固住她最后的完美。你们都想想，假如你是钱慕白的话，会不会也像他一样去做？”

所有人都目瞪口呆，觉得他的这一番解释毫无逻辑，而且过于想当然。邓长治倒是有些明白了，却依然不能认同他的这番分析，问道：“既然如此，钱慕白为什么记不得他如何让插销反锁住窗户的过程？”

林渐新摇头道：“其实，我真的是没有用语言去解释这一切的能力，而且我也并不能肯定自己的分析就一定是正确的。潜意识，你们知道这个词的意思吗？”

所有人都用一种怪异的目光看着他。林渐新忽然变得有些烦躁起来：“我暂时就不详细解释了，因为我并不认为自己的分析就一定是正确的，以后再说吧。”

邓长治已经感觉到了他的烦躁，马上给了曹能和孙挺坚他们一个眼神，道：“钱慕白已经死了，所以目前所有的分析都只不过是猜测而已。小林，既然你认为在钱慕白的背后还另有他人，那接下来你一定还会继续调查此案的是不是？”

林渐新一屁股坐回到了座位上，摆手道：“对不起，我心里很乱。刚才我太激动了，也许我的结论是错误的。对不起，请让我静一静！”

其他人都出去了，唯有苏文留了下来，因为邓长治给了她一个眼神。

“他不会有问题吧？”曹能递给邓长治一支烟，问道，满脸的担忧。

邓长治将烟点上，深吸了一口：“你发现没有，其实他也在怀疑自己的结论。他并不是无法用语言去说明那一切，而是他发现其中还有很多的疑点和漏洞无法用他现有的推论去解释。不过我倒是觉得他的基本结论是正确的，那就是钱慕白被他人催眠的可能，因为这才是解释一切诡异状况的前提条件。”

曹能点头："是的，如果钱慕白并没有撒谎的话，他那样的结论才是唯一的解释。而且这也可以解释钱慕白跳楼自杀的整个过程。一个身材瘦小的书生，怎么可能在忽然之间爆发出那么大的能量，竟然让我们那两位年轻力壮的刑警都追不上，只能眼睁睁地看着他跳楼身亡？"

邓长治呼出一口烟雾："是啊。也许小林想不明白的是，既然钱慕白能够想到让夏丹凝固住最后的完美……凝固，这个词是小林讲出来的，我觉得非常准确，可是，钱慕白为什么非得要杀害她呢？也许小林刚才的烦躁就与这个问题有关。"

孙挺坚忽然在旁边说了一句："我觉得他一定会想明白的，而且会调查清楚所有的真相。我们得给他些时间。"

邓长治笑了笑，道："也许，爱情会赐予他更大的力量。"

曹能怔了一下："什么意思？啊，我明白了。本来我还说请他去喝酒的，算了，那我们就多给他们两个人一些时间和空间吧。"

邓长治看着曹能："你要请喝酒？好啊，我们都可以答应。是吧，小孙、小滕？"

这时候林渐新忽然出现在了门口："我好像想明白了。你们谁要请客喝酒？"

一家酒楼的雅间里面，一行人刚刚坐下就全部将目光投向了林渐新，而此时的他已经恢复了冷静，沉静的面容给人以波澜不惊的感觉。邓长治看得出来，也许他真的已经想明白了很多事情，因为他已经从林渐新的身上看到了熟悉的自信。

林渐新淡淡一笑，说道："其实我依然觉得这个案子千头万绪，我看这样，还是你们提问我回答的方式，我们一起来将其中的问题梳理清楚。对了，我不能喝酒，你们都知道我的问题，酒精会让我控制不住身体里面的那只魔鬼。"

这时候曹能终于问出了他一直想问的话来："小林，你的那种方式对毒品真的有效吗？"

林渐新摇头道：“我真的不知道。或许那种东西巨大的致幻作用对控制毒瘾的发作很有效果，但它本身的这种副作用对身体并没有好处。以后再说吧，或许我能够从中提炼出真正有效的成分来也难说。”

邓长治叹息了一声，道：“小林，说实话，我是完全不赞同你的这种方式的。”

林渐新点头道：“我知道。不过事情已经发生了，我也就只能坚持下去。此外，我也希望大家一定要对此事保密，因为我不希望还会有下一个人像我这样拿自己的生命去做试验。我的这种做法其实很自私，因为我忽略了家人和身边朋友的感受。好了，我们不说这个了。”他看了苏文一眼，目光一下子变得柔和了许多，“刚才我注意到你似乎想问我什么，那就先从你开始问吧。”

苏文还是第一次和警察如此近距离地讨论案情，难免有些紧张，她的脸一下子就红了，不过还是将自己心中的疑问说了出来：“也许在座的各位都不如我了解夏丹，在我的印象中，夏丹一直都是比较随和的，对人也非常客气。可是她在钱慕白的供述中，好像变成了一个和我印象中完全不一样的人……”

林渐新问道：“你说的是夏丹拒绝钱慕白的那种决绝的态度？”

苏文点头，道：“我也曾经见到过有人向她求爱，但是她的态度都十分温和，她会从求爱者的手上接过玫瑰，面带微笑说：‘谢谢你的鲜花，不过我已经有男朋友了。’或者是：‘其实你并不了解我，我也更不了解你。如果可能的话，我们做朋友吧。’还有钱慕白说他几次向夏丹求爱，我竟然都不知道。要知道，我可是夏丹的助理，很多时候我都在她身边，这也太过奇怪了。”

林渐新微微一笑，说道：“你的这两个问题提得非常好。其实，这两个问题是紧密联系在一起的。钱慕白对夏丹的感情是不容置疑的，但他是一个非常自尊的人，他害怕公开求爱被拒绝后丧失了脸面，所以才采取了隐秘向夏丹表达感情的方式。而他第一次被拒绝后就已经觉得自尊心受到了严重的伤害，所以他后来对夏丹的再次求爱也就做得更加隐秘。从心理学的角度分析，钱慕白表现出来的这一切恰恰说明了他内心的自卑。他对夏丹说：我有才华，今后也会很有钱。你们注意到没有，他恰恰有意忽略了自己的外貌和身高，所以才试图用自己刚刚取得成功显露出来的两个优势去说服夏丹。是的，他是自卑的，他向夏丹求爱的勇气都是来自他刚刚取得的成功带给他的自信。”

邓长治道：“有道理。其实他在表达自己这两个优势的时候也流露出了自卑。有才华，会很有钱，这句话看似很有自信，但也流露出了一种不确定。”

林渐新点头道：“是的。这说到底就是他潜意识中的自卑在起作用，如果他真的有着强烈自信的话，就会这样说：接下来我会完成哪些哪些优秀作品，目前已经有多少家影视公司正在和我商谈，如果你能够和我在一起的话，今后我专门为你写剧本，让我们俩的事业一起走向一个全新的高度。这才是真正自信的表现。”

苏文一下就笑了起来，说道：“好吧，我同意你的这种解释，那么夏丹为什么偏偏对他那么冷淡呢？”

林渐新道：“这恰恰说明夏丹是一个非常聪明的人，因为她已经从钱慕白那里意识到了麻烦。如果钱慕白公开求爱她也公开拒绝了，这样反而会让对方从此望而却步；而私底下隐秘的求爱就完全不一样了，一旦她的态度稍微温和一些就很容易让对方抱有希望，从此对她纠缠不休。从后来钱慕白的表现来看也正是如此，所以夏丹也就只能采取更加冷淡的方式向对方表明自己的态度。可惜的是她遇到的是钱慕白那样的人，因为暂时取得的巨大成功造成了他内心的极度膨胀，于是变得更加偏执，再加上他内心极度狭隘，做出任何疯狂的事情来也就在所难免。而这样的人最容易被人利用，成为他人的傀儡也就并不奇怪。”

苏文又问道：“我还有一个问题。钱慕白供述说，他当时正和夏丹亲热的时候忽然听到夏丹喊出了赵延的名字，这又是为什么？”

也许只有女人才会注意、关心这样的细节。林渐新回答道：“原因很简单，因为赵延是夏丹的初恋。后来她虽然先后和简立钦、李唐谈过恋爱，但这两个人所表现出来的缺点都让她深感失望。所以，她的内心深处真正爱着的那个人依然是赵延。初恋总是让人刻骨铭心的。”

苏文诧异地看了他一眼：夏丹心中不是一直都有你吗？是了，她和这个家伙并不曾真正恋爱过，或许他在夏丹的心中也就是个邻家哥哥。这样想着，她的心里忽然感到一种莫名的轻松。

这时候孙挺坚问道：“我还是对那个问题存在着很大的疑问。林医生说钱慕白很可能成了他人的傀儡，这样的解释我基本上赞同，但是钱慕白为什么会将制造夏丹自杀的现场给忘记了呢？难道控制他的那个人早已替他设计好了全部的步骤？如果真的是这样的话，那就说明控制他的那个人就在剧组里面，而不是像林医生前面说的所谓爱的力量。”

林渐新点头道：“是啊。问题的关键在于，如果剧组里面真的存在着那样一个人的话，至少我应该也能够发现他的存在。也许你们并不知道，如果真的要让钱慕白成为那样的一个傀儡，这可不是一般的心理师能够做得到的，其催眠技术的功底绝对是超一流的。而这样的人在我面前是隐藏不住的，就如同我在同行面前一定会露出破绽一样。”

邓长治耸然动容，问道：“小林，你的意思是说，你也具备那样高超的催眠水平？”

林渐新不好意思地笑了笑：“我自认为可以做到。不过我肯定不是控制钱慕白的那个幕后人，因为那时候我还在自己的诊所里面，而且根本就不认识什么钱慕白、李慕白。”

曹能禁不住笑了起来：“你放心，我们当然不会怀疑你。小林，你继续说下去。”

林渐新看着桌上已经上好的那些菜肴：“我们一边吃东西一边说吧。对了，你们自己喝酒，别管我。”

听他这样讲，大家也就不去劝他喝酒。林渐新吃了几口菜，放下筷子后继续说道：“如果剧组里面真的存在着那样一位催眠师的话想必很多人都知道。也许你们会说，说不定这个人是业余的，他的本职工作或许是演员、摄像师、剧务，或许是后勤人员。不，那是不可能的，因为业余的催眠师不可能达到那样的高度。要操控一个人去犯罪，同时还要操控这个人去催眠他人，这绝对是超一流的专业水平。像这样的人他会去从事别的工作吗？不会的。任何一个专家都不会轻易舍弃自己的专业领域，这一点不容置疑。不过这并不说明那个幕后者对剧组的情况一无所知，至少到目前为止我们还不能排除这样的可能。夏丹在剧组里面喜欢自己做饭，她房间里面有煤气罐，她到了剧组后房间里面安装了插销，这些情况都不是什么秘密。假如那个幕后者知道这一切，于是他在催眠钱慕白的时候替他设计好了杀害夏丹的方式和步骤也就并不奇怪了。是的，我前面认为的爱的力量也许是错误的，是我在潜意识里面希望钱慕白对夏丹的那份感情太过执着所致，太理想化了。”

苏文似乎明白了，问道：“也就是说，你的内心里面希望能够将夏丹的死画上一个完美的句号，即使她是被钱慕白杀害的，也是死于绝美的爱情之下。”

林渐新苦笑着说道：“是的，我希望是这样，然而我很快就发现很多问题解释不通。对于控制钱慕白的那个幕后者来讲，他必须要考虑的是自身的安全，所以钱慕白不能出任何事情，一旦钱慕白暴露了，他也就很可能因此而暴露。因此，这个幕后者设计了一套完整的几乎没有任何瑕疵的计划，然后将这个计划通过催眠的方式植入了钱慕白的意识之中。钱慕白催眠夏丹，打开煤气罐，离开时如何让插销落下，这一切都是事先设计好了的，而这些过程恰恰就是钱慕白在供述里面遗忘的部分。”

孙挺坚道：“不对。钱慕白进入夏丹房间然后对她实施催眠，这个过程夏丹为什么没有醒来？从裘靳的事情上我们已经知道，夏丹可是一个非常有警惕性的人。”

林渐新问邓长治道：“你给夏丹做尸检的时候化验了她的血液没有？”

邓长治道：“化验了，她的血液里面有扑尔敏的成分，我分析过，其含量符合感冒药中扑尔敏的比例。”

林渐新点头道：“这就是了。感冒药中扑尔敏的作用是抗过敏，以此消除打喷嚏的临床症状。不过扑尔敏的副作用是嗜睡，这也就解释了钱慕白进入房间后为什么没有惊醒夏丹。”

孙挺坚道：“也就是说，夏丹感冒的事情那个幕后者很可能是知道的？”

林渐新道：“据我所知，夏丹感冒的事情剧组里面知道的人很多，那也不是什么秘密，是吧，小苏？”

苏文点头道："是的。当时夏丹感冒了，还一直硬撑着拍戏，很多人都知道。"

孙挺坚道："还是不对。平时夏丹都会将房门和窗门用插销反锁住，那天晚上或许是因为她感冒忘记了这件事情，那个幕后者不可能厉害到可以未卜先知，连这样的可能都可以计算得到吧？如果当时夏丹插上了插销，钱慕白就根本进入不了她的房间，那么一切计划岂不是都无法实现？"

林渐新一下子就怔住了："是啊，这又如何解释？这又如何解释呢？"他将目光看向滕飞，"你当时没有问到钱慕白这个问题，是吧？"

滕飞尴尬得无地自容："我……我忽略了这个问题……"

林渐新摇头道："不是你忽略了，这个问题我们都没有想到，因为钱慕白被人催眠的可能是我刚刚才分析出来的。难道我所有的分析都错了？对不起，你们继续吃吧，我出去走走。"

苏文立刻站了起来："我陪你一起。"

林渐新朝她摆手："不，让我单独一个人出去走走。你们都别管我。"

第十四章

死亡催眠

林渐新的离去让所有人都失去了喝酒的意兴，甚至连吃东西都变得索然寡味起来。苏文还是出去了一趟，离开前朝着孙挺坚瞪了一眼。孙挺坚冲着她的后背喊冤：“我做错什么了？”

邓长治叹息着说了一句：“这个难题不解开的话，小林今天晚上可能睡不着了呀。”

曹能忽然说道：“可是，我觉得他前面的分析都很有道理啊。你们看看，从一开始他对凶手特征的描述，以及后来他对钱慕白心理的分析，这些都与钱慕白所供述的情况大致相同。这说明了什么？这说明小林的这种心理分析模式是正确的。即使目前还有一些问题得不到合理的解释，完全可以暂时放下嘛，我相信随着他今后调查的深入，当前所面临的难题一定会慢慢被他破解的。”

苏文很快就回来了，说道：“他没走远，就在外面。”

邓长治道：“我去找他谈谈吧。我觉得刚才老曹的话说得很对，如果这个时候我们不去提醒他的话，说不定他很容易对自己产生怀疑。自信对他来讲太重要了。”

林渐新确实没有走远，他只是需要一个清净的地方将一些问题梳理清楚。他的心里冒出一串串的问号：那个人真的有未卜先知的能力？不，这个世界上哪来那样的人？那就是我的分析错了？如果这个问题不能有一个合理的解释，那就说明我前面所有的推论都错了，按照多米诺骨牌效应反推的话，那就说明我从一开始就错了。可是，我真的错了吗？想到这里，他不禁苦笑：看来我的方法并不能应用到破案这件事情上面，心理学与刑事侦查是完全不同的两个学科，在此之前我也忒自信了些……

“小林，你应该相信自己。”当林渐新心里正感到颓丧的时候，忽然听到邓长治的声音从身后传来。

林渐新满脸萧索，叹息着问道：“可是，孙警官的那个问题如何解释？”

邓长治告诉了他曹能刚才的那番话，说道：“在此之前你也并不知道钱慕白就是嫌疑人，这都是通过你一步步的调查才使得这个人最终浮出了水面。可惜的是现在他已经死了，同时还带走了许多隐秘。”

林渐新点头道：“是啊，要是他还活着的话就好了，我完全可以通过催眠他寻找到真相。”

邓长治忽然笑了：“其实这也算得上是案情的一种进展，至少到目前为止，我们已经知道了钱慕白的背后很可能还存在着一个幕后者。也就是说，夏丹死亡的真相还没有全部揭开，你说是吧小林？”

林渐新点头。邓长治拍了拍他的肩膀：“走吧，回去吃点儿东西。有些事情暂时想不明白就放一放，接下来还是按照你自己的思路去做进一步的调查，真相总有一天会出现在我们面前的。”

林渐新摇头叹息：“都这么多天了，案子却再一次进入了死胡同，我……”

邓长治忍不住大笑起来：“小林啊，看来你对我们这一行还真的是不了解。这才几天啊？很多案子几个月甚至几年都破不了也是常事，破案其实就是一个解密的过程，如果始终发现不了其中关键的线索，这样的案子就很可能成为悬案。你这速度已经够快的了，快到让我们都感到吃惊。”

林渐新愕然问道：“是吗？”

邓长治再次拍了拍他的肩膀：“走吧，去听听曹大队给你讲一讲那些悬案。”

再次进去的时候林渐新还有些不好意思，他觉得自己刚才的表现就像一个赌气的孩子。不过其他的人可不会这样想，他们对这位执着得有些过分的心理医生只有敬意。

邓长治把林渐新刚才的苦恼说了，在座的几位警察都笑了起来。曹能道：“小林，无论是崔英还是夏丹的案子，你这速度简直可以算得上是神探的水平了。两年前，我市发生了一起连环凶杀案，被害对象均为女性，凶手对被害人实施强奸然后杀人，或者杀人后奸尸，并切下受害人的某个器官带走。这九起案件发生在一年之内，造成市民人心惶惶，不过奇怪的是，从此后凶手仿佛就销声匿迹了，再也没有发生过同样的案例。这个案子我和老邓都是参与了的，然而直到现在都没有寻找到罪犯的线索……”他叹息了一声，“说起来惭愧啊，我这手上也就因此又多了一件悬案。”

林渐新忽然问道：“从那以后就再也没有类似的案件发生过？”

曹能看着他：“是啊。小林，对此你有什么想法吗？”

林渐新摇头道：“我还是好好思考一下手上的案子吧。发生在两年前的悬案？我又不是神仙……”

饭后，曹能将林渐新和苏文安排在警方的招待所住下。林渐新本来是想返回岛上去的，邓长治劝说道：“你还是在这里好好休息一下吧，明天我送你过去。”随即低声问他道，“你没带上那药粉？”

林渐新竟然条件反射般朝苏文看去，回答道：“带了。最近我准备逐渐减少剂量。”

邓长治拍了拍他的后背，叹息着说道：“你是我遇到过的最奇怪也是最令人敬佩的人。”

几位警察很快就告辞离去了，也许是他们确实太忙，也可能是有意将接下来的时间和空间留给这两个年轻人。

苏文问林渐新：“出去走走？”

林渐新本想一个人待在房间里面好好思考一些问题的，不过当他看到苏文充满着期盼的眼神时，也就只好点了点头："好吧，我们出去走走。"

警方的招待所位于闹市区，出门后转了一个弯就看到了那条穿城而过的大河，两人沿着河岸而行，虽感觉到有些凉意，却有暖融融的滋味在心中泛起。

"他们都很敬重你。"苏文捋了一下被风吹散的秀发，说道。

"因为我是为了夏丹的案子而来，所以我们有着共同的目标。还因为他们从来没有想到过可以通过心理分析的模式去侦破案件，而我在这方面可以帮助他们。他们都是对事业负责的人，所以他们尊重我其实就是在尊重他们所从事的那一份事业。"林渐新如此说道。

"你每一次说的话我都无法反对，总觉得都很有道理。"苏文掩嘴而笑。

"你曾经做过牙齿整容？"林渐新问她道。

苏文怔了一下："你怎么知道的？"

林渐新指了指她的手："一个人笑的时候就会露出牙齿，用手去遮住的目的是为了隐藏住自己的不足。你现在的牙齿看上去非常漂亮，所以，你刚才的那个动作其实是你的潜意识在起作用，因为你的潜意识忘记了你的牙齿已经变得非常漂亮这个现实。"

苏文愣在了那里，轻叹了一声，说道："你有时候真是很可怕。"

林渐新苦笑着说道："没办法，这是我的职业习惯。所以，心理师这个职业注定了从业者的孤独和寂寞。"

苏文转身去看着他："但那是你的选择，是吗？"

林渐新点头："是的，从我选择这个职业的第一天起就已经准备好面对这样的生活。"

苏文依然在看着他："其实你更希望有人能够懂得你、理解你，是吧？"

林渐新不语。

苏文的目光变得坚定了许多："今天晚上我要和你在一起。"

林渐新惊讶地看着她。苏文的脸微微红了一下，解释道："我要和你一起去面对幻觉出现和结束的整个过程。"

林渐新直接拒绝："不可以！"

苏文直直地看着他："难道你准备就这样一个人一辈子独自去承受那一切？你就真的不需要有一个懂你、爱你的人？"

林渐新满眼真诚地看着她："真正的生活并不像你想象的那么浪漫，我是一个理想主义者，很多时候的想法会远离现实生活，但我又是一个比较执着的人，跟我在一起，我不知道你会不会更快乐。你并不了解我，如果你真的想和我在一起去面对的话，就必须从现在开始做好有所牺牲的准备。"

苏文摇头道："那你首先得给我机会让我接近你、了解你，即使是牺牲也是相互的，如果你也爱我，说不定今后也愿意放弃一些东西的，你说是不是？"

林渐新惊讶地看着她：这是一个非常理智的女孩子，她知道自己需要什么，也懂得如何去争取自己的权利。他沉默了片刻，问道："你真的想和我在一起？不会因为我的丑态而从此远离我而去？"

苏文轻声道："我不知道。但是我真的想靠近你，想知道真实的你究竟是什么样子的。我也想让自己明白，自己喜欢上的这个男人究竟值不值得我继续爱下去。"

林渐新温言问道："我们才刚刚认识不久，你真的就已经爱上我了？"

苏文的脸又红了一下："你是那么与众不同，我不得不承认，从一开始见到你的那一刻，我就已经被你深深吸引住了。也许这其中有夏丹对我潜移默化的作用，但是我更相信自己内心的感觉。可能这就是缘分吧？是夏丹给予我和你的缘分。渐新，你说呢？你觉得我适合你吗？"

林渐新的目光更加柔和了："你也非常独特，我承认自己对你很有好感，至于爱……这个词太神圣了，我暂时还说不出口，对不起！"

苏文朝他粲然一笑："有你这句话就足够了。我身处娱乐圈，长期以来所看到的多是利益、放纵和污浊，一直以来我都觉得爱情距离我非常遥远，想不到它这么突然就出现在了我的面前。渐新，我……我真的很高兴。"

林渐新已经太久没有见到这样简单直率的女生了，面对这样一份纯粹的感情，林渐新终于不打算逃避了，也许苏文的出现，会给他波澜不惊的生活带来一些奇迹。他内心也非常感动："好吧，我答应你。也许因为你的存在，奇迹也就会出现。”

这一刻，苏文真切地感受到了幸福来临时的美好，她歪着头调皮地问了一句：“你说的是什么样的奇迹？”

林渐新的目光也变得炽热起来：“所有的。”

苏文朝着他嫣然一笑：“我懂了。想不到你还是一个天才的哲学家。”

男人和女人之间的情感就是这样，一旦明了之后一切也就因此而变得自然起来，而现代社会的男女表达情感往往更加直接大胆，因为他们知道羞涩和矜持很容易失去许多机会。对于苏文来讲，在经历了刚才的相互表白之后，内心已经发生了巨大的变化，心有所属的美好让她极其自然地将手伸进了林渐新的胳膊里面，身体也随之向他依偎过去。也就在这一瞬，她分明清晰地感受到了从林渐新身上传来的战栗……这是一个多么单纯的男人啊，也许他渴望这一刻的来临已经很久很久了。

于是，两个人开始徜徉于这座城市的街头，当他们路过一处咖啡厅的时候竟然不约而同地朝着里面看去，而后相视一笑，一起进入。

在苏文和林渐新的心中，都将此时此刻当成了他们两个人的第一次约会。

然而，当两个人坐下来要了咖啡之后，苏文却禁不住问了一句：“接下来你准备怎么办？”

林渐新愣了一下，苏文这才意识到自己刚才的话实在是有些煞风景，正准备解释，却听林渐新说道：“你觉不觉得钱慕白的死很奇怪？”

苏文不明白：“有什么奇怪的？他只不过是一个书生，骤然成名后内心膨胀，如今事败，承受不了身败名裂的后果，选择跳楼自杀也很正常嘛。”

林渐新摇头道：“不，问题的关键是他根本就没有承认是他杀害了夏丹，而且我注意到他根本就没有在这个问题上撒谎。你要知道，当一个人做了不可告人的事情之后，心里总是会担心、焦虑的，可是滕飞说，当他们抓获钱慕白的时候他正一边听着音乐一边在写剧本，这说明他根本就没有任何的心理压力。这也是我分析他很可能被人催眠过的原因之一，因为在他的意识中，只不过是偷偷去看过夏丹，还给她换了一套衣服，仅此而已。”说到这里，他的神色一下子就变了，拿起电话拨了个号码，“我要看钱慕白在机场自杀前后的监控录像，想必北京警方的手上已经有了。”

苏文知道他这是在给刚才一起吃饭的某位警官打电话，问道：“你想到了什么？”

此时林渐新已经站起身来，歉意地道：“对不起，这杯咖啡喝不完了。看到录像后再说吧，但愿能够从中找到我希望看到的东西。”

发生在首都机场的自杀事件可不是一般的案件，当地警方马上调看监控录像肯定是必然的。林渐新和苏文回到刑警大队的时候录像就已经从北京传递过来了。曹能告诉林渐新说：“目前北京警方还没有发现什么异常的地方。”

林渐新不以为然地道：“你们警方的关注点和我不一样。我们还是从头开始看吧。”

录像一看就是被剪辑过的。机场里面那么多的人，必须将滕飞一行四人的画面寻找出来然后剪辑在一起。开始的画面中，几个首都警方的人在向滕飞一行道别，随后滕飞走在前面，钱慕白在中间，后面是两位年轻警察。滕飞一行都穿着便衣，钱慕白的手上戴着手铐。林渐新注意到，钱慕白的表情虽然有些颓丧，但步履比较自如，一直跟随着滕飞的速度在行走。

一行人进入候机大厅后很快就有人给他们送来了登机牌，随后他们继续朝安检的方向走去。这时候钱慕白忽然停住了脚步，嘴里在说着什么，走在前面的滕飞转过身去吩咐了后面两个警察几句。随后那两个警察就带着钱慕白转身朝另外一个方向走去。就在这个时候，钱慕白骤然快速地朝前面奔跑……整个突发过程只有数十秒的时间，和滕飞讲述的差不多，不过从录像上更能够直观地看到当时钱慕白可怖的奔跑速度，还有他后来翻过栏杆时的纵身而下，中间没有一丝一毫的犹豫。

当时候机大厅里面的人很多，突发情况发生后人们纷纷闪避，很多人还没有反应过来究竟发生了什么事情一切就都结束了，这时候恐惧的情绪才开始蔓延，机场里面顿时一片混乱。

“把画面倒回去，一直到钱慕白停住脚步的地方……对，就是这里。再朝前面一点点，将画面放大，要能够看到周围路过的人……停！再朝前面一点点，再朝前……”这时候林渐新指了指画面中的一个人，问滕飞道，“他是从什么方向过来的，你有印象吗？”

滕飞想了想，摇头道：“记不得了。机场里面那么多的人，我们不可能一个个去留意。”

曹能问道：“小林，你觉得这个人有问题？”

林渐新没有马上回答，吩咐道：“将画面往后放一点点，好，就这样。”他指着忽然出现在画面中的那个人，说道，“你们看这个人，他戴着口罩，头上的帽子也压得很低，手上拿着手机，耳朵孔塞有耳机，从画面上看，耳机的线应该是与他手上的手机连着的。”

孙挺坚问道：“这有什么问题吗？”

林渐新问他道：“你能够肯定耳机线是一定与手机连着的吗？”

孙挺坚依然疑惑，摇头道：“应该是吧？不过看不到，因为他的手遮住了耳机线与手机相连接的地方。”

林渐新自言自语地道：“难道仅仅是巧合？”这时候他看向了滕飞，问道，“你想想，当时你是否听到什么声音？比如评书，或者音乐？”

滕飞不明所以，不过还是仰头想了一小会儿，苦笑着摇头道：“我真的想不起来了，当时……”

林渐新即刻打断了他，指了指房间外面：“你找个清静的地方坐下来，然后开始冥想。你知道怎么去冥想吗？就是心无旁骛，让自己的思绪回到当时的那个场景里面去。滕警官，拜托了！”

滕飞有些不情愿，但是在曹能严厉的目光下还是服从了。他出去后曹能低声问道：“他真的能够回忆起来吗，按照你说的那什么冥想的方式？”

林渐新道：“我希望他能够通过这样的方式回忆起来，如果他做不到的话，就只能采取催眠的方式了。不过最好不要用催眠的方式，除非是万不得已，而且还必须经过他本人的同意才可以。”

曹能点头，又问道：“那么，你究竟想要他回忆起什么来呢？”

林渐新回答道：“某种特别的声音，也许是一句话，也可能是一段音乐，或者别的什么。”

这时候邓长治似乎有些明白了，问道：“小林，你认为是那个人催眠了钱慕白？”

林渐新反问道：“如果不是那样的话，钱慕白瞬间爆发出来的可怕速度又如何解释？他只是一个文弱书生，可不是什么奥运会的短跑运动员。”

孙挺坚也表示怀疑：“我绝不会相信一个人的催眠术会厉害到那样的程度，竟然只是一个照面就可以把人给催眠了。林医生，难道你能够做到那样？”

林渐新一下子就笑了，说道：“我并没有说那个人是在那一瞬间才开始催眠钱慕白啊。至于催眠术的问题，我只能这样讲：有些事情只有你们想不到。这个世界上神奇诡异的事情多着呢。”

而林渐新的话却让曹能他们更加糊涂了。林渐新微微一笑：“我们等一等吧，但愿滕警官能够想起点儿什么来。”

十多分钟之后滕飞终于从外面进来了，脸上的表情怪怪的，当他朝林渐新看去的时候却变成了满脸的敬佩：“我真的想起来了，当时耳边好像是有音乐声响起，而且有些像英文歌曲。”说到这里，他歉意地道，“具体的我实在想不起来了。不过刚才我在冥想的过程中回忆起当时听到的那一点点音乐后，竟然会有一种毛骨悚然的感觉。”

林渐新很是兴奋的样子：“你能够回忆起这样一部分就已经足够了。”他问曹能道，“候机大厅里面会播放音乐吗？不会吧？最多也就是发布通知，或者部分区域播放广告，是吧？”

曹能依然表示怀疑：“会不会就是广告呢？”

这时候林渐新嘴里开始轻轻哼着一首歌：“Sunday is Gloomy，My hours are slumberless ……滕警官，你回忆一下，当时你听到的是不是这样的一首歌曲？”

滕飞点头道：“好像就是这样。”

孙挺坚很是惊讶，问道：“这是一首什么歌曲？我听了怎么没有毛骨悚然的感觉？”

林渐新回答道：“这是世界上有名的死亡歌曲之一，很多人在听了这首歌之后自杀身亡。这首歌的歌词和旋律极其忧伤、阴暗，直击人类最脆弱的灵魂。这说到底就是一种心理暗示。当一个人处于冥想状态的时候是最容易被心理暗示的，不过滕警官回忆起的仅仅是很少的一部分旋律，而且对歌词的含义并不懂得，即便如此，也还是让他产生了毛骨悚然的感觉。”他叹息了一声，“难怪它会成为三首禁播的歌曲之首，而且还被称为受到了魔鬼诅咒的歌曲。”

孙挺坚依然表示怀疑：“你的意思是说，钱慕白就是被这首死亡歌曲瞬间催眠了？可是我们刚才听你唱了之后怎么没有反应？”

林渐新不高兴地道：“孙警官，前面我不是已经讲过了吗，那个人并不是在机场里面才开始去催眠钱慕白，而是用那样的方式去触发了钱慕白潜意识中的催眠点，明白了吗？”

孙挺坚早已在林渐新面前没有了脾气，愕然问道：“触发？催眠点？什么意思？”

林渐新也发现自己有些激动了，心里暗暗自责：毕竟他们都不是心理学方面的专业人士，一时间不明白也很正常。他耐心解释道：“也就是说，这个人早就催眠过钱慕白，并且在钱慕白的意识中植入了一个让他去自杀的命令，而钱慕白要执行这个命令是需要有一个触发点的，只要这个触发点一出现，钱慕白就会瞬间进入再次被催眠的状态……”

曹能动容：“催眠的作用真的有那么厉害？”

林渐新点头，道：“所谓催眠，其实就是掌控了他人的心理，被催眠者根本就没有了自主意识，从而成了施术者的傀儡。”

曹能满脸的骇然，问道：“你也具备这样的能力？”

林渐新淡淡一笑：“当然。不过我是绝对不会在你们面前展示自己这方面的能力的，无论是我还是大多数心理师，我们都有着最起码的职业素养，我们只是将这方面的能力用于去寻找心理或者精神性疾病患者的发病根源以及将它作为治疗的手段之一，而不是用于犯罪。”

孙挺坚这下明白了，问道："那么，是不是每个心理师都具备这样的能力？"

林渐新摇头道："每个行业其实都是一样的，真正的大师和高手毕竟只是少数。我相信一点，任何一个行业的顶尖人物都是有天赋的。"

他的这种形如自夸的解释却并没有让在场的人感到反感，反而让他们更加仰慕和尊敬。他们早就认为眼前的这位心理师就是一位天才般的人物。孙挺坚的眉头皱在了一起，问道："也就是说，这个催眠钱慕白的家伙也是一个天才，而且此人的心思非常缜密，他早就预料到了钱慕白可能会有暴露的那一天，所以才未雨绸缪，事先准备好了杀人灭口的后着？"

林渐新点头道："是的，这个人非常可怕。如果不是我的存在，很可能他永远都不会暴露。此外，从他使用死亡音乐作为触发点来看，此人做事非常果决，绝不拖泥带水，不会给自己留下任何后患。"

本来邓长治一直在旁边静静听着，此时也禁不住问了一句："你为什么这样认为？"

林渐新道："从催眠的常规性讲，任何声音、词语，甚至场景都可以作为触发点。比如，我在给某个人植入触发点的时候这样暗示对方：当你听到我说'筷子'这个词的时候就必须蹲下，于是'筷子'这个词就成了启动对方进入催眠状态的触发点。然而这个人使用的竟然是死亡音乐！这样的触发点即使是经过特殊训练的人都难以抵抗，更何况是钱慕白这样一个普通人！"

在场的所有人再一次骇然，竟然都感觉到后背有丝丝凉意泛起。

孙挺坚看着曹能："我们是不是应该把这个情况马上通报给北京警方，让他们通过机场的录像尽快找出这个人来？"

曹能点头，问林渐新道："小林，你的意思呢？"

林渐新沉吟着道："这是必须的。不过我基本上可以肯定，无论是机场还是警方，估计都很难通过监控录像寻找到这个人的踪迹。正如刚才孙警官所说的那样，此人的心思非常缜密，他不但用帽子和口罩包裹住了自己的脸，而且还不让人感到他的装束很奇特，又能够做到在警察的眼皮底下触发钱慕白的那个催眠点，这样的人绝不是那么简单。"

这时候曹能忽然说了一句："也就是说，这个人当时是有备而来。可是，他又是从什么地方知道钱慕白落网的消息的？"

他的话让林渐新的内心一动，曾经出现过的那种隐隐不安的感觉在这一刻忽然间变得明晰了起来，他仿佛明白了什么："这也许是我犯下的错……曹警官，麻烦你安排一下今天的晚餐，我要请剧组的几个人吃饭。我们就直接去岛上吧，尽量不要影响到他们的工作。"

"为什么非得通过请吃饭的方式？直接一个个去问不就得了？"曹能弄明白了林渐新的意图之后不解地问道。

林渐新怪怪地看了他一眼："这些可不是普通的人，一个个都大名鼎鼎，万一我的猜测错了呢？曹大队，我知道你们的经费紧张，要不这顿饭的钱由我来出？"

曹能尴尬得直摆手："这点儿钱不算什么的，那就按照你的意思办吧。"

这时候林渐新却突然自责起来："说起来还是我经验不足，不懂得案件侦破过程中保密的重要性，否则的话钱慕白也就不会出事。"

这次曹能倒是没有再替他说话，点头道："这一点今后你确实要注意。破案本来就是一件艰苦的事情，一旦被罪犯知道了内情，他就会马上去填补作案过程中遗留下来的破绽，这会让案件的侦破增添数倍的难度。不过，这次的事情也不能怪你，毕竟你在这方面的经验不足，而且罪犯去填补遗漏的同时说不定也会因此暴露出更多的破绽，这说不定还是一件好事情。"

林渐新苦笑着说道："万一我的猜测错了呢？那你的这顿饭可就白请啦。"

曹能哭笑不得："你这个人……"

这时候林渐新的手机忽然响了起来，一看竟然是简立钦打来的，他接通后急忙问道："简少是不是想起什么来了？"

简立钦道："我就是想问下你夏丹的案子有没有什么进展。那天你离开后我想了很久，对自己曾经的过错痛心不已，可惜的是时光不能倒流，现在悔恨却已经来不及了。"

林渐新完全能够理解他的这种心境，虽然夏丹的死与他无关，但从他的角度去想却很容易将其中的罪责归于他自己：如果当初他不曾犯下那样的错误，能够经受住夏丹妈妈的考验，说不定自己早就与她步入了婚姻的殿堂，从此对她精心呵护，甚至让她退出演艺圈一起经营这家公司，那么以后的一切也就不会发生，包括她的死。想到这里，林渐新也唯有伤感：世事无常，一个人的命运岂能假设？生者的美好愿想最终留下的只不过是无尽的愧疚与悔恨。

林渐新温言道："过去了的事情就不要再多想了，既然你已经认识到自己曾经的过错，我想，夏丹在天之灵也会感到欣慰的。希望从今往后你能够更加豁达、包容一些，特别是对你真正爱着的人。"

简立钦哽咽着道："谢谢你。夏丹的案子……"

林渐新当然不会再犯曾经那样的错误，说道："正在调查之中。对了简少，夏丹成名的那部电影，其创作班子和她死亡前正在拍摄的这部有关联吗？"

简立钦回答道："主要的投资人都是同一家公司。这和她的死有关系吗？"

林渐新问道："翟清风？"

简立钦叹息着说道："是的。当时那部片子他和我是主要的投资人，不过后来……"

林渐新明白他的意思：后来因为他与夏丹的关系破裂，所以也就不再投资由她参演的片子了。由此可见当时他对夏丹的恨，刻骨铭心到了什么样的程度。在这样的情况下，林渐新也就没有了继续和他谈下去的心情，说道："简少，你放心吧，我一定会把所有的情况都调查清楚的。"

还是在头天晚上的那个地方，同样的那些人，就连菜品都差不多。这并不奇怪，毕竟农家乐的接待能力有限。不过这天晚上饭桌上多了几位警察，让这次的饭局氛围显得有些沉闷。刚刚坐下来的时候林渐新就发现制片人孙家良的脸看上去有些浮肿，问道："你这是怎么了？"

孙家良闷着声音道："感冒了，过敏得厉害。"说着，拿起桌上的餐巾纸狠狠擤着鼻涕，满脸痛苦不堪的样子，“对不起各位，今天不能陪大家喝酒了。”

欧阳导演开玩笑地道：“他每次感冒都这样，用纸量非常大。”

大家都笑。林渐新不知道应该从什么地方说起，担心自己一不小心又泄露了案情，于是就将目光投向了曹能。曹能笑了笑，低声道：“现在这样的情况，除了你怀疑钱慕白被人催眠的事情之外，其他的都可以讲。”

林渐新心想也是，毕竟钱慕白死亡的事情很快就不再是什么秘密。他看着桌上的所有人，等全部的目光都投向他之后才缓缓说道：“钱慕白死了。”

除了苏文和几个警察之外，所有的人都大惊。欧阳导演问道：“怎么回事？”

林渐新摇头道：“现在我只能告诉你们，钱慕白也很可能是他杀。问题的关键是，昨天我才在这里说了钱慕白的疑点，为什么他紧接着就死了呢？”

欧阳导演惊讶地看着他：“你的意思是，昨天我们在座的人当中有你怀疑的对象？”

林渐新歉意地道：“但愿我们的怀疑是错误的。可是这件事情也太凑巧了，我们不得不来问清楚。欧阳导演、孙先生以及在座的各位，请你们一定理解！大家一边吃东西一边谈事情吧。”

欧阳导演看了剧组的人一圈，苦笑着说道：“在这样的情况下，我们怎么吃得下？林医生，有什么问题你就先问吧。”

林渐新心想也是，放下筷子后问道：“昨天我在这里说了钱慕白的事情之后，你们出去对谁讲过这件事情没有？”

摄像师马达道：“怎么可能不讲？今天剧组里面的人都还在谈论这件事情呢。”

林渐新摇头道：“我说的是昨天晚上。”

马达道：“昨天晚上？吃完饭后我就回去休息了。”

陈新久道：“我也一样。”

女一号小钟犹豫了一下，说道：“我在电话里给一个闺蜜讲了这件事情。不过她和钱慕白根本就不熟悉。她也是演员，在另外一个剧组。”

男一号小吕道：“我不喜欢谈论八卦的事，也知道这样的事情不能随便拿出去讲，别人议论我也就听着。我没告诉过任何人。”

孙家良又开始背过身去擤鼻涕，过了一会儿转身闷声说道：“我也是回去后就睡了，结果喝了酒半夜踢被子，这下好了，重感冒。”

欧阳导演道：“吃完饭后我看了很久的书，然后就睡觉了。睡觉前看书是我的习惯。”

林渐新没发现有什么问题，问小钟道：“你怎么知道你那闺蜜和钱慕白不熟悉？”

小钟回答道：“昨天晚上我和她说了钱慕白的事情，她问我钱慕白是谁，我就告诉她说是《青春那道风景线》的编剧，她就笑着说，原来是编剧啊，现在的年轻编剧也很风流的……然后她就叽里呱啦开始说他们剧组那个编剧的一些事情。”

林渐新问道：“然后呢？”

小钟有些紧张的样子：“我们俩说了一会儿编剧的事情，后来就开始闲聊，这地方晚上又没有什么娱乐活动，反正也睡不着，就和她胡扯呗。”

林渐新有些沮丧，朝剧组几个人的脸上扫视了一圈，歉意地道：“没事了，看来确实是我想多了。来，大家吃东西喝酒吧，今天曹警官请客，千万别客气。”

这时候孙家良急忙道：“到了这里，哪有让曹警官请客的道理？剧组的经费非常充裕，一顿饭的钱是小事。曹警官、林医生，结账的事情不准再提了啊。”

曹能即刻就顺杆子往上爬，笑道：“那就谢谢啦。”

林渐新哭笑不得，对这个警察很是无语。

吃完饭后曹能即刻给轮渡公司打了个电话，让公司派人加班送他们回去。林渐新很是歉疚，觉得曹能完全是因为他的建议才不得不滥用权力。曹能却并没有想那么多，问道：“你真的没有看出什么来？”

林渐新摇头：“他们好像都说的是真话。”

曹能问道："那你接下来准备怎么做？"

林渐新一脸无奈："现在唯一的途径就是去调查钱慕白了。我还是那样认为，一个人的死总是有原因的。"

曹能早已接受了他的这个理论，点头道："那好吧，你和我们一起回去，今天就住在我们的招待所，我让人给你们买好去北京的机票。"

林渐新笑着问他道："你报账？"

曹能大笑，指了指他："你这家伙，怎么老是在这件事情上调侃我呢？对了，除了上次的机票、住宿费，今后的也都给你报账。"

林渐新大喜："太好了。吃饭的钱报不报？"

曹能恨不得踢他一下："报！怎么不报？！你的出差费就按照我的标准报销好了，这下你满意了吧？"

林渐新连忙道："满意，当然是相当满意啦。"

第十五章

偶像背后

夜色中的湖面远处漆黑一片，高空中残缺的月亮根本就无力让清亮的湖水显露出它的本色，渡船震耳的马达声遮掩住了寒风的尖啸，但是阻挡不了其中袭人的寒意。林渐新站在甲板上不愿进到船舱里面，他的内心渴望着这凛冽的寒风能够刺穿自己被封闭住的那部分感觉。他真的不明白自己的思维究竟是在哪个环节出了问题。

“去叫他进来吧，那样很容易感冒。”邓长治对苏文说道，却看着甲板上那个瘦削的身影。

苏文本来一直矛盾着，她害怕自己的出现打断林渐新的思路，不过她真的感到心痛。这是她二十多年的生命中第一次为一个男人感到心痛。

钱慕白出事了，在经过初步审讯后第二天被警察押解去机场，而偏偏在这个时候再次被催眠而导致自杀。幕后的那个人是如何快速得知钱慕白暴露的消息的？警方的人？剧组的人？如果是警方的人暗通了消息，那为什么非得要到机场后才动手？机场的安检和监控是非常严密的，这样做岂不是要冒巨大的风险？那就是剧组的人泄露的消息了，而且从时间上也符合逻辑。警方的人下午就去了北京，晚餐的时候他对剧组的几个人说了钱慕白的事情，那时候钱慕白已经被警方抓获，幕后的那个人也就因此丧失了先机，只能通过跟踪警方的行动见机行事，于是最后不得不选择在机场对钱慕白实施催眠触发……

可是，剧组的那几个人似乎都没有撒谎，难道当时门外有人偷听？嗯，当时大家在里面喝酒，说话的声音有些大，被其他人听了去也不是不可能。如果真的是那样的话就应该把住在那里的所有人叫来询问。可是，万一不是那样的呢？岂不是在兴师动众之后又毫无结果？

林渐新像雕塑一般站在那里，脑子里面却正一丝丝、一缕缕纠缠不清。忽然间，他感觉到手上多了一只温暖的小手，不用想就知道是苏文，一转身就看到了她担忧的眼神，林渐新的目光一下子变得柔和起来："好吧，我们进去。"

轮渡很快就停靠在了码头，两辆警车从渡船开到了岸上。这时候曹能接了一个电话，随后对林渐新说道："你的判断是正确的，机场和警方没有发现这个人究竟是从什么地方出现的，后来就忽然消失不见了。"

林渐新道："唯一的解释是通过化装。这个人很厉害，他能够在最短的时间内寻找到机场里面的监控盲点，比如厕所附近和厕所里面，因为那样的地方涉及旅客的隐私。而且机场的通道宽大，人流量很大，想要从中确定哪些人去过厕所很难。厕所里面有着单格的隐秘空间，而且上厕所的旅客流动性极大，在单格里面化装后离开并不容易被人发现。"

曹能皱眉道："你的意思是说，通过监控录像找到这个人几乎不可能？"

林渐新点头道："我早就说过，通过那样的方式想要找到可疑的对象希望不大。不过我不明白的是，像那样的一位催眠高手，他杀害夏丹的动机是什么呢？难道夏丹曾经和那样的人有过接触？"他看向苏文，"在你的印象中，夏丹曾经去看过心理医生没有？"

苏文摇头："我不知道，从来没有听她说起过。"

如果她真的需要心理医生的话，那也首先应该想到我。林渐新如此想道，与此同时也就更加头疼起来：究竟是什么地方出了问题？为什么问题越来越复杂了？不，不应该是这样的，任何人做任何事情都是有心理动机的，他的指向应该比较明确，所以在解密的过程中也就是从纷繁复杂的线索中慢慢清理出相对单一的线索来，除非是在中途某个点出现了方向性的错误。

一直到警方的招待所，林渐新都没有再说话，大家都知道他一直陷在思考里面，也就没有去打搅他。曹能他们离开的时候也都只是客气地对他说了一句："好好休息。"

这时候林渐新才突然说道："我决定了，明天去北京。我相信问题的根源主要还是在夏丹那里，其次就是钱慕白，所有的线索都必须从他们那里重新去清理。"

曹能问道："需要我们的人配合你吗？如果需要的话，我们在北京的那两位刑警可以暂时不回来。"

林渐新的目光投向了苏文那里，摇头道："暂时不需要，有情况的话我们随时沟通就是了。"

"保重！"曹能拍了拍他的肩膀。

"谢谢你。"当几位警察离开后，苏文忽然轻声对他说道。林渐新诧异地问道："你谢我干吗？"

苏文笑道："在饭桌上你没有问我，说明你对我完全信任，所以我要谢谢你啊。"

林渐新禁不住笑了起来："我又不是警察，怎么可能随便去怀疑他人？夏丹的死对你没有任何好处，反而还让你和你的公司损失巨大，我为什么要怀疑你？"

苏文不高兴地道："你干吗要说出那么多的理由？你还是心理师呢，怎么就不明白女孩子的心思呢？"

林渐新也顿时觉得自己有问题了，歉意地道："对不起！"

苏文倒是没有认真计较的意思，过去挽住了他的胳膊，担忧地问道："你说，那个幕后的人会不会对你下手？"

这个问题林渐新当然想过，摇头道："我觉得他绝不会轻易向我下手，想必他早已经知道了我的存在，知道像我这样的对手很不好惹。而且从钱慕白的事情上可以看出，这个人做事非常小心，绝不会轻易暴露自己。”就在此时，他的心里忽然感到惴惴不安起来，“也许现在还不是我们俩确定感情的时候，我担心你会因此陷入危险之中。”

苏文将他的胳膊抱得更紧了：“不，我绝不能因为那个人的存在而舍弃你。”

可是林渐新越想越觉得心里很不踏实，而且烦躁的情绪也随之而来，他看着苏文：“你听我讲，等我们到了北京后就必须马上分开，至少在这个案件真相大白之前我们不要再见面，也尽量不要让更多的人知道我们俩的关系。那个人不敢对我下手，但并不意味着他不会去找你，心理师是最善于寻找对方弱点的人。苏文，你一定要答应我，否则的话接下来我就会因为担心你的安全而不敢继续深入地去调查这个案子了。”

苏文明明知道他刚才话中的意思，不过还是忍不住要问：“你的弱点真的是我吗？”

林渐新毫不犹豫地点头：“是的。现在你已经成为我最大的弱点。”

苏文的内心甜蜜得想要哭泣，她朝着林渐新依偎了过去，轻声道：“好，我答应你。不过你也要答应我一件事情，那就是我们早就说好了的，今天晚上让我和你在一起。”

就在此时，林渐新已经感觉到灵魂深处那只魔鬼又开始蠢蠢欲动了，他叹息了一声：“走吧，我们回房间去。”

这地方虽然只是招待所，但条件还不错，房间里面干干净净，洗漱间及各种电器一应俱全。一进屋苏文就打开了空调，然后去接了水烧开，同时问了林渐新一句：“你每天大概是在什么时间发作？”

林渐新知道苏文这样问完全是出于关心，也就根本不再避讳，回答道：“每天晚上，当所有的事情做完，刚刚轻松下来的时候。”

苏文诧异地问：“为什么轻松下来了还会发作？”

林渐新耐心解释道：“毒品让人成瘾有两个方面的原因，一是肌体依赖，二是精神依赖。这二者当中精神依赖的作用更强大，一个人忙碌的时候因为注意力被转移，精神依赖也因此被分散。”

苏文顿时明白了，又问道：“你使用的药粉究竟起到的是什么作用？”

林渐新道：“这种药粉其实是生长于云南原始森林中的一种菌类，具有极强的致幻作用，由于紧邻金三角地区，多年前当地吸毒者甚多，有人就将这种菌类用于戒毒，而且还具有一定的疗效。我听说这件事情之后就去了那地方一次，证实那样的传言是真实的，不过当地的人并不知道这种菌类在戒毒中起到的作用和机理，于是我就……当时也是一时冲动，也许是我太高估自己的能力了，现在我才明白，毒品这种东西简直就是魔鬼的化身，任何人都不能以任何借口去沾染。两年了，当我沾染上毒瘾后就再也没有碰过那种东西，全靠这种药粉去抵御毒瘾的发作。不过我并不后悔，因为我发现这种药粉确实可以起到戒毒的作用，不但可以减轻肌体对毒品的依赖性，而且还通过致幻的作用转移精神性依赖。此外，我也能够借此深入去研究幻觉这种精神现象。”

苏文担心地问：“万一你最终失败了呢？”

林渐新看着她，目光明亮如同天空中的星星：“我给了自己五年的时间，如果经过五年的尝试后依然不能有效戒毒的话，我就采用别的方式，不是使用另外的药品，而是像霍元甲和张学良那样，让人把自己捆绑在柱子上。他们能够做到的我为什么不能够做到？”

苏文瞬间动容：这是一个什么样的男人啊？他这不是试图去考验自己意志力的最大极限吗？这一刻，她的目光以及声音都变得柔和起来：“渐新，我支持你，我愿意帮助你，和你一起坚持到最后。”

而就在这个时候，林渐新灵魂深处的那只魔鬼似乎已经挣脱了束缚，即将开始露出它所有的狰狞。林渐新的全身开始战栗，额头上青筋毕露，他的手颤抖着在衣服里面摸索着。苏文顿时明白了，急忙问道：“你的药粉在什么地方？我帮你拿出来。”

此时林渐新已经说话都困难了，不过他的手终于从内衣口袋中取出了那个小瓶。苏文见他的手抖动得厉害，急忙去将小瓶拿了过来，问道：“需要多少？”

林渐新抖动着伸出食指："一……指……指甲……"

苏文大概估计了一下，从小瓶中抖出大约一小指甲的量放入他的嘴里，随后去端过水来准备让他一同服下，这时候却发现眼前的他可怖、怪异得厉害：他就站在那里，直愣愣地在俯视着她。苏文听他讲过药效发作后的状况，难免有些好奇，问道："渐新，我是不是变得很小了？"

"夏丹，怎么是你？你怎么变得这么小了？"此时，林渐新的目光忽然变得痴痴的，而且表情怪异，"从托儿所放学了？你妈妈呢？"

苏文不知道该如何回答："我……我……"

林渐新依然在俯视着她，目光却又变得温和柔软起来："谁欺负你了？你告诉渐新哥哥，我这就去教训他们！"

林渐新温馨的话语一下触碰到了苏文灵魂中最柔软之处，她终于明白夏丹和林渐新最真实的情感是什么了，她情不自禁地将林渐新紧紧抱住，失声大哭："渐新哥哥……"

哭泣中，她感觉到林渐新的手在轻抚自己的脸庞，还有她的发梢，她就这样一直紧紧地抱着他，真切感受着他宽大厚重的胸膛和温暖双手给予的安全感。一切都陷入静谧无声，仿佛时间也因此被永久凝固在了这一刻。

要是能够一直这样该多好啊。苏文如此甜蜜地期盼着。然而，这一刻的美好却并没有持续太久，苏文感觉到林渐新的身体又一次开始战栗，而且正快速陷入蜷缩的状态。苏文明白了，他的幻觉已经在开始转变……

"妈妈，你别走，让我就这样抱着你，我害怕……"她听到林渐新喃喃说道，声音中带着恐惧，还有依恋。禁不住地，她的眼泪再一次汹涌而出。一直到这一刻，苏文才真正懂得了这个男人每一天在这个时候所承受着的残忍折磨：当他强大的那一刻，悲天悯人；而当他陷入卑微的时候却又是那么无助与恐惧。

"我不走，我会像这样一直抱着你。"苏文哭泣着对他说，伸出手去轻抚着他的脸庞，并将他的身体紧紧拥入怀里。时间再一次凝固，他的喃喃声停止了，身体软软地依偎在她的怀里。

"我会一直像这样抱着你，一辈子。"苏文轻声对他说，心里也是如此告诉自己。

第二天上午，林渐新和苏文一起去往北京。依然是邓长治亲自送他们两人去的机场。在经历了头天晚上的那一切之后，苏文发现自己已经深深爱上了这个非常特别的男人。他的坚韧，他的睿智，他的痛苦，这一切，都让她感觉到自己这一辈子再也无法和他分离。

然而现实却是那么残忍与无奈，三个小时的航程竟然是那么短暂，她心中后悔在飞机上的时候竟然靠在他的身侧在不知不自觉中沉睡了过去。从机场出来后，林渐新硬着心肠非得要坚持就此和她分别，她只能含泪离去。

林渐新没有告诉她将要去住的地方。就这样，两个人还在机场出口之前就分别汇入人群中，随后很快就消失在这座雾蒙蒙的城市中。

林渐新先去了一趟当地警局——曹能已经事先和他们打过了招呼，花费了几个小时的时间看完了钱慕白的个人资料。对林渐新而言，也许并不存在花费这些时间是否值得的问题，虽然他并没有从中寻找到有意义的东西，但是对钱慕白这个人有了更深的了解。

钱慕白在高中的时候是理科生，大学是计算机专业，但是他的兴趣却在文学上面。在他成名前曾经出版过三部小说，不过都反响平平，一直到后来让他成名的那部小说出版后终于被一位知名导演看上。很显然，这是一个充满理想、有着自己特定目标并为之奋斗的年轻人，然而其性格因素中的固执、不切实际的幻想却最终导致了悲剧的结果。分析其中的原因就可以知道，主要还是骤然成功之下的自我膨胀，从而丧失掉了自我，并因此成了被他人利用的工具。

这个世界上美好的人生总是与宽容、自省、豁达紧密联系在一起的，几乎无一例外。然而有些人却并不懂得这一点，悲剧也就因此而产生。

接下来林渐新准备去一趟夏丹曾经就读的那所大学，因为他从地图上看到那所学校就在附近。在去那里之前他给简立钦打了个电话，希望晚上能够和他碰个面。简立钦听说他到了京城，不住责怪他没有事先打电话："晚上我们一起吃饭，我叫几个朋友陪你。"

林渐新笑道："吃饭可以，如果你能够叫上几个和钱慕白关系较好的人一起就更好了。简少，你是当时那部电影的投资人，想必对钱慕白的朋友圈应该有所了解吧？"

简立钦沉吟了片刻，道："好，我尽量问清楚后再想办法把你需要的人都叫来。"

并不是每一个富二代都高高在上，也许他们比常人更寂寞，更需要朋友，所以，这类人往往做事更豪爽，只不过很多人不了解他们罢了。

眼前的这所学校也算得上是全国闻名了，毕竟每年报考这里的考生如同过江之鲫，而且那些当红的明星也大多毕业于此。即使现在是冬季，虽然风景萧瑟，但是眼前却处处给人以生动与美好——真不愧是俊男靓女集中的地方，一进到里面林渐新就感受到自己的荷尔蒙开始快速分泌。年轻真好！美丽真好！

林渐新来到这里的目的很简单，就是为了更多地了解夏丹。

这时候他见到一个漂亮的女生正迎面而来。她身材高挑，肤白如雪，宽大的羽绒服让她那条红色的围巾更加艳丽，让林渐新仿佛看到了夏丹当年的样子。

"这位同学，请问一下，你们学校的行政楼在什么地方？"林渐新朝她走了过去，心里竟然出现了莫名的紧张。

"你去找谁？"漂亮女生笑吟吟地问道，"哦，也许我不该问。你和我一起吧，我正好也要去那里。"

真够凑巧的，也许这就是人们常说的运气吧？当然，还有一种凑巧叫倒霉。这是林渐新一贯的思维，每当遇到一件特别的事情，他都会忍不住要这样去想。

两个人一起走了几步，漂亮女生发现这是一个不大喜欢说话的人，不过很好奇他特有的忧郁气质，心想：难道这个人是导演或者编剧？忍不住就又问道："你去行政楼办事？"

或许当年的夏丹就和她一样，热情开朗，不愿意放弃任何的机会。林渐新点头道："我想……这位同学，你知道夏丹吗？"

漂亮女生一下瞪大了眼睛："我当然知道，她还是我崇拜的偶像呢。可惜……你也认识她？"

林渐新再次点头："我想找她当年的班主任。"

漂亮女孩子禁不住"啊"了一声，然后忽然就笑了："还真是巧了，她当年的班主任现在也是我的班主任。你和夏丹是什么关系？需要我给秦老师打电话吗？"

林渐新顿时也笑了："想不到这么巧。太好了，我是夏丹以前的朋友，现在受警方的委托在调查她的死因。"

"其实也不完全是碰巧啦。我们学校的学生不多，班主任轮番带学生，正好……"她忽然想起了什么，"啊？你就是传说中的那位心理师？"

林渐新苦笑："连你也知道了？"

漂亮女生瞪大眼睛看着他："想不到竟然会遇上你……夏丹是我们的偶像，她的事情我们当然都知道啦。听说就是你发现了她是死于他杀，还揪出了那个半夜去骚扰她的人，是吧？"

林渐新只好点头："那就麻烦你给那位秦老师打个电话吧，我想找她了解点儿情况。"

漂亮女生很快就打完了电话，对林渐新说道："秦老师马上就过来，我们就在这里等她。对了，你叫什么名字？"

"林渐新。"

"你看看我，你觉得我今后会成功吗？"

"一定会的。"

"真的？为什么？"

心理暗示可以让你今后更加努力，更加自信。林渐新在心里如此对她说，嘴上却说道："因为你对人热情，善于发现机会，而且你还很漂亮。不过我更希望你能够做到一点，那就是永远要保持你的善良，还有内心的纯真。"

"这样的话你以前对夏丹讲过吗？"

"讲过。所以，你还非常聪明。"

漂亮女生很高兴，忽然朝前面的方向指了一下："秦老师来了。"

秦老师是一位中年女性，个子不高，模样端庄秀丽，她一见面就问："你想找我了解夏丹的情况？听说她并不是自杀？你并不是警察？"

林渐新看着渐渐远去的那个漂亮女生，问道："您觉得她像不像当年的夏丹？"

秦老师怔了一下，摇头道："一点儿都不像。这个女生的家庭条件很好，也比夏丹活泼许多。"

"夏丹在学校的时候不活泼吗？"

"她的家庭条件不大好，从一年级就开始在外面兼职，接一些平面广告什么的。我批评过她，但是她对我说了她的家庭情况后我就不再多说什么了。学艺术很花钱的，当时我真不知道夏丹妈妈是怎么想的。"

"听说学校里面有一位老师对她的影响很大，您知道这位老师是谁吗？"

"谁告诉你的？"

"她自己曾经说过这样的话。我想，她是不会随便说出那样的话来的。"

"我想想……是了，她从大二开始就在吴老师家里做事。吴老是德艺双馨的老艺术家，想必夏丹说的就是她。"

"您可以带我去吴老师那里一趟吗？谢谢您！"

"夏丹真的是他杀？"

"是的，现在完全可以肯定。"

"因为什么？"

"目前还不十分清楚，正在调查之中。"

林渐新发现自己竟然认识眼前的这位老艺术家，当然是曾经在银幕上见过。这位艺术家曾经演绎过不少经典的角色，十分受人尊敬。当林渐新见到她的那一刻，也禁不住弯腰鞠躬："吴老师好！我叫林渐新，是一名心理医生，曾经和夏丹是邻居。"

白发苍苍的老太太满脸慈祥："刚才小秦已经在电话上对我说了，我没想到你会来找我了解夏丹的情况，恐怕我给你提供不了多少有用的东西。"

林渐新解释道：“我来找您仅仅是想更充分地了解夏丹，也许您提供的情况与她的死没有直接的关系，但说不定对我分析案情会有一定的帮助。因为我一直认为，一个人的死总是有原因的，除非是不可预知的灾难和疾病。吴老师，您说是吗？”

老太太点头：“我还是第一次听到这样的说法，不过你的话似乎也很有道理。对了，听你这样一讲我倒是想起一些事情来……小秦，我看这样，你自己去忙吧，我和这位林医生慢慢说话。”

秦老师很不想离开的样子，不过在这样的情况下她也不好继续待在这里了，只好告辞离开。林渐新起身将秦老师送了出去，心里暗暗期待着接下来的谈话。他感觉得到，老太太接下来谈到的事情必定十分重要，而且还很可能涉及夏丹的隐秘，否则的话老太太是不会赶走这位秦老师的。

从一开始交谈林渐新就发现老太太有些絮叨，不过他能够理解。如今的荧屏、银幕早已是年轻人的天下，像她这样的老艺术家也就难免寂寞。老太太告诉林渐新，当时是她主动去找的夏丹：“这个学生进校的时候是我亲自面试的，所以一直比较关注她。后来我发现她刚进校不久就去外面兼职，心里很是担心这个学生为了钱把学业给荒废了，不过这并不是我最担忧的。现在的年轻人太浮躁，社会上的诱惑又特别多，她那么年轻漂亮，要是有一天走入歧途的话就太可惜了。于是我找到她，让她到我家里来做点儿事情，每个月我给她点儿钱，吃饭也在我家里，有空的时候我还可以和她交流一下表演方面的一些心得。”

林渐新问道：“然后呢？”

老太太已经沉浸在了过去之中：“她当时就答应了我，也经常到我家里来做事，而且还特别喜欢和我交流。不过我很快就发现她依然在外面兼职，于是我就问她是不是家里到了连交学费都困难的程度，她说：‘妈妈一个人挣钱太辛苦了，我想替她分担一些。’当时我听了很难受，就问她在外面兼职一个月可以赚多少，她倒是给我说了实话，结果我听了后大吃一惊，就问她：‘既然你能够挣那么多的钱，为什么不暂时停下来先好好完成学业呢？’她说：‘我并没有耽误学业啊，只是想提前进入社会，这样的话今后就会比别人多更多的机会。’这时候我才意识到了另外的一个问题，就问她：‘你愿意到我家里来做事也是希望今后我能够帮你？’她当时犹豫了一下，点头说‘是’。”说到这里，她不住摇头，端起杯子喝了一口茶，“小林，你知道我最担心的是什么吗？就是年轻人的浮躁、功利心。于是我又问她：‘也就是说，如果为了机会，你可以去牺牲一切？’”

这时候林渐新的心里也出现了莫名的紧张，急忙问道：“她怎么回答的？”

老太太叹息了一声，继续说道：“她一下就不说话了，很显然，那是默认的意思。当时我忽然就感到心头一痛，说话的语气也变得严厉起来，我问她：‘你是不是已经……’我的话还没说完，她急忙就否认了：‘我没有。我只是心里那样在想。’我这才松了一口气，不过我已经意识到，虽然她还没有堕落，那只不过是还没有遇到让她真正心动的诱惑罢了。这时候我也冷静了下来，忽然间觉得她好像有些奇怪：她是一个有理想的孩子，也愿意在我面前说实话，想来本质上应该不错，可是她为什么会产生出那样的想法呢？于是我就问她：‘你是从什么时候开始有那种想法的？谁告诉你的？’可是她又不回答了，我顿时急了，大声问她道：‘你说啊，为什么不告诉我？！’她这才回答道：‘就是我自己心里这样在想，没人告诉我。我就是想让我妈妈下半生过得好一些，让她知道她没有白把我养这么大。’说到这里，她忽然就号啕大哭起来，说道，‘吴老师，我知道自己错了还不行吗？今后我再也不那样去想了还不行吗？’”

这时候老太太的眼眶里面也充满了泪水。林渐新给她递过去一条手绢。老太太怔了一下：“谢谢！想不到现在还有用手绢的男生。”

林渐新没有解释，不过此时他已经明了了一切：当时夏丹并没有说实话，她的那种想法必定是来自夏丹妈妈——为了成功，可以不惜一切。而且林渐新还可以从中感受到夏丹内心的挣扎。是的，她一直在挣扎，一直在试图反抗母亲的意志，而就是在这样的过程中她最终保持住了自己的纯洁。

老太太揩拭着眼泪，叹息了一声后说道：“我这个人心肠软，见她一直在哭，也就不忍继续问下去了。我对她说：‘我们这一辈人从来都不靠什么潜规则，只要是真心热爱自己的事业，虔诚对待艺术，最终取得成功也就是必然的。干我们这一行千万不能浮躁，要多看书，多向他人学习，底蕴有了，祖师爷赏的这碗饭才能够吃得好。’那天我对她说了很多，后来就连我自己都觉得有些啰唆了。本以为从那以后她不会再到我家里来了，想不到她似乎并没有因此而对我产生隔阂，她还是经常来我家，一个月到了的时候我给她钱她也不再要了，说就是想来和我说说话，觉得心里踏实。”

林渐新问道：“后来您给了她机会吗？”

老太太摇头道：“到了我这把年纪，来请我演戏的已经很少了，也就是偶尔去客串个配角什么的，哪里还说得上什么话？后来我也把自己这样的情况对她讲了，她好像并不在意，还是经常来我家里。虽然我知道她依然在外面兼职，也就不好再多说什么了，不过我感觉得到，她还是以前的那个她。”

林渐新点头道：“她这是从内心尊敬您，在您这里她感觉到了真正的温暖。”

老太太惊讶地看了他一眼：“想不到你这么了解她。我老伴儿去世很多年了，儿子去了国外，我是真心喜欢夏丹这个孩子。有一年春节她没有回家，我们俩一起过的年，那天晚上她喝多了酒，哭着对我说：‘吴老师，您要是我的妈妈该多好啊！’当时我觉得有些奇怪，就问她道：‘你妈妈对你不好吗？’她摇头说：‘她也对我很好，就是太喜欢管我了。’那天晚上她就睡在我的床上，身体一直依偎在我的怀里，当时我心里就想：要是我有这样一个女儿该多好啊……后来她终于成名了，有空的时候还经常给我打电话，偶尔也会到我家里来，每次来都会带很多的水果，她知道我最喜欢吃水果了。”她的眼泪又出来了，“想不到她就这样走了，我知道她再也不会到这里来了，我再也接不到她打来的电话了。每次一想到她，我这心里就空落落的……”

林渐新问道：“她出事前那段时间给您打过电话吗？”

老太太回答道：“就是去剧组前的那天下午给我打了个电话，就告诉我说她要去什么地方，演一部什么样的片子。其他的什么都没有说。”

林渐新又问道："她和什么人有矛盾，如此之类的事情她对您讲过吗？"

老太太摇头："自从那一次她被我狠狠批评了之后，她从来在我面前只说高兴的事情。我倒是问过她谈恋爱的情况，她说：'也就是先接触一下试试，合适了再考虑结婚的事情。'小林，刚才我说的这些对你有用处吗？"

林渐新点头道："很有用处，我感觉得到，这个案子的真相马上就会出来了，您放心吧，我会把一切都搞清楚的。"

老太太又叹息了一声："夏丹，唉！可惜了……"

从学校出来，林渐新就听到一首歌的旋律在耳边响起。声音是从不远处的那家音像店传来的，林渐新记得这是汪峰的歌，可此时听到的却是声情并茂的女声。这一刻，他的背上瞬间堆起了一阵阵的鸡皮疙瘩，仿佛听到的是夏丹内心深处挣扎般的呐喊。

多少次荣耀却感觉屈辱
多少次狂喜却备受痛楚
多少次幸福却心如刀绞
多少次灿烂却失魂落魄
谁知道我们该梦归何处
谁明白尊严已沦为何物
是否找个理由随波逐流
或是勇敢前行挣脱牢笼
我该如何存在

林渐新强迫自己远离那让人撕心裂肺的旋律和呐喊，但是前行了许久却依然有那样的声音在耳边回荡，不知不觉中他发现自己已经流下了眼泪。他知道，此时此刻，这个世界上也许只有他能够明白和懂得夏丹。屈从于母亲的意志，挣扎于自己内心深处的理智，她短暂的人生中一直都在经历着这样的痛苦。

夏丹，你为何不来找我？难道你是害怕被我揭开你那表面的光鲜，展现出你那伤痕累累的内心？难道你不知道，在这个世界上或许只有我才能够拯救你？你这究竟是何苦？！

第十六章

小圈秘闻

简立钦将晚餐安排在了一家有名的私家菜馆，林渐新听说过这样的地方，不但价格昂贵而且必须得提前数天预约，也不知道这个富家公子是如何订到餐的。

这家菜馆的装修风格十分雅致，处处都可以看出这家店主人的巧思。简立钦叫来了两个人，一位姓康，另一位姓沈，都是在影视圈初显名气的编剧。简立钦介绍说：“他们俩和钱慕白走得相对比较近一些，还有就是童仝，这个人你应该已经认识了。”

林渐新点头：“是啊，在调查这个案子的过程中，童仝给我提供了不少的帮助，想必二位和他一样都是很有理想和才华的剧作家，能够认识二位，我深感荣幸。”

这都是场面上的话，林渐新已经慢慢学会了。他发现这样的话虽然虚伪，但是在社交场合非常实用，适当的奉承更容易拉近自己和对方的关系，让对方在潜意识中对自己产生好感。

两位编剧也都说了几句客气的话，这时候简立钦却有些不耐烦了：“大家不用这么客套，认识了就是朋友。林大哥是我最尊敬的人，他今天来是为了向你们二位了解钱慕白的情况的，你们千万别在他面前说假话，瞒不住他的。这个地方很不好预约，今天还是我从朋友那里抢来的房间，大家随便一些，事情要谈，酒也要喝好，不然的话可就浪费了。”

估计是两位编剧早已听闻或者见识过他的这种做派，都笑了笑说“好”。林渐新为难地道：“对不起简少，我不能喝酒。”

简立钦眼睛瞪得大大的，看着他：“林大哥，你怎么可能不喝酒呢？”

林渐新指了指自己的脑袋：“这里面出了点问题，实在不能喝。”

简立钦似乎明白了：“那我就不再劝你了。我有个朋友，也是喝酒后脑溢血，差点儿没抢救过来。林大哥，你可要注意啊。”

林渐新哭笑不得，不过也不想解释。与此同时，他的心里还有些感动，因为他看得出来这个富家公子刚才的关心是真诚的。

菜肴很快就上来了，餐具非常精致，菜品也是色香味俱全，林渐新吃了几口后顿时赞不绝口。简立钦为此很是高兴，连续和两位编剧干了几杯。三杯酒下肚，两位编剧也就随和多了，说道：“林大哥有什么事情就问吧，我们保证知无不言，言无不尽。”

简立钦撇嘴道：“转什么文啊？真是的！你们说实话就行，是吧林大哥？”

林渐新笑了笑，点头道：“也是，说实话就行。在你们二位的心目中，钱慕白是一个什么样的人呢？”

姓康的编剧道：“很有才华，不过也太过傲气了些。每一次和他在一起都会让我想起中学时候班上成绩最好的那位同学。”

简立钦问道：“什么意思？”

姓康的编剧笑着回答道：“成绩特别好的学生心里都很有优越感的。”

简立钦“哈”了一声，赞道：“你们搞创作的就是不一样，很有生活观察力。高中时候我们班上成绩最好的是一个女同学，长得那丑，可是人家偏偏傲气得很，以前我还真的有些不明白，原来是这么回事。”

林渐新微微一笑，说道：“简少，其实你现在依然不明白，在她那样傲气的背后也有自卑，傲气只不过是她为了遮掩自卑的表象。”又问道，“关于钱慕白，你们还知道他一些什么事情？”

姓沈的编剧忽然道：“我听说他吸毒，不过也就是听说，我从来没有亲眼见过。”

林渐新神色一动，问道：“你说的吸毒指的是海洛因还是别的什么？”

姓沈的编剧道：“听说好像是大麻。其实这样的传言很久就有了，演艺圈里面喜欢那种东西的人不少，不过每个人都有自己特别的小圈子，外人不会知道具体的情况。”

也许这也是夏丹对他冷若冰霜的原因之一。林渐新紧接着问道：“那么，钱慕白的小圈子里面有哪些人呢？”

姓沈的编剧摇头说道：“这个我真的不知道，其实我和他也只是泛泛之交，这样的事情他肯定是不会告诉我的。”

姓康的编剧也道：“好像是有那样的传闻，不过我倒是听说钱慕白私底下特别喜欢和一些有钱的公子哥玩……简少，我说的可不是你啊。”

简立钦“切”了一声，道：“我可没有那样的坏毛病。从小到大我老爹虽然惯我，但是在这个问题上他可是一直在警告我，记得我小时候他就给我看那些吸毒者的照片，吓得我……林大哥，看来他们二位对钱慕白也不是特别了解，我看这样，接下来我去问问圈里的人，说不定会探听到一些情况。”

林渐新微微一笑，摇头道：“刚才沈编剧说了个词叫作‘小圈子’，这很有意思。这件事情简少就暂时不要去多问了，免得搞得满城风雨、草木皆兵的，这样对你也不好。对了二位，作为编剧，一般会在什么情况下非得要去接触大麻这种东西呢？”

姓沈的编剧道：“也许是为了缓解压力吧。”

林渐新问道：“那么，你所知道的他的压力是什么？”

姓沈的编剧苦笑着说道：“作为编剧，创作的灵感总有枯竭的时候，一般在这样的情况下我们会出去走一走，放松一下心情，采风的目的也就在于此。不过有的人太过急于求成，于是就去借助那样的东西了。”

简立钦看着二人：“你们不会也喜欢那种东西吧？”

姓康的编剧急忙道：“怎么会？大麻这种东西固然有时候可以增强灵感，

但危害也非常大，而且一旦被人发现举报，这辈子就别想再在这个圈子混了，太得不偿失了。”

姓沈的编剧也道：“是啊，是啊，我们都清醒着呢。”

林渐新真挚地对二人说道：“你们说得很对，这种东西千万沾染不得。大麻这种东西危害非常大。目前的研究结果表明，吸食大麻患精神性疾病的概率要比正常人高两倍以上。所以，随时保持清醒特别重要。好了，我们不谈这件事情了，我以茶代酒敬简少和两位编剧，谢谢简少选了这么个好地方，谢谢两位编剧向我提供了如此重要的情况。”

简立钦“哈”了一声：“林大哥客气什么呢？把我当外人了是吧？今后林大哥随时来北京我都会好好接待的，如果你不告诉我的话我一定会非常生气。”

如今的简立钦，内心终于不再有夏丹曾经带给他的阴霾，他开始重新相信爱的美好，所以林渐新完全相信他对自己的这份真情实意，不过还是有些不大习惯这骤然而至的热情。林渐新看了看时间，笑着对在座的三个人说道：“虽然我不能喝酒，但是我可以和你们玩一个游戏。”

简立钦很感兴趣的样子：“游戏？什么样的游戏？”

林渐新道：“算命。”

简立钦大喜：“我最喜欢这个了。每次去庙里我都会抽签算卦，还曾经找高人算过。”

林渐新摇头道：“不过我算命的方式不大一样。测字你们知道吗？”

简立钦不住点头：“知道啊，不过我没尝试过。”

两位编剧也都感兴趣：“林大哥，怎么个测法呢？”

林渐新道：“你们随便说一个字，然后告诉我你们想要测的是哪个方面。不过自己写出来的字会测得更准。”

简立钦急忙道：“我先来。”随即拿出一支签字笔来，唰唰写了一个“大”字，眨巴着眼看着林渐新，“林大哥，你测一下我刚才在想什么。”

林渐新“哈哈”一笑，说道：“原来你是想给我出一个难题啊，没问题。你刚才在想：如果今后我还能够碰到一个像夏丹那样的女朋友，一定要好好呵护她……不，不是呵护，是什么都听她的，而且一定对她忠心耿耿，绝不背叛她。”

简立钦目瞪口呆：“这都测得出来？！”

姓康的编剧看着简立钦，觉得他不像是在和林渐新一起做假，顿时兴趣盎然：“我也写一个字。”

他写的是一个“立”字，问道：“林大哥，你看看我的新剧本怎么样？”

林渐新看了一眼，道：“刚刚完成初稿，不过交上去一段时间了，一直没有消息，恐怕上面的人不是特别满意。”

姓康的编剧惊讶了一下，满脸虔诚地问道：“可是我觉得很不错啊，为什么就通不过呢？林大哥可以指点一下迷津吗？”

林渐新暗暗觉得好笑：看来他是真的把我当成会算命的大仙了。他笑了笑说道：“其实你心里明白是怎么回事，只不过不愿意那样去做罢了。确实，剧本是好剧本，不过并不是投资方喜欢的题材，或者不大符合对方希望表达的世界观。如今是市场经济，你有你的坚守，不过人家也必须充分考虑市场的回报。这就看你如何选择了。”

姓康的编剧惊奇地看着他：“林大哥，你不会真的是神仙吧？”

林渐新微微一笑，一副高深莫测的样子。这时候姓沈的编剧早已写好了自己想要测的字：“林大哥，你也帮我测一下：我编剧的这部电视剧会热播吗？”

林渐新叹息着说道：“你们俩都这么年轻，为什么测的都是事业呢？难道感情对你们来讲并不重要？”

姓沈的编剧笑着说道：“有了事业，还愁没女朋友吗？”

那可不一定。林渐新心里如此回答他道，不过却在点头：“有道理。”他看了看纸片上的那个“沈”字，摇头道，“你的这部剧估计还不如前面的收视率高，而这也正是你现在最担忧的事情，难道不是吗？”

姓沈的编剧神色黯然，问道：“有办法改变吗？”

林渐新摇头道：“都已经拍摄完成了，如何改变？不过我相信，你的下一部剧一定会成功的。”

姓沈的编剧惊喜地问："真的？"

林渐新点头："真的。好好讲故事，不要注水，做良心剧，如此的话就一定能够成功。"

简立钦一直怔怔地看着林渐新，越来越觉得此人高深莫测，此时听他这么一讲，即刻对姓沈的编剧说道："那你马上就开始写新剧本，到时候我直接购买。你放心，价格上一定让你满意。"

姓沈的编剧大喜，问道："我用剧本入股可以吗？"

简立钦大笑："有何不可？只要你有信心，我当然更希望这样的合作方式了。"他看着林渐新，"林大哥，你真的会易经八卦？"

林渐新笑着摇头道："最开始的时候我就已经说过了，不过是一个小游戏而已。其实我根本就不会算命，我看到的只不过是你们的潜意识。"

三个人目瞪口呆："潜意识？"

林渐新点头道："是的。汉字非常特别，造字的基础主要是象形、指事、会意，也就是说，每一个汉字都有着它独特的含义，当你们说出某个字的时候其实就已经带有主观意识了。比如简少的那个'大'字，加一点就是'犬'，为什么加一点呢？因为他现在还暂时没有女朋友，所以那一点也可以理解为'如果'二字。当然，那一点究竟加在什么地方，这就得看分析者的经验了。接下来就不用我继续解释了吧？至于两位编剧的'立'字和'沈'字，其实也是同样的原理，你们自己仔细去思考就明白了。不过你们千万不要小看自己潜意识里面的东西，那代表的是你们最真实的想法，更是创作者的原动力。所以简少，你千万不要后悔刚才的那个承诺，这不仅是小沈的一次机会，更是你的。"

简立钦大笑："我这人从来都是言出必行，绝不会反悔。当然，到时候关键还得看剧本的质量怎么样。"

姓沈的编剧道："林大哥刚才说得很有道理，其实我早就意识到自己的问题了，只不过懵懵懂懂的还不自知。放心吧简少，我一定会写出一部让你满意的剧本的。"

这顿饭因为林渐新的这个小游戏而变得非常热闹有趣，大家尽欢而散。

简立钦去结完账后过来问林渐新道："林大哥接下来还有什么事情吗？小弟安排几个女明星过来一起去唱歌怎么样？"

看着两位编剧期盼的眼神，林渐新歉疚地道："对不起，我还得去拜访一个人。"

简立钦急忙道："那小弟我陪着你去。"

林渐新连忙阻止："你喝了酒，就别动车了，我就坐地铁去。"

简立钦感觉得到，林渐新的神奇绝对远不止他目前所展现出来的那样，可不愿放弃这难得的和他在一起的机会，笑道："没事，我马上让司机过来开车就是。"随即对两位编剧说道，"你们先回去吧，我们后面再联系。"

林渐新还是觉得这个人跟着去不合适，解释道："我是在调查夏丹的案子，你就别跟着去了，等忙完了这段时间我们再聚吧。"

听他这样一讲，简立钦也就不好再坚持了，他想了想，道："这样吧，我让司机跟着你，这样的话你也方便许多。林大哥，你千万别客气，你在北京人生地不熟的，有个人替你跑跑腿也方便一些。"

林渐新心想也是，这样的话一天下来就可以做更多的事情了，点头道："这样也好。那就谢谢你啦。"

简立钦很是高兴，即刻到旁边打电话。

简立钦叫来的是一辆路虎，当这庞然大物停靠在面前的时候林渐新吓了一跳。简立钦朝驾驶员吩咐了几句后就打车离开了。驾驶员跑到副驾驶的外边替林渐新打开了车门，等他坐上去后才跑步回到驾驶位上。林渐新发现这车坐起来并不舒服，不过视线不错。他拿出手机给赵延打了个电话。赵延那边有些吵："我马上要开始演出了，要不你过来喝一杯？"

酒是不能喝的，不过去看看他的工作环境倒是不错。林渐新问了他具体地址，告诉驾驶员后问道："你当过兵？"

无论是刚才那样的游戏还是此时这样的随意一问，都是林渐新检验自己所学理论和观察力的一种重要方式，而不是刻意炫耀。这些年来，无论是在出租车、公园、偶尔和朋友的聚会中，他都会采用这样的方式，如此长期积累，造就了他现在的能力。其实那天他分析苏文用手遮掩嘴巴的习惯并非有意，而是长期以来形成的职业习惯所致。

驾驶员惊讶了一下，点头道：“是的。”

林渐新又问：“在西藏当兵？汽车兵？”

驾驶员更惊讶了：“少爷告诉你的？”

林渐新笑了笑，又问：“你是他的亲戚？”

驾驶员有些反应不过来了，想当然地就认为这一切应该就是简立钦告诉他的，于是惊讶也就没有了，回答道：“是啊。那年我高中毕业没考上大学，就从乡下到北京来找叔爷，结果当时叔爷不在家，碰上了简少爷，本来我应该叫他幺叔的，他不准我那样叫，说把他叫老了。那时候简少爷刚刚大学毕业，他拍了拍我肩膀说：‘去当兵吧，回来后给我当保镖。’于是我就回去报名参了军，结果分到了西藏做汽车兵。”

林渐新的心里很是感动：这个人无疑是简立钦最信任的人了，他特地选择这个人来跟着我，就足以说明他的那份真情实意。

驾驶员也姓简，他被林渐新打开了话匣子后就开始话多起来，一路上都在讲他在西藏当兵的那些事情。林渐新正有些无聊，倒也听得津津有味。

赵延驻唱的酒吧在三里屯一带。京城里面的北漂很多，这些人都是为了梦想而来，而激励这些人坚持下去的根本原因是前面的那些成功者，从心理学的角度来讲无外乎就是：万一我也和他们一样成功了呢？所以林渐新对这群人的态度从来都是同情而不赞赏，因为他认为这些人赌的其实就是“万一”二字，其实质就和买彩票并无多大的差别。

林渐新曾经有一个病人，北漂多年后患上了抑郁症，病情稍有好转后又准备去北京，他的想法就是：为什么人家能够成功而我不能？北京那么多的机会，从概率上讲我成功的机会肯定会大许多。当时林渐新就问他：“你分析过那些成功者成功的原因吗？”他回答说：“坚持。”

林渐新是心理医生而不是人生规划专家，所以在遇到这种情况的时候也就不便多说什么，不过后来还是说服那个人去参加了一个选秀节目。林渐新告诉他说："如今展示自己才能的渠道和舞台很多，没有必要非得要去北漂。"

最后的结果是，那个年轻人竟然连初试都没有进入，于是这才幡然醒悟。林渐新认为这个人的情况还算是好的，最糟糕的是那些依然固执己见的人。再后来，那个年轻人在林渐新的诊所继续治疗了一段时间后病情好转了许多，这时候林渐新又对他说了两句话：寡妇熬成婆是没有意义的，她最好的选择是先找个合适的人结婚；成功是百分之九十九的勤奋加百分之一的天赋，而那百分之一的天赋往往更重要。

由此，林渐新就想到了赵延。他有一种感觉，赵延或许与其他那些北漂不一样，因为他愿意相信夏丹择人的眼光。

进入酒吧前林渐新没有再给赵延打电话，他不想影响到人家的演出。酒吧的规模不小，里面的人也很多，这一刻，林渐新似乎明白了歌手的另一个重要动力，那就是市场。他找了一个位子坐了下来，服务生过来问他需要什么，他看了下酒水单，点了瓶苏打水。见服务生不高兴的样子，他解释道："我找赵延。请你一会儿告诉他我在这里。"

此时酒吧里面是一位年轻女歌手在演唱，林渐新不大懂音乐，不过还是觉得这个女歌手的声音十分哀婉动听。这里的北漂太多了，因此人才也不少，看来运气对他们确实很重要。林渐新忽然意识到自己曾经的某些想法并不完全正确。

这个女歌手过后紧接着就是赵延，他后面还有好几个人，看上去像是一个乐队组合。赵延手上拿着一把吉他，他应该是这个乐队的主唱。林渐新的注意力一下子就更集中了。

他们并没有直接开始演奏，只见赵延将话筒从架子上取了下来，说道："也不知道是怎么了，刚才我的心里忽然产生了一种感念，所以就想把今天本来准备好的第一首歌换成汪峰的《存在》，希望大家能够喜欢。"

林渐新心里一动：心有灵犀？嗯，很可能是我来这里之前的那个电话触动到了他内心深处对夏丹的思念之情。

音乐仿佛是在悄然无息中凭空而起，赵延很快随着音乐的节奏唱出了这首歌的第一句：多少人走着却困在原地……

这一刻，林渐新浑身一颤，他没有想到赵延的声音竟然如此富有磁性。不，那是他内心所蕴藏的情感正在缓缓涌出。

多少人走着却困在原地
多少人活着却如同死去
多少人爱着却好似分离
多少人笑着却满含泪滴
谁知道我们该去向何处
谁明白生命已变为何物
是否找个借口继续苟活
或是展翅高飞保持愤怒
我该如何存在
多少次荣耀却感觉屈辱
多少次狂喜却备受痛楚
多少次幸福却心如刀绞
多少次灿烂却失魂落魄
谁知道我们该去向何处
谁明白生命已变为何物
是否找个理由随波逐流
或是勇敢前行挣脱牢笼
我该如何存在
谁知道我们该去向何处
谁明白生命已变为何物
是否找个借口继续苟活
或是展翅高飞保持愤怒
谁知道我们该梦归何处
谁明白尊严已沦为何物
是否找个理由随波逐流

或是勇敢前行挣脱牢笼

我该如何存在

这是他自己的声音，也是他发自内心深处情感的喷薄，或许也是为了纪念夏丹。林渐新早已热泪盈眶，此时此刻，他终于明白了，赵延和夏丹才是真正心灵相通的两个人，因为只有他们两个人才真正懂得对方。而此时，赵延是在用他的灵魂歌唱，他正在唱给那个他一直深爱着的叫夏丹的女孩子听。

林渐新匆匆逃离了酒吧，他的灵魂已经承受不住这忽如而至的悲怆，刚刚跑到酒吧的大门外就再也控制不住地朝着墙角处蹲了下去，无声地哭泣。

“林医生，你怎么在这里？”林渐新忽然听见身后传来了赵延的声音，这才缓缓站了起来，掏出手绢揩拭了下眼泪，说道：“我有些不舒服……你刚才唱得真好，你是不是专门唱给夏丹听的？”

赵延惊讶了一下，黯然点头道：“也不知道是怎么了，刚才忽然就想起她来……林医生，我请你去吃夜宵吧，今天我的心情不大好，不能继续演出了。”

林渐新摇头道：“东西我已经吃不下了，我们随便找个地方坐坐吧。”

赵延指了指旁边不远处：“去那里吧，附近也就只有这家咖啡厅里面比较清静一些。”

于是两个人就去了那家咖啡厅，坐下后林渐新微笑着对赵延说道：“虽然我不大懂得音乐，但你刚才实实在在地感动了我。也许现在你最需要的就是机会了。”

赵延却摇头道：“机会确实很重要，然而更重要的是自己的创造力。像我这样的歌手，如果没有自己独特的原创曲目是很难成功的。”

林渐新似乎明白了，担忧地看着他：“所以，你还是认为自己需要通过那种东西去寻求灵感？”

赵延轻轻叹息了一声，然后摇头道：“不知道。”

林渐新缓缓说道：“这东西在短期内或许可以提高一个人在艺术上的创造力，但是长期使用的结果却恰恰相反，会造成反应迟缓、惰性，甚至最终导致一个人失去道德感而彻底堕落。你应该知道它的危害，但是又无法抵御它带给你的巨大诱惑。我是心理医生，当然清楚这一切，同时也能够理解你急于成功的心态。不过有个问题你想过没有，它给予你在音乐上的创造力究竟是从何而来？”

赵延愣了一下：“什么意思？”

林渐新道：“难道你认为自己现在所有的灵感都是来自那个东西吗？不，你所有的创造力和灵感都来源于你的内心世界，来自你的灵魂深处，那是上天赋予你的特殊才能，而不是大麻。大麻和其他毒品一样，它也是魔鬼的化身，现在它帮助你将通往灵魂深处的那道门打开一条缝，目的却是要让你成为它的奴隶，而且最终它会将那道门紧紧封锁住。它是要毁灭你，毁灭上天恩赐给你的这种特殊才能。”

林渐新的这番话让赵延浑身一激灵。其实他完全知道那种东西的危害，只不过从来没有深刻地去思考过。林渐新继续道：“既然你的创造力和灵感都来源于你自己，那么完全可以通过其他的方式去挖掘它、释放它，为什么非得要采取那样的方式呢？你好好想想，清醒清醒吧。”

赵延的身体在颤抖，他的双手紧紧抓着自己的头发，痛苦地道：“可是我真的不知道应该怎么去做啊……”

林渐新看着他，心里充满同情，缓缓对他说道：“好吧，我告诉你应该怎么去做。就四个字——热爱生活。”

赵延抬起头来愕然看着他：“热爱生活？”

林渐新点头道：“是的，热爱生活！佛说：你心里有什么，看到的也就是什么。也许你现在需要的是宁静而不是浮躁，破茧而出需要强大的力量，而这个力量说不定你早已具备，只不过你还不自知罢了。好了赵延，我言尽于此，你自己好好去想想吧。天堂和地狱这两条路都在你面前，由你自己去选择。我今天来找你是为了另外一件事情，还涉及夏丹的案子，我需要你的帮助。”

赵延的精神顿时一振，身体一下子就坐直了：“你说。”

林渐新道：“有个情况现在我可以告诉你，钱慕白很可能就是杀害夏丹的凶手，但是他却忽然自杀身亡了，所以我怀疑在他的背后很可能还有别的人。我听说钱慕白也经常吸食大麻。据我所知，吸食大麻的这个群体都有着自己不同的小圈子，是不是这样？”

赵延点头，问道：“你的意思是？”

林渐新道：“我希望你能够帮我打听到钱慕白所在的那个小圈子的情况。都有哪些人？他们都是干什么的？其中和钱慕白关系走得最近的是谁？等等。不过这件事情一定要保密，所以你在询问的过程中一定要注意方法。”

赵延想了想，道：“我尽量去打听，不过情况不可能太详细。”

林渐新表示理解，说道：“能够打听到多少是多少。好了，那我先回去休息了，今天我对你说过的那些话你再好好想想。”

小简开车送林渐新回了酒店，离开前他对林渐新说道：“林先生要用车的话就随时给我打电话。”

林渐新拿出手机记下了他的号码，这才注意到苏文在一个小时前发来的信息：“你还好吗？”林渐新心里很是愧疚，他知道苏文肯定一直在担心自己，急忙给她拨过去：“刚刚才回酒店。我不大喜欢看手机。”

苏文责怪道：“急死我了……我担心你正处于那样的状态，又不敢给你打电话。你没事吧？”

林渐新道：“今天去拜访了好几个人，收获不小。现在我已经有了一种感觉，也许真相很快就会明朗了。”

苏文问道：“你明天是怎么安排的？”

林渐新想了想，道：“明天可能就待在酒店，看看书什么的。我需要等一个消息。”

苏文很高兴地道：“那我来陪你吧。”

林渐新有些心动，不过理智让他选择了拒绝：“不可以。我说了，在真相还没有彻底搞清楚之前，我们俩的关系不能暴露，我不能让你身陷危险之中。”

苏文幽幽地说了一句：“我就是想和你在一起，怎么就这么难呢？”

林渐新的心里一片温暖，温言说道："我们很快就可以在一起的，你一定要相信我。"

苏文"嗯"了一声："要不，我们就像这样一直说话吧？"

此时林渐新已经进入了电梯，忽然间又感觉到了身体的异样，急忙道："好像又要开始了……"

苏文的眼泪一下子就出来了："我想来陪着你，你又不同意。有我在的话，你就不会那么痛苦了啊……"

林渐新咬着牙看着电梯里面数字在闪动，颤抖着手指挂断了手机。这一刻，他仿佛听到了苏文的哭泣声依然在耳边回荡。

林渐新终于再一次回到了现实的这个世界。他艰难地爬进浴缸里面，让温热的水浸泡着肌体，以此恢复刚才丧失的体力。这一次，他发现自己似乎有了些进步——刚才身处幻觉中的他竟然能够意识到那可能是幻觉。这是一个不错的开始。是的，消除幻觉的关键一步就是从怀疑自己身处的世界是否真实开始。

下一次，也就是明天，我一定会更进一步。是的，那只是一个虚幻的世界。他如此对自己进行着心理暗示。其实像这样的心理暗示他从一开始就在进行，只不过一直到现在才刚刚开始起作用，由此可见幻觉的能量有多么强大，而且这也恰恰说明幻觉的治疗是多么艰难。也正因为如此，虽然仅仅是小小的进步也能够让林渐新欣喜不已——精神性疾患就如同一块坚冰，只要它开始融化就有了希望。

第二天一早，林渐新就习惯性起床了。他的这种习惯也是源于自我催眠，于是就形成了固定在他潜意识里面的生物钟。他一直都认为贪床是一个人懒惰的开始。到楼下的餐厅吃了早餐，然后回到房间看书。在这个过程中他不止一次想起苏文，却最终放弃了与她联系的冲动。将感情方面的事情暂时放一放，这也是为了将来。他在心里如此告诫自己。

林渐新没有想到赵延的消息会来得这么快。上午十一点刚过，赵延的电话就进来了，他告诉了林渐新五个人的名字，随后说道："怕你等得着急，还没来得及去调查这几个人的具体情况，不过我大概知道，其中三个人是演员，都是男的。”

林渐新心想：有了这份名单接下来的事情就好办多了。他问道：“你询问的时候没引起别人的注意吧？”

赵延道：“应该不会吧。我就是和身边的朋友在一起的时候随意提到了钱慕白，他的死最近本来就是新闻，其中一个朋友恰好知道他那个圈子的情况，其实他也是从别处听来的。”

很显然，为了调查这件事情，他又去和他的小圈子在一起了。不过这次林渐新没有再多说什么，也没办法去责怪他，唯有在心里叹息着，说道：“接下来你就不用继续去调查了，免得打草惊蛇。剩下的事情我去做。”

电话那边沉默了一小会儿：“林医生，我仔细想过了，决定解散乐队，暂时离开北京一段时间。”

林渐新很是替他感到高兴，问道：“是准备回家去吗？”

赵延回答道：“不，我想一个人出去走走。”

嗯，这也是破茧而出的好办法。现在的他确实应该出去走走，他需要的是新鲜的空气，以及完全不一样的生活，也许会非常艰苦。他又问道：“想好了吗？准备去哪里？”

“也许是西藏，也可能是新疆或者内蒙古。”他说，声音中充满向往，“我早就想去那样的地方了。”

从房间里面出来，下楼走到大堂的服务台。“先生，你的房费已经有人帮您续过了，您可以一直住在这里，直到您离开的那一天。”值班的服务员小姐告诉他说。

林渐新转身去看，一眼就看到了正在大堂的沙发处打盹的驾驶员小简。他朝小简所在的方向走了过去，叫醒他后问道：“你什么时候来的？”

小简惊醒后霍然站立，回答道：“我一大早就来了。”

林渐新有些感动，拍了拍他的肩膀：“辛苦你了，其实没有必要这样。给你家少爷打个电话，就说我马上想见到他。”

小简很快就打完了电话，对林渐新说道：“他就在这附近和别人谈事，马上就过来。”

林渐新点头，到沙发处坐了下来，同时招呼小简也坐下，随后饶有兴趣地看着他，问道：“你们家少爷究竟是如何吩咐你的？”

小简的身体坐得直直的，恭敬地回答道：“昨天晚上他给我打来了电话，问我是不是已经送您回酒店了，我说刚刚送到。他又问我是不是一直在跟着您，我说中途的时候您去了酒吧，我就在车上休息。结果他一听就生气了，说：‘我是让你去保护他的！明天一大早你就去酒店候着，如果他出了任何事情你就给我回乡下去！’林先生，刚才我在这里实在忍不住就睡着了，你可千万别告诉我家少爷啊。”

林渐新当然不会怀疑眼前这个人是简立钦派来的尾巴，否则的话他就不会告诉自己那么多了。他笑道：“你放心，我不会告诉他的。”

小简顿时高兴起来，说道：“林先生，我一看你就是个好人。林先生，您简直是太厉害了！简少爷说他根本就没有告诉过您我的情况，原来您是一个大侦探啊。”

林渐新禁不住就笑了起来，说道：“我哪里是什么大侦探，其实我知道的那些事情都是你自己告诉我的。”

小简很是吃惊的样子：“是吗？可是我什么都没有说啊。”

林渐新道：“我看你跑步的样子就知道你当过兵，你脸上的高原红还没有完全褪去，于是就猜测你是在西藏当兵的可能性比较大，与此同时，这也说明你刚刚退伍不久，而简少竟然把这么好的车让你开，这说明你的驾驶技术应该不错，不大可能是退伍后刚刚拿到的驾照。还有，影视圈里面的人都称呼你家少爷‘简少’，他的下属都叫他‘简总’，而你称呼他‘少爷’，更何况你又姓简，如此一来，你和他的关系也就十分明了了。”

小简满脸崇拜的样子：“少爷说你是一个非常了不起的人，看来确实是这样。”

“你们在说什么啊？”这时候一个声音从旁边传来，小简顿时条件反射般站了起来：“少爷。”

其实林渐新早就看到他进来了，笑着说道："我们正在闲聊呢。小简很不错，朴实，而且特别会讲故事。简少，你应该多听听他讲的故事，关于军人的故事。"

简立钦诧异地看着小简："是吗？那你今后多讲给我听听。"

小简站在那里不知所措，扭捏着说道："少爷，你们说事情，我去车上等您。"

简立钦道："旁边有家烤鸭店不错，你自己去那里吃吧，回头我给你报账。"

小简大喜："少爷，这可是你自己说的啊。"

简立钦指了指他，笑着对林渐新说道："乡下来的，就这么点儿出息。林大哥，我们就在这里随便吃点儿？"

林渐新笑道："随便吧，只要清净就行。"

到了楼上的餐厅后，两个人选了一个靠窗的位置坐了下来，简立钦点完菜后问道："林大哥，你找我什么事情？"

从一开始坐下来林渐新就在看着外边，说道："看来真的是要下雪了……简少，我这里有份名单，你看看是不是都认识？"

简立钦接过纸条，仔细看了看，点头道："都认识。这里面有三个人是演员，算是二线的吧……"他详细说了这三个演员的情况，包括他们的性格、出演过的主要作品等等，然后继续说道，"另外两个人……奇怪，怎么会有他呢？"

林渐新问道："你说的是谁？"

简立钦指了指上面的一个名字，道："徐建，这是他原来的名字，现在他叫翟景天。他是翟清风的儿子，翟清风早年离过婚，所以他儿子就一直随他前妻姓，几年前徐建到了翟清风的公司上班，于是就改名叫翟景天，不过翟景天和朋友在一起的时候都自称徐建……他怎么会和钱慕白混在一起了呢？"

林渐新心里一动，问道："翟清风就是夏丹出事前出演的那部电影的投资方？"见简立钦在点头，"我见过他，他还对我谈起过这个徐建的事情。翟清风好像不大喜欢自己的这个儿子。”

简立钦撇嘴道：“估计他是被翟清风的前妻娇惯坏了，简直就是一个花花大少。据说翟清风和他前妻离婚的时候给了前妻很大一笔钱，后来被徐建挥霍得差不多了。这位公子哥其实没什么本事，但是坏毛病倒是不少，吃喝嫖赌抽五毒俱全，翟清风不喜欢他也很正常。”

林渐新眯缝着眼睛，说道：“这件事情有点儿意思了……”

简立钦看着他，问道：“你怀疑这个徐建？可是我从来没有听说过他和夏丹有过任何的交往啊？”

林渐新皱眉问道：“你确定？”

简立钦点头道：“我当然可以确定。夏丹是我曾经最关心和关注的人，她的事情我当然最清楚。”说到这里，他有些不好意思地笑了笑，“大致清楚。不过对我的竞争对手我还是十分清楚的，包括她后来和李唐的关系，其实我私底下找人调查过。”

林渐新叹息了一声，说道：“看来夏丹确实是让你刻骨铭心啊。那么，剩下的这个是什么人？”

简立钦道：“这个陈阳是影视圈的一个混混，相当于掮客的角色，整天到处打听谁手上有影视项目，然后告诉对方说他认识某某投资人。还别说，此人竟然还做成了几个项目……”随后又详细介绍了这个人其他一些情况。林渐新点头道：“近朱者赤，近墨者黑。看来果然是如此啊。简少，这件事情请你暂时不要对他人讲，接下来我可能要对这份名单上的所有人进行调查。”

简立钦正色地道：“林大哥，你放心吧，我懂得轻重的。”

林渐新沉默了好一会儿才忽然说道：“我一直在想当时有人给你发短信的那件事情，总觉得很蹊跷、很奇怪。”

简立钦也道：“是啊，到现在我都不明白那究竟是怎么回事。”

这时候林渐新自顾自说道：“也许夏丹妈妈知道是怎么回事。嗯，过两天我得回去一趟。”

简立钦发现自己有些跟不上他的思路：“夏丹妈妈？”

林渐新点头：“有些事情看似复杂，其实弄明白后才会发现其实很简单，因为真相的背后其实就是心理动机的指向，这就是我应该去调查的主线。”

简立钦更不明白了，正准备继续询问，却听林渐新问道：“对了，还有个人你了解吗？”

简立钦问道：“谁？”

林渐新道：“孙家良，就是夏丹生前正在拍摄的那部电影的制片人。”

简立钦想了想，说道：“他应该是翟清风的人，制片人往往和投资方是有一定关系的，不过具体的情况我不大清楚，如果需要的话我帮你问问？”

林渐新摇头道：“有你刚才提供的情况就足够了，暂时就不要问了。”

简立钦疑惑地问道：“你究竟在怀疑谁呢？我怎么越来越糊涂了？”

林渐新笑了笑，说道：“有些事情你现在不需要搞得那么明白，到时候你就知道了。”

简立钦心痒难耐，但是他知道继续询问下去林渐新也不会再多说什么，只好作罢。

第十七章

读心术

听完了林渐新讲述的情况之后，曹能顿时感到一阵莫名的兴奋，只觉得最近一段时间频发案件带来的疲惫与头痛一下子就被冲淡了许多。想不到他竟然在这么短的时间内就能够从纷繁复杂的状况中清理出其中的关键线索来，这样的能力简直是太逆天了。

他要是我的手下就好了。这一刻，曹能忽然有了这样的一个心思，他问林渐新：“现在需要我们警方做些什么？”

这正是林渐新打这个电话的目的。他说道：“首先，我需要有一个得力的助手。接下来我要去拜访名单上面的那五个人，嗯，也许只需要拜访其中的一两个就可以了。我这样的身份很可能会被拒绝。”

曹能沉吟了片刻，说道：“倒也是，而且我们这里的人也不大合适，名单上面的个个都不是好相处的人，普通的警察可能有些降不住。这样吧，我和当地警方协调一下，尽量让他们的人来配合你。还有呢？”

林渐新似乎有些犹豫：“还有一件事情我有些拿不准。曹警官，你还记得那天晚上请剧组的那几个人吃饭的事情吗？当时我确实没有发现他们当中有人在撒谎，不过其中有一个人我无法判断。”

曹能问道："你说的是那位制片人？"

林渐新道："是的。当时他正好处于感冒的状态，脸是肿着的，而且还在不住地擤鼻涕，这样一来就让我根本无法判断他的有些动作究竟是无意识还是刻意的。最近我反复在想，总觉得消息是从剧组传出去的可能性最大，如果真是那样的话，那么这个制片人就最可疑。"

曹能问道："你的意思是说，这个制片人也懂得心理学，所以才用那样的方式骗过了你？"

林渐新摇头道："一般人是不大可能想到通过那样的方式来躲避我的观察的，我觉得很可能是专业人士给他出的那个主意。这样的天气，想要故意感冒很容易，但是要遮掩住自己的无意识动作却非常难，我回想了一下，那天他的那些动作实在是恰到好处，否则的话根本逃不过我的眼睛。"

曹能明白了，道："那我马上派人去再次对他进行询问……可是，我们的人没有你那样的能力啊。"

林渐新也觉得这件事情有些难办，想了想，说道："这件事情暂时就不要去管了，人家毕竟是制片人，有一定的身份，总不能因为我这个毫无根据的怀疑就把他抓起来吧？我看这样，等我调查完了这边的事情后，如果需要的话我再回来一趟。到时候再说吧。"

当天下午，当地警方就与林渐新取得了联系，警方的联系人是刑警支队的一位副支队长，名叫左辉，三十多岁年纪，个子不高，脸上棱角分明。左辉还带来了两个人，他对林渐新说道："林医生，接下来有什么事情你直接对我讲好了，我们是奉命而来，你不用客气。"

林渐新也就不再多说客气的话："我想首先调查名单上这个叫陈阳的人，据说他是影视圈里面的一个掮客，这样的人想必知道很多不为人所知的信息，如果真的能够从他那里了解到我需要的线索的话，其他的人就不用继续去调查了。"

"行，你说怎么的就怎么的吧。"左辉笑着说道。

他的笑有些假，刚才他的那句"奉命而来"也正好说明了他对这项任务不以为然。林渐新笑了笑，说道："我知道最近你们都很忙，特种兵出身的左警官想必更关注那些大案和要案，不过请你放心，我这边耽误不了你多少时间。"

左辉愕然地看着他："你怎么知道我曾经是特种兵？"

林渐新微微一笑，说道："你头小颈粗，颈斜肌发达，行走时双腿稳健，一看就是练过功夫的人，而且你身上的军人气息浓厚，更重要的是我感觉到了你身上散发出来的杀气。"

这时候旁边的一个警察冷冷问了一句："军人和警察的气息，难道不是一样的吗？"

林渐新不以为意地道："当然不一样。军人的训练更严格，所以他们的一举一动更精准，这是经过长期训练形成的潜意识行为，当然，其中还有肌肉记忆。比如，和左警官相比，你的腰就没有他挺得那么直，你的坐姿也显得太过随意，这位警官也是如此。"

听他说得有理有据，三个警察顿时面面相觑。左辉不禁对林渐新重新审视了起来，问道："我身上真的有你所说的杀气？"

林渐新点头道："是的。杀气说到底就是一种精神性力量。科学家曾经做过这样一个试验：将一个笼子分成两个部分，中间用木板隔开，然后分别将一只猫和一只老鼠放到笼子的两边，结果老鼠刚被放进去就开始瑟瑟发抖。为什么？因为老鼠一瞬间就感受到了猫的杀气。想必左警官曾经执行过不少艰巨的任务，也曾经在特殊的战场上与敌人有过殊死搏斗，否则的话是不可能拥有这种特别气质的。"这时候他忽然发现另外两个警察在惊讶地看着他们的副支队长，急忙问道，"我是不是说了不该说的事情？"

左辉苦笑着说道："他们都不知道我以前的经历。没事，我已经转业到了地方，以前的事情也就不再重要了。"

那两个警察这才知道眼前这个心理医生说的是真的，讪讪地道："左支队，你可真够低调的，原来你竟然是一位英雄。"

左辉反倒有些不好意思了，挥手道："那都是过去的事情了……林医生，那我们现在就去找那个陈阳？"

林渐新道："最好是先和他联系一下，有你们出面，想必他不会拒绝我们上门吧？"

陈阳是个见面熟，脸皮厚，很会说话，只要一认识而且他认为对自己有用马上就会像牛皮糖似的粘上去，奇怪的是他并不惹人厌恶，这一来二去给人的感觉好像差了他这个人还不行，那样反倒会凭空少了许多的乐趣。

左辉打去电话的时候陈阳正和某知名导演打麻将，另外两个陪同的也是影视圈的人。陈阳和这些人打牌基本上都是输钱，不过他的牌品很好，每次输了钱脸上都带着笑，蜜汁似的话依然一样地多，让人从内心感到舒坦。"哎哟，怎么这张牌都会点炮啊？贾导，您这是什么牌啊？清一色？哎哟！您还让我活不活啊？"贾导哈哈大笑。这时候陈阳的手机响了，像他这样的人一般是什么电话都要接听的："您好，请问您是？"

左辉直接说了自己的身份："我们想找你了解点儿情况，就现在，你看什么地方方便我们见面？"

陈阳听说对方是刑警，吓了一跳，但是不敢声张出来。他心里明白，现在的人都十分现实，一旦眼前这几个人知道刑警找上了他，从此就再也难以巴结得上了。他急忙道："晚点儿行吗？我正忙着呢。"

左辉顿时怒了："你以为我是在和你商量啊？要不我们直接请你去刑警队？"

陈阳心里一颤，急忙道："您说个地方吧，我这就过来。"挂断了电话，他不住朝牌桌上的几位作揖，"贾导，二位，真是对不起了，来了点儿急事，我不去不行。算我的错，下次我一定请酒补上。"

贾导倒是知道他，笑着问道："你不会是身上没钱了想要逃跑吧？"

陈阳露出手包："您看，还有好几千呢。真的有急事，对不起了各位，茶钱我先结了走，改天我请客，正好最近收了两瓶十年的茅台。说好了啊。"

看着他匆匆去了，贾导对另外两位说道："这人实诚，看来确实是遇到点儿急事了，要不我们三个斗地主？"

林渐新第一眼看到陈阳的时候大感意外，本以为这是一个畏畏缩缩的小混混，却想不到眼前的这位竟然一表人才，近一米八的身高，西装革履，头发打理得一丝不乱，如果不是他刚一出现时脸上带着习惯性的奴性笑容的话，简直让人不敢相信这就是简立钦所描述的那个人。

“各位警官，你们找我什么事情啊？”陈阳一进来就开始点头哈腰，小心翼翼地问。

左辉指了指沙发：“你先坐下，不要那么紧张，我们就是找你了解点儿情况。这位是外地来的林老师，接下来他问你什么事情你都得如实回答，明白吗？”

陈阳这才暗暗松了一口气，小心翼翼坐下，然后看着林渐新，忽然间就将目光躲闪开了：这是个什么人啊？他的目光清澈得好像可以看到我的心里面……

林渐新朝他微微一笑，问道：“听说你和钱慕白的关系很不错？”

陈阳最害怕的就是警察找他这件事情。他已经听说钱慕白自杀的消息，而自己和他在一起的有些事情却又是千万不能曝光的。他急忙道：“只是认识，我就是在那个圈子里面胡乱混着讨点儿吃食，认识的人多了去了。”

这是典型的避重就轻，恰好说明他心里有鬼。林渐新心里明镜似的，笑道：“能够经常在一起吸食大麻，恐怕你和他不是一般的朋友吧？”

陈阳全身一震，感觉自己像掉进了冰窟窿里面似的，急忙道：“大麻？怎么可能？我可是从来都不沾那玩意儿。这位警官，现在可是法治社会，如果您没证据的话这样的事情可千万别乱说，我还有妻儿老小要养活呢。”

林渐新站了起来，开始踱步，嘴里说道：“是啊，我确实没有证据。陈阳，听说你长期在影视圈里面厮混，还认识不少头面人物，你经常和他们喝酒、打牌，很会说奉承话，喝酒的时候总是最先醉的那一个，经常闹笑话，打牌也经常输钱，牌品还特别好，是吧？”

陈阳见他转移了话题，暗暗松了一口气，讪着脸说道：“我就是那里面的一个小混混，不讨好他们哪有赚钱的机会？”

林渐新点头道：“是啊，我们每个人都有自己的生存之道。其实我知道，你不但酒量很大而且牌技也非常不错。你酒醉后所闹的笑话都无伤大雅，打牌每次也输不了多少钱，只要你搞定一个项目，那可是几十万上百万的收入。陈阳，要是那个圈里面的人知道你平时所表现出来的样子都是装的，你说他们从今往后会如何看你？”

陈阳目瞪口呆地看着他。自从混迹于影视圈开始，他自信从来没有人能够看得透他，就连在家人面前都从不泄露一丁点儿。他明白，那些人一旦知道了他伪装的面孔，也就意味着他一直以来都是在挑战他们的智商和尊严。这一刻，他忽然间意识到自己确确实实遇到了传说中的高人，急忙哀求道：“别呀……那样的话我还怎么讨生活啊？我也不容易啊，北京这地儿可不好混……”

林渐新用手势打断了他的话，俯下身去盯着他：“所以，你最好在我们面前说实话，问你什么就回答什么，别再东扯西扯，明白吗？”

陈阳连忙道：“好，您问什么我一定都如实回答，但是我的事情您千万别拿出去讲啊。”

林渐新微微一笑：“那就看你今天的表现如何了。”

坐在一旁的左辉和另外两个警察都从心里对林渐新佩服不已，平日里他们最头痛的就是遇到像这样的混混，特别是在没有任何证据的情况下，这样的人简直就是滚刀肉，想不到林渐新三两句话就把这样的人给制住了。

其实简立钦也就是在林渐新面前大致说了下陈阳的情况，不过林渐新听了后很快就明白了这个人究竟是怎么一回事。正如他前面所说的那样，这个世界上每个人都有自己的生存之道。很显然，陈阳是属于没有机会也一定要去寻找并把握住机会的那类人，而且还特别注意尽量让自己不要失去太多的尊严。这绝对是普通人群中极其少有的聪明人。当然，林渐新也不可能去揭穿他，这样的人并无害，而且生存也很不容易。

接下来陈阳果然就老实多了，基本上是林渐新问什么他就如实地回答什么。

林渐新的第一个问题是：“说说钱慕白这个人。”

陈阳道：“他是最后一个进入我们那个圈子的。这个人很有才华，也喜欢打牌，他是真的打得好，善于计算，无论是麻将还是斗地主，很少输钱，每张牌都被他算得很精确。我自认为认真和他打牌也会输。他不大爱说话，经常在我们面前谈理想，说他今后会成为这个世界上最伟大的剧作家。他酒量不大，也不大喜欢喝酒，每次喝醉后都去问人家：‘你知道我是谁吗？我是这个世界上最伟大的剧作家！’其实他挺好玩儿的，很单纯一个人。”

林渐新的第二个问题：“说说徐建，也就是翟景天这个人。”

陈阳道：“标准的公子哥儿一个，心比天高，命比纸薄，说的就是他这样的人。手上有点儿钱，给人的感觉好像特别有钱。他有一个好爹，可惜这个爹不待见他。不过他很有自信，说他爹除了他再也没有别的孩子了，他爹的财产迟早都是他的。这倒也是，我就喜欢这样的公子哥儿，今后他总会有扬眉吐气的那一天，我和他合作也是迟早的事情，所以我和他的关系一直都很好，他也特别信任我。如果让我评价他的话就一句话：败家子儿一个。”

林渐新的第三个问题：“徐建和钱慕白的关系如何？”

陈阳道：“钱慕白看不起徐建，虽然他从来不说，但是我能够看得出来。钱慕白是曾浮拉进我们圈子来的，奇怪的是钱慕白好像和曾浮的关系很一般。不过这也可以理解，曾浮出道的时间也不短了，可就是红不起来，钱慕白看不起他也就不奇怪了。”

提了三个问题之后，林渐新停顿了一下，稍微梳理了一下思路，继续问道：“钱慕白喜欢夏丹的事情你知道吗？”

陈阳一下子就笑了起来：“这件事情我门儿清。那是好几年前的事情了，那天只有徐建、钱慕白和我在一起玩，徐建忽然就提到了夏丹，说这辈子能够找到那样的女人做老婆的话就心满意足了。徐建问钱慕白：‘你写的剧捧红了这个妞，为什么不趁机上了她？’钱慕白闷闷地说：‘人家都有男朋友了。’徐建笑着说：‘我知道，不就是简少吗，简少是什么人谁不知道？他就是和这个妞玩玩。如果你真的喜欢夏丹的话就应该马上去向人家表白，迟了就被简少给糟蹋了。我感觉得到，夏丹这个妞其实很单纯，你又是有名的才子，更何况她还是因为你写的剧本红起来的，多好的机会呀，你准备就这样放弃了？’”

林渐新心里一动，问道："后来呢？"

陈阳道："那天后面的事情我有些记不得了，不过几天后我们又聚在一起，钱慕白一直在那里唉声叹气，徐建问他怎么了，钱慕白恨恨地说了一句：'她拒绝我了！'徐建一听就笑了起来，说道：'曹丕逼汉献帝禅位还三次不接诏书呢，你知道那是为什么吗？矫情呗。亏你还是写爱情剧本的，怎么连女人的心思都不懂？你想想，如果她第一次就答应你了，你心里会怎么想？得到太容易，你还会特别在乎她吗？'钱慕白觉得他说得很有道理，心情一下子就好了。可是他最终还是没有追到夏丹，后来徐建就说：'算啦，看来你和她确实没有缘分，那就别再去想她了。'想不到钱慕白竟然在我们面前一下子就哭了起来。徐建问我怎么办，我说不如去夜总会给他找个妞，模样长得像夏丹那样的，他就不会再像现在这样痛苦了。想不到我的话刚刚说完，钱慕白竟然抓起一把椅子就朝我砸了过来，幸好我躲得快，不然就破相了。后来我听说他在我就躲……什么人啊这是？都成年人了，居然还那么纯，太矫情了不是？对不起，我有些激动了，不过这位警官，我说的可都是真话啊。"

林渐新点头："我相信你说的都是真话。据我所知，在钱慕白认识的人当中有一位是心理师，你认识这个人吗？"

陈阳愣了一下，仰头想了想，摇头道："没听说过。"

林渐新又问道："这个心理师也可能是徐建的朋友，还可能是你们那个圈子里面某个人的熟人。其实你应该是知道的，是吧？"

陈阳又想了想，摇头道："我从来没有听说过。他们不可能去交那样的朋友。这些人一个个在外面人模狗样的，私底下吃喝嫖赌什么都干，怎么可能去和心理师交朋友？我们这个小圈子里面除了徐建不大在乎名声，其他的人包括我都不会轻易去相信圈外的人。"

林渐新看着他，问道："也就是说，徐建最可能认识那样的人？"

陈阳摇头道："不知道。徐建似乎也不大可能，他公子哥儿一个，没心没肺的，有事无事去找心理师干吗？"

接下来林渐新又问了他一些问题，陈阳都一一做了回答。林渐新感觉到再也问不出别的了，过去拍了拍他的肩膀：“今天就到此为止吧，你回去后再仔细想想，如果想起什么重要事情来的话就随时给我打电话。今天我们并没有找过你，你也什么都没有说，你说是吧？”

陈阳本来就属于那种心思玲珑之人，哪里还不明白林渐新的意思？他急忙道：“我懂，我懂的，您放心好了。”

林渐新微微一笑，说道：“你不懂也没关系，除非你不想继续在那个圈子混了。”

陈阳离开后，林渐新才忽然意识到自己似乎过于反客为主了，尴尬而且歉意地对左辉和另外两个警察道：“对不起……”

此时左辉和两个警察对他早已是佩服不已，倒是并不介意。左辉笑着说道：“我们就是来协助你的，你不用考虑那么多。林医生，接下来你准备找谁呢？”

林渐新问道：“你们对刚才这个人提供的情况有什么看法？”

左辉苦笑着说道：“其实我们并不知道你究竟想要从陈阳那里知道些什么，所以你的这个问题我不大好回答。不过我感觉到你好像是在寻找一个心理师，难道你认为钱慕白的死与那个心理师有关系？”

这个年轻警察和孙挺坚一样优秀。林渐新微笑着看着他：“你继续说下去。”

左辉感觉到自己的猜测似乎对了，想了想，继续道：“也就是说，你认为钱慕白是在被他人催眠的情况下自杀的？我看过机场里面的监控录像，觉得这样的可能性很大，因为当时的场景实在是太过诡异了。钱慕白忽然爆发出来的那种惊人的速度简直不可思议，被人催眠后出现那样的状况倒是可以合理解释。”

林渐新诧异地问道：“左警官对催眠术有过研究？”

左辉点头道：“我以前是特种兵，经过反催眠方面的训练。特种兵是一种特殊职业，一旦被敌方俘获后遭受严刑拷打、药物催眠等在所难免，所以我们都进行过相关的对抗性训练。”

林渐新看向他的眼神中充满尊敬，另外两位警察也是如此。林渐新又问道："如果我告诉你你刚才的分析基本上和我的一样，那么，你从陈阳刚才提供的情况中还得到了一些什么样的信息呢？"

左辉沉吟了片刻，说道："从陈阳刚才提供的情况中我有这样几种想法：第一，钱慕白进入这个小圈子似乎是有人授意的；第二，徐建从一开始就怂恿钱慕白去追求夏丹。将这两点综合起来似乎可以得出这样一个结论：徐建就是授意曾浮将钱慕白拉进小圈子的那个人，其目的就是为了怂恿钱慕白去追求夏丹。可是，徐建这样做的目的究竟又是什么呢？还有，刚才陈阳似乎并没有将真实的情况全部讲出来，我觉得他是刻意忽略他自己在其中所起到的作用。"

林渐新赞道："左警官的逻辑分析非常严密，今后一定会成为一位优秀的刑警。我完全认同你刚才的分析以及得出的结论。所以，现在需要你们去向曾浮证实一下我们刚才分析的情况是否正确。"

左辉点头，随即吩咐他其中的一个手下："你去。顺便问一下他心理师的事情。"他看着林渐新，"林医生还有什么需要吩咐的吗？"

林渐新点头道："就这样。"随即对另外那个警察道，"麻烦你去调查一下另外那两个演员，常规性询问就可以了。"

两位警察离开后林渐新对左辉道："我们就在这里等他们的情况汇总吧。左警官，我们继续前面的分析。"

左辉点上一支烟，沉思了片刻后说道："如果我们前面的分析都是正确的话，那么徐建那样做的目的究竟是什么呢？"

林渐新忽然笑了，说道："我倒是有一个非常大胆的猜测。"

左辉看着他："哦？你说来听听。"

林渐新道："任何人做任何事情都是有目的的，从心理学的角度上讲就是行为的心理动因。现在我们来分析徐建这个人……左警官，说说你对这个人的看法。"

左辉道："从陈阳刚才所说的情况来看，徐建和他的亲生父亲之间的关系似乎并不怎么好，徐建对父亲有怨恨，所以对外仍然自称徐建。而翟清风对自己的这个儿子似乎也非常不满意，可是再不满意他也是自己的儿子不是？对了，不知道翟清风还有别的孩子没有？”

林渐新笑道：“这个我倒是知道，在岛上的时候我和翟清风见过一面，翟清风告诉我他和现在的妻子没有孩子，也就是说，徐建就是他唯一的孩子。不过翟清风还对我讲，他很担忧自己这个儿子迟早会败光他的财产，与其如此还不如到时候将大部分的财产捐献出去。”

左辉惊讶地道：“他真的会那样做？”

林渐新点头，道：“我相信他说的是真话，现在的企业家裸捐的比较多，这说明随着社会的进步，企业家的社会责任感也因此在增强。不过翟清风还是想到要给家人包括他的这个儿子留下一部分财产，或许是因为他作为父亲对徐建内心有愧才做出的决定吧。”

左辉满脸的困惑：“也就是说，徐建很可能已经知道了他父亲并不会将所有的财产都留给他，于是就产生了很大的危机感。可是，这件事情与钱慕白和夏丹又有什么关系呢？”这时候他忽然发现林渐新脸上微微的笑容，苦笑着说道，“林医生，你就不用考我了，直接说出你那个大胆的猜测吧。”

林渐新笑了笑，接下来说出了一句石破天惊的话：“也许徐建认为夏丹和翟清风有着非常不一般的关系，而且这件事情的背后很可能还有徐建的母亲在参与。”

左辉大吃一惊：“你这样分析的根据是什么？”

林渐新缓缓说道：“财产，也就是利益。围绕‘利益’这两个字，如果再将夏丹加入进去，似乎所有的疑惑都可以得到解答。”这时候他忽然想到孙挺坚曾经提出的那个疑问来，心里有一个更为大胆的猜测，“左警官，麻烦你去调查一下，徐建的母亲是不是身患绝症，已经时日不多了？”

左辉发现自己完全跟不上眼前这个人的思路，正想询问，却见林渐新在朝他摆手：“现在一切都还只是猜测，除非是刚才我们提到的猜测都得到了确证，否则的话我们目前所有的结论都会因此被推翻。”

左辉明白了，起身道：“我这就去调查。”

林渐新道：“我得马上回家去一趟，有一个非常重要的情况需要去核实。

有什么情况我们可以随时在电话里沟通。”

左辉问道：“那你什么时候回来？”

林渐新想了想，道：“最迟明天上午。徐建暂时不要去动，到时候我专门和他谈谈。”

第十八章

被困灵魂

林渐新觉得最近把自己这一辈子的飞机都坐完了，以前他不大明白有些人为什么天天坐飞机飞来飞去，现在才知道他们是迫不得已，因为忙。

在国内，每一次在飞机上的旅程大约两到三个小时，而这正是林渐新感觉到最难熬的时间段——看书会打瞌睡，但是又偏偏睡不着，这让他不由得想起数年前接受阑尾炎手术时候的光景。当时手术开始后不久，他就在麻药的作用下进入了睡眠之中，结果醒来的时候手术还没有做完，可是身体却依然被麻药所控制，不能够动一丝一毫，那种灵魂不能控制身体的痛苦至今还让他感到不寒而栗。

其实这些年来夏丹的生活就是如此，因为她的灵魂时时刻刻被母亲所左右。她孝顺，她反抗，以至于现在林渐新都无法判断出她最终是否真正坚守住了自己的底线。虽然她一直到死还保持着身体的白璧无瑕，但这并不能说明她就从来没有动摇过。

如果不是非得要去见夏丹妈妈，林渐新根本就不想在这个时候踏上这趟旅程，而且一直到此时此刻他都还没有想好如何去面对。指责她？向她剖开已知的所有真相？不，这毫无意义。她只不过是一位母亲，她有着自己的世界观，其中的对与错岂是那么容易就说得清楚的？

从某种角度上讲，夏丹妈妈不但是一个坚强的女性，同时也是一位自尊心极强的母亲。她并没有搬去和女儿同住，而是特地在家乡的这座城市里面置办了一栋别墅。她这是要让那些曾经轻视她的人看到她如今的风光并以此获得心理上的满足。她用这样的方式告诉人们：她有一个优秀的女儿，而女儿的优秀完全是她个人培养、规划的结果。

这错了吗？似乎并没有错。错的是孩子并不是那么容易被控制，错的是人生的无常。

终于到了，眼前这个地方林渐新也是第一次来。大大的、碧绿一片的花园，起码有十数个房间的独栋别墅，它就矗立在林渐新的眼前。

犹豫了一下，林渐新还是摁下了门铃。不一会儿，一个十七八岁的女孩子就出现在了他视线内。这个女孩子长相漂亮，不过从一举一动中可以看出她应该是来自乡下。女孩子问林渐新："你是什么人？"

女孩子的表情和语气带着一种高高在上的傲慢与优越，让林渐新暗暗皱眉。他问道："夏丹妈妈在不在？"

女孩子点头："在的。主母正在看电影。"

主母？看电影？林渐新在心里叹息，说道："请你去告诉夏丹妈妈，我叫林渐新。"

女孩子转身去了，很快就消失在那栋建筑里面。不一会儿，夏丹妈妈就出现在了他视线之中。女孩子快速跑来开门，夏丹妈妈跟随在后面。

"怎么样？查到凶手了吗？"夏丹妈妈的第一句话就这样。

她的消息倒是并不闭塞。看着脸上依然带着泪痕的她，林渐新摇头道："正在调查。也许真相很快就出来了。阿姨，这次我匆匆赶回来是为了当面向您问清楚一些问题，事情完了我还得赶回去。"

"那你赶快进来坐，吃了饭再去坐飞机。小美，赶快去给客人泡茶，然后把乌骨鸡炖上，用那盒野生的天麻炖。"夏丹妈妈的热情替代了刚才还堆积在脸上的悲伤。

进入别墅里面，林渐新也禁不住被震撼了一下，眼前的景象用金碧辉煌来形容一点也不为过。客厅直通楼顶，一盏巨大的吊灯悬挂在半空，整个空间的装饰采用了大量的金线，白色为底。客厅里面摆放着各种各样欧式家具，包括位于中央的那套沙发。在客厅一侧的落地玻璃窗处有一架白色的立式钢琴，使得眼前的金碧辉煌多了一丝文艺气息。

林渐新在沙发上坐下，沙发很柔软，也非常有弹性，很显然，这里面的每一样东西都价值不菲。林渐新没有马上开口说话，而是等那个女孩子端来茶杯离开后才看似随意地问了一句："阿姨，你们家这样的装修风格夏丹当时觉得好看吗？"

夏丹妈妈怔了一下，可能没想到林渐新会问自己这样的一个问题，不过她紧接着就摇头："她不喜欢，说太那什么了。"

林渐新看着她："其实您也不喜欢，是吧？"

夏丹妈妈似乎很不喜欢他这样的问话方式，说道："渐新，我们谈正事吧。听说你很快就发现丹丹并不是死于自杀，没想到你有那么大的本事，看来我以前一直都低看了你。不过渐新，我很感激你，是你在我最无助的时候帮助了我。"说到这里，她忍不住流泪哭泣。

林渐新的情绪受到感染，内心中也不禁升起一缕缕伤感，急忙敛住心神，说道："阿姨，我们谈正事吧。接下来我的问题可能会让您有些无法回答，甚至会难堪，但是为了能够寻找到夏丹被害的真相，请您无论如何都得如实回答我，好吗？"

夏丹妈妈愕然地看着他，问道："你这话是什么意思？"

林渐新没有向她解释，直接就问道："在夏丹和简立钦恋爱期间，您到简立钦的公司，到处打听他的情况，还找他的下属借钱，后来更是直接从简立钦那里借了三百万元，您能告诉我那是为什么吗？"

夏丹妈妈诧异了一下，估计是没有预料到林渐新连这样的事情都调查过了，不过她很快就回答了："我听说简立钦是个花花公子，我就是想看看他究竟是不是真的喜欢我家丹丹。我找他的下属借钱，是想看看他对我的容忍度究竟有多大，找他借钱也是为了考验他对丹丹喜欢的程度究竟有多深。我知道，区区三百万对他那样的家庭来讲简直就是九牛一毛，结果却想不到他竟然是那么小气的一个人……"

林渐新在心里叹息，又问道："您当时的想法是，如果他在借给了您那三百万元后依然不当一回事的话，您还会去找他借？"

夏丹妈妈点头道："是的，不然我怎么放心得下？即使是我家丹丹吃了他的亏，我也得找补一些回来不是？当然，如果他是真心喜欢我家丹丹更好，那笔钱就算是他的礼钱好了。"

果然是这样的想法。林渐新忍不住问道："可是据我所知，夏丹好像并不同意您那样去做。"

夏丹妈妈不以为然地道："丹丹年轻，心肠软，像这样的大事必须由我替她做主。渐新，你干吗问我这样的事情？这件事情和她被害有关系吗？"

林渐新含糊回答道："既然我专程跑回来问您这样的问题，肯定是有我的道理的……阿姨，还有一件事情我不能理解，既然您找简立钦借了那三百万元，为什么又找人给他发短信说夏丹已经和别的人好上了呢？难道这也是为了考验？"

夏丹妈妈惊讶地看着他："你说什么？我什么时候发过那样的短信？"

刚才的这个问题正是此次林渐新专程回来需要搞清楚的，本来开始的时候他想打电话问，但是又担心夏丹妈妈在这件事情上撒谎。这个问题太奇怪了，它一直萦绕在林渐新的脑海中难以释怀，而且他还隐隐感觉到其中隐藏着另外一种可能。现在看来自己的感觉是正确的。林渐新顿时精神一振，问道："既然不是您给他发的那条短信，那么您找他借钱的事情除了夏丹之外还有别的什么人知道吗？"

夏丹妈妈回忆着："别的人？"忽然间，她的神情变得古怪起来，"难道是……"

林渐新紧跟着问道："难道是谁？"

林渐新马上给曹能打了个电话，请他即刻叫来拼图师。与此同时，他还对曹能说了这样一句话："现在可以传讯孙家良了。"

据夏丹妈妈讲，那次她在北京的时候在简立钦的公司外边碰到了一位中年妇女，这人看上去雍容华贵，美丽端庄，一见到她就问她是不是大明星夏丹的妈妈。夏丹妈妈觉得很奇怪，问她是怎么知道的，中年妇女说道：“你女儿的气质好像你，也不知道是怎么了，我一看到你就觉得你应该是夏丹的妈妈，也就只有像你这样的母亲才培养得出来那么优秀的女儿。”

夏丹妈妈听了后当然高兴啦，心里虽然有些疑虑，但也不愿意再去怀疑什么，更何况这个中年妇女一看就不像是坏人，两个人很快就亲热地交谈起来。后来中年妇女提到了她自己的女儿，说女儿也是二十多岁，但是一点儿都不听话，找个男朋友一点儿都不靠谱。她的这个话题正好戳中了夏丹妈妈的心思，她就说起了自己对夏丹感情问题的担忧来。中年妇女说：“好像夏丹正在和一个公子哥儿谈恋爱是吧？现在的公子哥都花心着呢，你得有所防备，谁知道那个公子哥儿对你家夏丹是不是真心的。”

夏丹妈妈更是担心，说道：“是啊，可是我家丹丹好像很喜欢他的样子，我也担心她今后上当受骗。”

中年妇女道：“这好办啊，你可以找简家少爷的下属借钱，如果他连这样的事情都能够容忍的话，说明他是真心喜欢你闺女。”

过了几天，夏丹妈妈又碰到了这个中年妇女，夏丹妈妈告诉她说简家少爷已经知道了她借钱的事情，都替她还了，而且一点儿都没有责怪她。中年妇女对她说道：“这还不够，你应该直接找他借钱，先借几百万，然后借一千万、两千万，如果他还是不说什么的话，那就说明他是发自内心地喜欢你闺女，而且你手上有了那样一大笔钱，这一辈子也就不用担心什么了。”

夏丹妈妈担心地道：“这样不大好吧？”

中年妇女道：“有什么不好的？那些公子哥儿对自己真正喜欢的女人动不动就买别墅、跑车什么的，你把女儿带大多不容易啊，现在她又成了大明星，这点儿钱算什么？”

原来所有的主意都是这个人帮她出的。林渐新问道：“后来呢？”

夏丹妈妈道：“后来我就进去找简家少爷借钱了啊，借了钱出来那个中年妇女还在，我给她看了那张支票，这时候她准备用手机拍照，我忽然觉得有些不大对劲，急忙把支票收了起来。她有些尴尬，说：‘我就是想让我闺女也看看，让她向你家闺女好好学学。三百万元啊，这么容易就拿到手了。’后来丹丹知道了这件事情，找我大吵大闹，这时候我也觉得自己做得有些过分了，于是就从北京回来了。”

林渐新忍不住问：“夏丹因此和简立钦分手，您就一点儿不感到内疚？”

夏丹妈妈不以为然地道：“真正的有钱人家绝不像那样，分手就分手吧，免得嫁到那样的人家去受罪。”

林渐新看着她：“可是第二天夏丹就把那笔钱还给了简立钦，您前面借的钱她也都还了，你知道吗？”

夏丹妈妈惊讶了一下，忽然就哭了：“丹丹这闺女就是心肠太好了……”

林渐新的心里忽然烦躁起来，以至于根本就不想去看眼前这个熟悉的老邻居。在他的印象中，夏丹妈妈一直都是和蔼可亲的，虽然有些好强，但从来没有让他有过此时这种面目可憎的感觉。林渐新深呼吸了好几次才终于平静下来，问道：“翟清风，这个人您认识吗？”

夏丹妈妈依然在低头哭泣着：“不认识……”

林渐新分明看到她的身体战栗了一下，温言道：“我希望您能够对我说实话，我的每一个问题都对揭开夏丹被害的真相有帮助，您明白吗？”

夏丹妈妈忽然抬起头来，眼里全是泪水：“我真的不认识！随便你相不相信，我就是不认识他！”

林渐新不为所动，双眼一直盯着她：“可是您知道这个人，是吗？”

“你别问了，我心里难受，你别问了好不好？我求求你了。我真的不认识这个人，真的……呜呜！”夏丹妈妈近乎歇斯底里了。林渐新收回了目光，心里很是疑惑：她刚才好像并没有撒谎。林渐新一时间想不明白究竟是怎么一回事，只好回到前面的那个话题，温言问道：“您还记得那个中年妇女的模样吗？”

夏丹妈妈一边哭泣着一边点头。

一个多小时后，拼图师通过夏丹妈妈的描述终于画出了那个中年妇女的画像。林渐新问道：“您确定就是这个人吗？”

夏丹妈妈点头，问道："她……"

林渐新没有回答她，从钱包里面取出一张银行卡来放在夏丹妈妈面前："这个您拿回去，这个世界上有一些东西比这个更重要。"随即扫视了眼前的金碧辉煌，又看向那台大钢琴，叹息了一声，"阿姨，其实您用不着那么累的，您只需要把夏丹养大就可以了，后面的路应该让她自己去走。"

说完后他就直接走出了这栋别墅，外面竟然出现了阳光，空气清新得让他打了个喷嚏。在门口站了一会儿，忽然感觉身后的别墅就像乌龟的壳。他没有回头，直接就走了出去。

林渐新去了一趟自己的心理诊所，在路上他给上次还没有处理完的那个病人打了个电话。

"我看了你给我的录像，你最近是不是经常梦见你的父亲？或者，当你独处的时候他就会出现在你的面前？你想过没有，为什么你父亲一直不愿意离你而去呢？"

漂亮女病人迷惘地看着他："为什么？"

林渐新问道："你以前出门经常忘了带钥匙、手机，考试的时候忘了带钢笔，都是你父亲时常在提醒你，或者他会将这些东西送到你的手上，是这样的吗？"

漂亮女病人点头："是的。"

林渐新道："所以，在你的内心深处不愿意让父亲离去。你所见到的你父亲的鬼魂，那不过是你的幻觉罢了，如果这样的情况继续下去的话，幻觉还会越来越严重，你父亲会在你上班的地方，大街上，人群中，只要是你能够看到的地方出现。"

漂亮女病人道："我就想随时能够看见他。"

林渐新叹息了一声："如果这个世界上真的有鬼神的话，你这样就太自私了，这样会让你父亲的灵魂一直得不到安宁，他会在另外的那个世界饱受折磨。难道你希望这样的状况继续下去吗？"

漂亮女病人："我……"

林渐新温言道：“父母把我们养大，到了你这样的年龄就应该去恋爱，然后结婚、生孩子，这是我们每个人必须要面对的生活。当然，你的情况不一样，因为你的精神出现了问题。解决你的这个问题其实并不难，一方面可以通过药物缓解你的幻觉，另一方面需要你逐渐放弃对父亲的依赖。”

漂亮女病人问道：“那我究竟要怎么做才可以呢？”

其实就在刚才，林渐新已经发现她时不时朝着窗户看。林渐新的目光看向窗户，对她说道：“他就在那里，是不是？你现在就告诉他：爸爸，我已经长大了，我会好好生活，找一个像您这么好的男人结婚，然后幸福地过一辈子。”

漂亮女病人惊讶地看着他：“你也看得到他？”

林渐新摇头：“不，我看不见。我说了，他的存在其实是你不愿意让他离去。现在，你按照我说的去告诉他，这样的话他才会放心地离去。”

漂亮女病人有些犹豫：“我……”

林渐新用鼓励的目光看着她：“告诉他，这样的话他的灵魂才会得到安宁，这也是你作为女儿应该做的事情，你说是吧？”

漂亮女病人终于站了起来，朝着窗户的方向走了过去：“爸爸，我已经长大了，您不用天天跟着我了。”这时候她忽然号啕大哭起来，“爸爸，您走了后我好害怕啊。你告诉我，今后我该怎么办啊？爸爸……”

林渐新叹息了一声，他发现自己还是太急了些。

林渐新回了一趟住处，让自己经历了幻觉的折磨后才出发前往机场。晚上还有最后一班飞往北京的飞机。

曹能那边第一时间将画像传给了北京警方。林渐新在去往机场的路上接到了左辉的电话，左辉向他通报了几个重要信息：第一，曾浮确实是在徐建的授意下将钱慕白拉进了他们的小圈子，不过当时徐建只是说他很看好这个人；第二，徐建的母亲确实正在住院，乳腺癌晚期，已经转移到了肺部；第三，徐建那个圈子里面的人都不清楚心理师的事情；第四，那幅画像的身份已经查明了，她是翟清风的现任妻子汤唯一。

林渐新惊讶了一下："翟清风现在的妻子？"

左辉道："是的，至少从画像上看非常像她。"

林渐新喃喃地道："财产……利益……嗯，倒也是，她也应该属于被覆盖的范畴。左警官，我马上就要到机场了，我们见面谈吧。"

左辉道："我去机场接你，你千万不要拒绝。这个案子太有意思了，你得告诉我你最后的结论，不然的话今天我肯定睡不着觉。"

林渐新却如此说道："现在去谈最后的结论还稍微早了些。也许明天，一切才会最终明了。"

左辉更是充满着好奇："那我也必须来接你。"

飞机晚点了一个多小时，据说是天气的原因。林渐新预感到一场大雪将要降临，心里反倒期盼，毕竟身在南方很少见到雪景。历史上很多次瘟疫最终都是因为寒冷而得以消除，二战也因为如此才改变了世界的格局。那么这一次又将改变什么？林渐新在飞机上胡思乱想，甚至不想再去分析案情。案情已经基本上明朗，就看最终究竟是一个什么样的结局。

左辉果然在机场出口处等候，他的鼻尖还是红红的，这说明室外的温度非常低。林渐新很是感动，歉疚地道："辛苦你了。"

左辉笑道："没事，今天晚上不见到你的话我肯定睡不着。走吧，我们进城去，找个地方喝两杯。哦，你好像是不能喝酒的，没事，那我们就去吃涮羊肉。"

林渐新倒是不在意，微微笑着问了句："你知道了我在北京的事情？"

左辉点头："你的事情让我很感动。"

林渐新苦笑道："感动什么？不过就是我自作自受。对了，那几个人都还没有动吧？"

左辉笑道："你没发话，我们怎么可能去动？林医生，你说这个幕后的凶手究竟是翟清风的前妻还是他现在的老婆？"

林渐新问道："你为什么不怀疑徐建？"

左辉嘿嘿笑着说道："那样一个蠢货，我不认为他具备那么高的智商。"

林渐新摇头道："这只是一个方面，而更重要的是他母亲不会让他参与到杀人事件中去。很显然，夏丹被害的根源是因为翟清风今后的财产，而其中最大的受益者就是徐建。徐建的母亲将不久于人世，这位母亲已经感觉到儿子所面临的巨大危机，所以必须尽快将这件事情做完。正因为如此，她才催促把杀害夏丹的进程尽快完成。这本来是一件铤而走险的事情，想不到夏丹天命如此，那天她正好感冒忘记插上插销，这样就使得钱慕白在被催眠的情况下顺利地完成了催眠师的杀人指令。而对于一位母亲来讲，她需要的是让儿子今后顺顺利利继承财产，而不是把他送入监狱，即使是些许的风险也不会让自己的儿子去冒。"

左辉问道："所以，你还是倾向于幕后的那个凶手就是翟清风的前妻？"

林渐新闷闷地说了一句："现在还不能做最后的判断，因为还有好几个问题没有搞清楚。第一，夏丹和翟清风究竟是什么关系？从她被害的结局来看，她很可能就是翟清风的情人。可是我觉得无论是翟清风还是夏丹似乎都不是那样的人。这也是我现在感到最困惑的地方。第二，徐建为什么要去怂恿钱慕白和夏丹谈恋爱？而后来汤唯一却又花费那么大力气去拆散夏丹和简立钦？如果徐建的目的是为了让夏丹远离翟清风，那么汤唯一那样做又是为了什么？这二者显然是矛盾的……嗯，现在我有些想明白了，除非是翟清风的前妻和汤唯一根本就没有任何的联系，她们两个人都是在意识到了危机的情况下分别在行动。对了，这样的话一切就很好解释了。"

左辉问道："也就是说，翟清风的前妻最开始并不想杀害夏丹，只是指使儿子去给夏丹找一个可靠的男朋友……不对，那时候夏丹已经和简立钦在一起了啊……"

林渐新顿感头疼："是啊……"

左辉想了想，忽然道："还有一种可能，那就是翟清风的前妻和汤唯一确实有过合谋，只不过她们两个人在如何处理夏丹的问题上产生了巨大的分歧。无论是让钱慕白追求夏丹，还是出主意让夏丹的母亲去找简立钦借钱，其目的都是为了破坏夏丹的名誉，这个计策一旦成功，夏丹就会被冠上朝三暮四、诈骗钱财的恶名，如此一来翟清风就会因此而远离夏丹。只不过钱慕白的求爱失败了，简立钦因为害怕被骗及早向夏丹摊了牌，而且夏丹也很快还清了那笔钱，这样一来破坏夏丹名誉的计划也就因此而失败。于是在这样的情况下徐建的母亲才最终采取了非常措施。”

林渐新感叹道：“在逻辑推理方面我差你太远，经过你这样一梳理，案情似乎就非常清楚了。”

左辉并没有因此而自得，他皱着眉头想了想，道：“可是，幕后的那个心理师究竟是谁呢？”

这时候林渐新忽然问道：“徐建的母亲不会出事吧？”

左辉道：“不好说，我去医院的时候她已经住进了重症监护室……不行，我们得马上去医院！”

此时已经是午夜过后，这座城市已经进入沉睡，白天堵车的状况已经不再，左辉驾驶着警车一路风驰电掣。

在去往医院的途中林渐新接到了曹能的电话：“你的手机一直关着，是不是晚点了？本来不想这么晚还给你打电话的，但是我觉得还是早一些告诉你为好。”

林渐新忽然有一种很不好的预感：“出什么事情了？孙家良跑了？”

曹能道：“他出境了，今天，不，准确地讲应该是昨天中午的事情。据说是去国外参加一个什么冬季电影节，本来邀请函上请的是欧阳导演和他，欧阳导演不是走不开吗，于是他就一个人去了。”

林渐新讶然：这件事情为何如此凑巧？

翟清风的前妻，徐建的母亲死了。她的死相当于是自杀。据当班的医生和护士讲，本来已经昏迷的她被转入重症监护室之后，不知道在什么时候突然清醒过来，一下子拔掉了身上的呼吸管和输液针头，当医生和护士看到报警灯亮起跑过去的时候发现她已经停止了心跳。

“她是不是知道你马上就要调查到她了？”左辉低声问林渐新。

林渐新摇头道：“这个不好说。也许是她恐惧于继续等待死亡的到来，或者是她自以为心愿已了。真是一个可怜的女人，其实她不知道翟清风并不想把财产留给儿子。真可谓机关算尽啊，可是到头来呢……”他叹息了一声，“看来有些事情还真是拖不得，我本来是想先去找翟清风谈了再说的。”

左辉建议道：“那现在是不是先将徐建……”

林渐新摇头，道：“算啦，也许他什么都不知道。他刚刚失去了母亲，这个时候……太不人道了。明天过后再说吧，等我去找翟清风谈了再说。”

第二天一大早醒来，林渐新发现依然没有下雪。不过玻璃窗上蒙上了厚厚的一层白雾，这是内外气温差过大造成的。他洗漱完毕，到楼下吃了早餐后给翟清风打去了电话：“我想来找您兑现那个承诺。”

翟清风云淡风轻的语气：“哦？你想要什么？”

林渐新道：“我们见面再说吧。翟先生，您不会因为害怕我狮子大开口而不愿意见我吧？其实我想要你兑现的承诺很简单，不是金钱，不是财物，仅仅是一个请求而已。”

他的话一下子就让翟清风的好奇心大起：“那究竟会是什么？好吧，我们见面谈，我很期待你的那个请求究竟是什么。”

林渐新没有通知左辉，下楼后就看到了驾驶员小简。

翟清风在电话里面告诉了他一个见面的地方，小简说，那好像是一个高尔夫球场。

果然是一个高档的高尔夫球场。翟清风带了两个保镖，他亲自在车旁迎候，林渐新下车的时候他笑着说了一句：“车不错。”

林渐新道：“简少的车和驾驶员，我临时用一下。”

翟清风一点儿都不吃惊的样子，笑了笑，说道：“哦，我和他有过合作，他爹有福气，生了个这么好的儿子。”

林渐新看着他：“所以有些事情不能比较。想必您现在十分后悔：要是当初能够将儿子带在身边就好了。”

翟清风却在摇头：“我也不一定管得好他。俗话说，江山易改，本性难移。现在我越来越相信一个人的命运早就是由上天所注定，难道林医生不这样认为？”

林渐新并没有反对：“也许吧。您儿子翟景天的母亲，也就是您的前妻昨天晚上去世了，您应该已经知道了，是吧？为什么不去看看他们？”

翟清风满脸萧索：“这个世界上的人谁能不死？迟早的事情而已。翟景天……呵呵！他似乎不大喜欢这个名字，他好像更喜欢别人叫他徐建。”

林渐新笑了笑，道：“我知道，其实翟景天才是他本来的名字，这个名字是您给他取的……翟先生，您不会因为这个才不想把财产留给他吧？”

翟清风微微摇头：“儿子不愿意认父亲，我这个做父亲的虽然心里不舒服，但是还不至于因为这样的事情真的去和他计较。关键是他不学无术，恶习满身，却又偏偏喜欢自作聪明，如果我把公司交给他，也许要不了两年他就把这个家给败光了。”说到这里，他又摇了摇头，“林医生，你确实很沉得住气，说吧，你需要我兑现的承诺究竟是什么？”

林渐新缓缓地道：“说实话。”

翟清风愕然：“说实话？刚才我不是一直都在说实话吗？你的请求就这个？”

林渐新毫不犹豫地点头：“是的。我的请求就这个：说实话。从现在开始，我向您提出的每一个问题都希望你能够如实地回答我。”

翟清风苦笑着说道：“你的这个请求看似简单，其实很难啊。你换一个请求行不行？”

林渐新笑道：“君子一言，驷马难追。难道翟先生不想做一个坦坦荡荡的君子？”

翟清风大笑，道：“虽然我明明知道你这是激将法，但是我却偏偏无法回绝。好吧，我答应你。林医生，我们边打球边交谈？”

林渐新苦笑着说道：“我对这个一点儿都不会，而且我看这样的季节似乎也不适合这项运动。翟先生，我看您是来这里放松心情的吧？这样吧，我们还是找一个地方坐下来慢慢说话最好。”

翟清风朝不远处的保镖吩咐了一句：“今天上午我任何人都不见。”

高尔夫球场本来就是富人的俱乐部，这里面的服务应有尽有。在一间装修奢华的房间里面，林渐新和翟清风相对而坐，在他们面前圆形的高几上放着两杯绿茶，正冒着丝丝热气，散发出满室的清香。

翟清风舒展了一下身体，道："问吧，既然我已经答应了，接下来你所有的问题我都会如实回答的。"

虽然林渐新足够冷静与克制，但在这一刻依然还是控制不住自己，直接问出了那个仿佛来自他潜意识之中的问题："夏丹，她和你究竟是什么关系？"

作为心理医生，一直以来林渐新都是非常注重询问技巧的，包括每一个问题的先后顺序都十分有讲究，而且每一次在他询问之前都会在心里做一次简单的演练。心理医生是一种非常特殊的职业，从业者触碰的是他人的灵魂，不得不小心翼翼、如履薄冰。而此时，林渐新发现自己一直以来坚持的冷静没有了，心也乱了。不过在问出了这个问题之后他却并不后悔，因为这个问题事关他对夏丹最完整的了解与评判。问出了这个问题之后，他的目光就没有再离开翟清风的脸。

希望他回答我的是一个否定的答案。林渐新在心里祈祷着。

然而翟清风的反应却有些出乎林渐新的意料，他皱眉问道："为什么你也认为我和夏丹有着那样的关系？这不是无稽之谈嘛！"

林渐新发现他的反应并没有一丝一毫的做作，心里暗暗松了一口气，问道："我也？难道还有其他人也这样认为？或者说是……相信？"

翟清风朝他摆手道："我说了，这简直就是无稽之谈！林医生，我知道你在调查夏丹的案子，难道这件事情与她的死有关系吗？"

林渐新点头："我可以告诉你，完全有关系。"

翟清风满脸的惊讶："是吗？怎么一下子就牵扯到我这里来了？"

他的惊讶也是真实的，由此可见，翟清风对很多事情根本就不知道。林渐新道："有些事情我暂时放一下，一会儿我们再说。翟先生，记得我曾经问过你这样一个问题：夏丹在出演她最后这部电影之前你们好像对她饰演女一号的决策有过动摇。现在我想知道的是，这其中真正的原因是什么？"

翟清风沉思了片刻，回答道："其实就是你刚才问我的那个问题，因为有人认为我和她的关系不正常。"

林渐新忽然笑了："你是主要的投资人，即使是你和夏丹有那样的关系，别人也不能左右你的决定，除非是你的家人。翟先生，我说得没错吧？"

翟清风叹息了一声："林医生，你这人让人感到有些害怕。难道你真的能够读懂他人心里所想？"

林渐新笑道："翟先生把我想得太神奇了，我哪有那样的本事？我们每个人都会心有所惧，或者信仰，或者亲情，而在亲情面前，我们并不是真正畏惧，只不过是宽容与妥协罢了，这说到底就是人性。上次翟先生告诉我说你现在的妻子不能生孩子，所以你的内心对她有着愧疚也是非常正常的事情。不过我不明白的是，你最终为什么还是选择了夏丹？"

其实翟清风早就注意到了林渐新已经不再对他使用尊称，不过他并不十分在意，回答道："原因很简单，我和有些投资人不一样，我是真的喜欢电影，那是我年轻时候的梦想。还有，这部电影的投资人不止我这一家，我要替其他投资人着想。我看过剧本，无疑，夏丹是最适合饰演女一号的演员，所以，我最终才不顾家人的反对做出了这样的决定。"

林渐新点头，心里对他充满敬意，又问道："可以告诉我您和前妻离婚的原因吗？"

翟清风忍不住又问道："这个问题很重要吗？"

林渐新点头："非常重要。因为我必须把夏丹死亡的真相全部搞清楚。"

翟清风大吃一惊："难道你认为夏丹的死和我前妻有关系？"

林渐新点头："很可能有关系。因为您和她有一个儿子。"

翟清风勃然变色："你说的是我的财产？可是，这和夏丹有关系吗？哦，好像是有些关系，如果她也认为我和夏丹是那样的关系的话。这个女人，简直是太愚蠢、太可怕了！"

林渐新急忙道："翟先生，请您先冷静一下，我们还有很多问题要谈。"

翟清风颓然地靠在了椅子上，这一刻，他的精气神仿佛瞬间流逝了许多，腰也不再像以前那么挺直。他长长地叹息了一声，说道："我从白手起家走到今天，这辈子都在为金钱活着。年轻的时候为了挣钱早出晚归，为了拿下一个项目陪人喝酒喝到去医院输液，但是我却一直乐此不疲，因为我赚到的每一分钱都让我非常有成就感。那些年我一直就像这样在外面忙活，很少去管家里和孩子的事情，我觉得本来就应该如此，男主外女主内嘛。”

林渐新问道：“孩子的成长是需要父亲陪伴的，您现在后悔吗？”

他摇头：“不后悔，后悔也没有用。人生就是如此，有所得就必定有所失，能够做到面面俱到的人本来就很少。”

其实还是后悔了，只不过这样的后悔隐藏在他的潜意识里面。林渐新道：“您继续。”

翟清风道：“那是孩子大概五六岁，也许是七岁的时候吧，有一次我陪客人，和往常一样喝醉了，然后去了一家娱乐场所，那天和客户谈成了一个很大的项目。回家后我特别兴奋，就在没有采取安全措施的情况下和妻子同了床，结果几天后她发现自己染上了性病。她非常生气，质问我是不是经常在外面胡搞，我当然不会承认，只是说就那一次，主要是因为那天喝醉了。想不到从此她就开始跟踪我，不多久就在夜总会的包房里面找到了我并在那里大吵大闹。那天是我和上次那个客户谈合同细节的关键时刻，而且想不到她还报了警，最终的结果可想而知。那可是我跟了近一年才终于将要到手的项目啊，其中花费了我多少的心血和前期费用啊。就这样，我一气之下和她离了婚。当时她提出了两个条件：一半的家产和孩子。我都答应她了。唉！想起来我这一辈子也是真够悲哀的，挣了那么多的钱，到头来却不知道该拿那些钱去做什么。最近一段时间我好像终于想明白了，人活着就像蚂蚁一样，一直忙碌一直忙碌，不敢让自己停下来，停下来就担心自己会成为废物，这也许就是我这辈子活着的意义吧。”

林渐新看着他：“所以，您并不是真的喜欢钱？”

翟清风点头：“甚至，我还有些痛恨它！我那儿子翟景天，不，他说他叫徐建，你说他那样的资质，我给他那么多钱干吗？我这辈子就已经这样了，难道我还要用那东西继续去害他不成？”

虽然以前说过那么多的理由，或许这才是他真正的想法。林渐新轻声问道："那么，您对您的前妻内疚吗？我说的是现在。"

他摇头道："有什么好内疚的？如果当时她不采取那样的方式，也许我会有所收敛。男人嘛，谁没有过在外边逢场作戏的时候？但是只要心还在家里不就行了？她那样的做法也就彻底切断了我对她最后的那一份情感，甚至连内疚的想法都不曾有过。"

林渐新问道："那么，后来呢？您和现任的妻子结婚后还是像以前一样吗？"

翟清风忽然笑了："如果不是你的话，我还真不想回答这样的一些问题。说起来也许你不会相信，我和现在的妻子结婚之后还真的没有再去外面鬼混过，一次都没有。"

林渐新问道："为什么？仅仅是因为她不能生孩子？"

他摇头道："不，是我忽然觉得没有了意思。女人嘛，就那么一回事，没有情感的性爱就和动物一样。"

这倒是说到了实质的问题上，不过很多年轻人不懂，因为动物的属性会无限制地刺激荷尔蒙，让人去享受欲望带来的纯粹快感。他后来能够懂得其实很正常，因为他经历得太多，早已厌倦，于是人性开始复苏。

林渐新点头，道："我完全相信您说的都是真的。翟先生，可以谈谈您现在的妻子吗？"

翟清风皱眉问道："哪方面的？"

林渐新道："所有。"

翟清风再次愕然："这也和夏丹的死有关系？"

林渐新看着他："您说呢？其实您已经意识到了某种可能，只不过内心不愿意那样去想，而且也害怕去想罢了，您说是不是？"

翟清风的脸色更加难看了，仿佛一下子衰老了许多："林医生，你太残忍了。"

林渐新摇头道："翟先生，并不是我太残忍，而是有些事情已经发生了，所以我们都必须去面对。其实您早已学会并懂得了去面对，难道不是吗？"

翟清风叹息道："年轻的时候我从来不害怕去面对任何事情，现在老了反而担心自己承受不住了。好吧，既然我已经答应了你，那你就随便问吧。”

被动地回答问题其实也是一种逃避的方式，这样至少可以让自己少一些负罪感。林渐新能够理解他此时的心境，点头问道：“您和您现在的妻子是真感情吗？”

翟清风道：“应该算是吧。她是小户人家出身，她母亲死得早，父亲嗜赌如命，有人把她介绍给了我，我替她父亲还清了赌债，不多久她就嫁给了我。她很漂亮，和我结婚之前还没有经历过男人，可是想不到她不能生孩子。这都是命。她父亲特别喜欢赌博，不过输的钱我还能够承受，一年下来也就那么几百万元。我对小汤说，他赌了一辈子，就这个嗜好，让他玩去吧。想不到的是，我和小汤结婚后他玩了两三年就忽然不玩了，他说没意思。他不赌博后没过几年就生病死了。小汤喜欢养狗养猫，到处去捡那些流浪的猫狗，开始的时候还把它们养在家里，每天叫得我睡不着觉，我知道她一个人在家里寂寞，也不好多说什么。后来倒是她自己觉得那样不好，于是就在外面专门租了一套房子去养她的那些动物。以前我去那地方看过。嗬！那里面的猫和狗加起来有近百只！她还专门聘请了一个兽医专业毕业的年轻人在那里照顾那些动物。我听说喜欢动物的人往往心善，小汤本来也是一个温婉贤惠的女人。林医生，说实话，我实在不能想象她和夏丹的死有任何的关系。现在你们手上有证据没有？是不是你们搞错了？”

林渐新道：“我并没有说你妻子就是凶手啊，不过有些事情她肯定是参与了的，这一点我们手上已经有了充分的证据。其实今天我来找您也是为了将情况进一步搞清楚。翟先生，您和夏丹之间究竟是怎么回事？您的前妻和现任妻子为什么都认为您和她的关系很不正常？”

翟清风苦笑着说道：“我前妻为什么那样认为我不知道，但是小汤怀疑我和夏丹应该是一场误会，可是我怎么解释她都不听。女人怀疑起自己的丈夫来有时候很可怕，不过小汤这一点比我前妻做得好，她也就是在家里和我大吵大闹，到了外面从来都不提。”

林渐新问道：“误会？究竟是什么样的误会，以至于让您的妻子到了深信不疑的程度？”

翟清风道："几年前，我投资过一部电影，那部电影让夏丹迅速走红。这件事情想必你已经知道了是吧？"

林渐新点头。翟清风继续道："作为投资人，我们在前期选演员非常慎重，当时除了夏丹之外还有另外两位年轻女演员候选。有天晚上我正在洗澡，手机放在客厅的沙发上面，我洗完澡出来小汤就朝我大吵大闹，说我投资电影的企图不良。当时我感到莫名其妙，就问她为什么要无端怀疑我，她指着我的手机对我说：'你自己去好好看看！'我疑惑地拿起手机，这才发现上面有好几条短信，只见短信的开头就自我介绍说她是夏丹，紧接着后面的内容谄媚得肉麻，而且还带有非常明显的那方面的暗示。我当时看了后非常生气，对那个叫夏丹的演员也一下子没有了好感。本来我是准备直接就把她拿掉的，不过想到如果没有合适的理由向其他的投资人也不好交代，毕竟夏丹还很年轻，今后还得继续在这一行混下去。于是我约了她到我的办公室来，准备用她发给我的短信劝说她主动退出。其实我在那之前对夏丹的印象一直非常不错，这个年轻演员很有灵性，而且外貌也非常符合剧中的角色，想不到她的内心竟然那么不堪。那天夏丹是接近中午的时候才到的我办公室，她身上穿着白色T恤和牛仔裤，目光清澈得像天使一般，当时她的整个气质和形象一下子就触动了我，这不就是剧本中所描述的那个女孩吗？不过理智告诉我，她显然是有备而来的，由此也说明这个女孩子非常不简单。当时我什么都没有说，直接把手机递给了她，我想看看她接下来将会如何表现，或者如何解释。然而让我想不到的是，当她看了我手机上面的那几条短信之后，脸色一下子变得苍白起来，嘴唇不住发抖，眼泪也一下子出来了。她将手机还给了我，朝我鞠了一躬，当她直起身子来的时候脸上已经满是泪水，轻声说了一句：'对不起，我知道自己该怎么做了。'说完后就转身准备离开。我忽然觉得有些不大对劲，就急忙叫住了她，问道：'你不准备对我解释一下？'她微微摇头，眼泪流淌得更厉害了。我更加觉得事情有些蹊跷，问道：'难道你就准备这样放弃这次难得的机会了吗？'她仿佛下了很大的决心后才说了一句：'如果我说那个电话号码不是我的，您相信吗？'就那一瞬，我好像什么都明白了，问她道：'你知道那是谁的号码吗？'她的眼泪流淌得更厉害了，对我说：‘如果您相信我的话，就不要再去查这个电话号码是谁的了，好吗？否则的话我宁愿放弃这次机会。’说完后她就离开了，离开前还特地将眼泪揩拭得干干净净。后来我问了导演三个候选女演员的电话号码，发现都不是我手机上那个号。人都是有好奇心的，于是我就让下面的一个员工拨了那个号码，终于明白当时夏丹为什么要对我说那样的话，为什么会是那样的表情。当母亲的为女儿争取机会，这一点我倒是能够理解，不过这样的母亲实在是太愚蠢、太不堪了。当然，这件事情我一直没有对任何人讲过，毕竟那与我要投资的电影无关。然而就在那天晚上，当我回家后小汤忽然问了我一句：‘那个女演员挺漂亮的，她是不是今天到你那里去完成她的承诺了？’我没法向她解释，只好说：‘难道我在你眼里，真的就是那样的人？’她说：‘你以前是因为什么离婚的你以为我不知道？’我气急之下就说了一句：‘既然你如此不相信我，那我们离婚好了。’她很是吃惊地看着我，然后就开始哭，一个人在那里哭，声音也不大，就是默默地流眼泪。我一下子就心软了，对她说了很多好话，又劝说了很久，她这才终于说了一句：‘我这不是害怕你有一天会离开我吗？’”

说到这里，他替自己点上了一支烟，苦笑着摇头：“林医生，如果你是我的话会如何处理这样的事情？”

林渐新还在震惊于夏丹妈妈所做的那件事情，与此同时，他也禁不住想起了头天夏丹妈妈的哭泣，很显然，也就是在那个时候她才突然意识到了女儿的死或许与她有关。林渐新摇头道：“我不知道。如果是我的话很可能会用同一种方式。”

翟清风将剩下的半截香烟摁在了烟缸里面，继续说道：“后来小汤倒是再也没有在我面前吵吵闹闹了，每天去看她的那些动物，回来后在家里养养花草，精神状态看上去很不错。一直到我决定投资最近的这部电影，也不知道她是从什么地方听到的消息，知道了我又准备让夏丹担纲女一号，于是又找我吵。为了她，我中途确实有过犹豫，不过后来我还是决定让夏丹担任主演。随便小汤她怎么想吧，只要我问心无愧、内心坦荡就好。”

这一刻，林渐新忽然觉得心里有些怪怪的，他感觉在翟清风现在的婚姻中似乎还存在着另外一种可能。他想了想，对翟清风说道："谢谢您告诉了我这么多。翟先生，为了进一步把一些事情搞清楚，我必须拜访一下您的妻子，这还得麻烦您安排一下。"

翟清风朝他投去了感激的目光："应该是我谢谢你，我知道，事情到了这一步，你不去找她就是警察直接上门了。这样，我给她打个电话说一下，让她在家等着你。"

翟清风拿着手机出去了，不多一会儿进来对林渐新说道："我告诉她你是我的一位朋友，准备去家里坐一会儿，让她好好接待你一下。"他叹息了一声，"但愿她只是一时糊涂，没有做过特别过分的事情。唉！一切都听天由命吧。"

这时候林渐新忽然问了他一句："翟先生，您已经有多久没有和您妻子同房了？"

翟清风的神色从愕然瞬间变成了恼怒："你连这个也要关心？"

林渐新解释道："如果不是因为那样的话，您的妻子干吗要执着地怀疑您？"

翟清风愣了好一会儿，叹息着说道："有人说，男人这一辈子就那么多次，年轻的时候浪费多了，到老了也就没兴趣了……"

他这已经是变相回答了刚才的那个问题。林渐新更加觉得自己刚才的猜测极有可能，解释道："我这就去您家里。对了，我对您妻子养的那些动物很感兴趣，您能告诉我具体的地址吗？"

翟清风诧异地看着他："你还对这件事情感兴趣？"

林渐新笑道："我到了您家里，总得先有个合适的话题去和您妻子交流吧，您说是不是？"

翟清风看着他："你这人有时候真的很可怕，真真假假、虚虚实实，谁知道你心里究竟是怎么想的。也罢，我相信你是一个非常敬业的心理医生，所以告诉你也无妨。"

林渐新暗暗记住了他告诉的地址，又问道："对了，您前妻好像认识一位专家级别的心理师，您知道那个人是谁吗？"

翟清风摇头道："我和她离婚后就很少去管她的事情了，也就是最近几年以孩子的名义给了她几笔钱。你说的这件事情我不清楚，也从来没有听说过。"

林渐新又问道："您说的那几笔钱是您主动给的还是您前妻去找您要的？最后一笔钱是什么时候给的？数额是多少？"

翟清风道："就最近这两三年吧，前后给了三次，大概有四五百万元。最后一次是在一个月前，她忽然出现在我公司外面，人瘦得都脱了形，她就站在我办公室玻璃窗外面不远处，我也听说她患了绝症，心里一软就让人送去了一张两百万元的支票。前面两次都是我主动给的，我听说徐建天天在外面花天酒地，估计家里的钱差不多被他败光了。给了钱之后我又让他到我公司来上班，他毕竟是我的儿子啊……"

林渐新也禁不住叹息："是啊，毕竟血浓于水……对了，孙家良究竟是谁的关系？你现任妻子还是你前妻的关系？"

翟清风用诧异的目光看着他："孙家良怎么会和她们扯上关系？"

于是林渐新就把前因后果对他讲述了一遍。翟清风皱眉道："在我看来，孙家良是一位非常优秀的制片人，准确地讲，我进入影视圈，他在其中起了很大的作用。这个人善于社交，做事认真，对了，他的孩子初中就去国外读书了，妻子也跟着出去了，就他一个人在国内，不过我从来没有听说过有关他的绯闻。这样的人怎么可能做出那样的事情来呢？"

林渐新在心里不以为然：这个世界上的诱惑很多，有些事情谁能够说得清楚？翟清风看了一眼林渐新，说道："他到国外参加电影节去了，举办地正好在他孩子读书的地方。让他去参加其实也是我的意思，顺便探探亲嘛。这样，我马上给他打个电话问问。"

林渐新并没有反对。翟清风拨了号码后顿时皱眉："怎么会关机呢？"又开始拨另外一个号码，眉头皱得更紧了，"他国外的家里怎么也没人接电话？"

林渐新微微一笑，说道："如果我猜测得不错的话，最近国内的任何人都可能联系不上他。"

翟清风放下手机："可是，他为什么要那样做呢？"

本来林渐新还准备问他几个问题的，忽然间觉得继续问下去的话对他来讲实在是太过残忍。和汤唯一见了面后就一切都明了了。他如此对自己说道。

林渐新坚持不让翟清风送自己出去，他知道，此时此刻这位大老板的心情肯定糟糕透了。从里面出来后他惊讶地看着远远站在那里的左辉，慢跑过去问道：“你怎么找到这里来的？”

左辉微微一笑，反问道：“这样的事情对我们警察来讲很难吗？”

林渐新禁不住说出了刚才翟清风的那句话来：“有时候想起来，你们真是可怕。”

左辉正色道：“林医生，你错了，这不是可怕，这是对老百姓安全的保障，是我们必须具备的能力。”

林渐新顿时肃然，道：“是我有些偏颇了。左警官，今天的事情我没有通知你，请你谅解，不过像这样的谈话确实不大适合你们参加。接下来也是如此，毕竟有些事情我们暂时还没有证据，而且还涉及个人隐私，你以警察的身份参与进来很容易尴尬。”

左辉点头道：“我完全能够理解，所以我一直没有给你打电话。我还是那句话：接下来做任何事情你自己决定，我们全力配合就是。”

他的这种态度反倒让林渐新感到很不好意思，歉意地道：“接下来我要去一个地方，主要是想证实我的一个推断，这件事情和案子没有关系，涉及的是心理方面的问题。这样吧，今天之内我会与你联系的，那时候想必案情已经基本上清楚了，接下来该如何处理就是你们警方的事情了。”

左辉沉吟着说道：“林医生，我完全相信你的能力，可是……如果与案件有关系的关键人物出了问题的话，我这里不大好向上面交代啊，所以林医生，也请你理解我们的难处才是。”

林渐新明白他的担忧，只好妥协：“这样吧，你可以和我一起，不过最好暂时不要暴露你警察的身份。”随即对小简道，“那你先回去吧，我坐这位警官的车。今天不用管我了。”

左辉大喜：“没问题。我尽量少说话，就在一旁看着、听着就是。”

林渐新忽然有一种上了当的感觉，但是话已说出，想要反悔就很难了。这一刻，他在心里不住告诫自己：这个世界上的聪明人很多，千万别再小瞧了他人的智慧与能耐。

第十九章

危险关系

翟清风告诉林渐新的那个地方位于城西四环以外，这一片还没有得到完全开发，高楼大厦之下遍布着破旧房屋以及临时搭建的工棚，小巷狭窄，人车无序，给人乱糟糟的感觉。林渐新在车上发现了一处隐藏在小巷里的涮羊肉馆，顿时觉得这个地方似乎更有老城的气息。

汤唯一租用的地方就在这条小巷里面，是一个普通四合院，应该是二十世纪八九十年代的民居建筑。像这样的房子业主一般是不会出售的，都是等开发拆迁的时候待价而沽。林渐新相信在不久的将来这一片都会变成现代建筑，其实这些破旧房屋的主人一个个都是隐形富豪。

刚刚走到四合院的外面就听到里面传来一片狗吠声。狗这种动物极其敏感，有陌生人靠近就会发出警示。不过林渐新却从这些狗吠声中听出了它们的兴奋，也许是它们被关得太久了的缘故，所以才对即将到来的造访者充满好奇。

四合院的门紧闭着，没有门铃，左辉朝着里面大声叫喊："有人吗？来开开门。"

不一会儿，四合院的大门打开了，面前出现的是一个二十多岁的年轻男人的脸，模样看上去有些普通，戴着一副眼镜，给人以老实本分书生气的感觉。他疑惑地看着左辉和林渐新：“你们是？”

林渐新指了指左辉，介绍道：“他是刑警队的副支队长，我们来找你调查点儿事情。”

左辉暗暗纳罕：你不是说暂时不要暴露我警察的身份吗，怎么一到这里就改变主意了？他只好全力配合，亮出警官证后说道：“开门吧，让我们进去。”

林渐新忽然道：“等等，把里面的狗先关上。”

左辉却笑着说道：“不用，让他直接开门好了。”

门打开了，院子里面十多条品种不一的狗不住地朝着他们吠叫，瞬间引发了屋子里面一片片惊心动魄的狗吠声，让林渐新听着感到头痛，也有些害怕。左辉笑着对林渐新说道：“它们不是在威胁我们，而是在欢迎。你看，它们都在摇着尾巴。如果它们是夹着尾巴朝你吼叫的话就要注意了。”说着，将手指放在嘴里吹出了一种奇怪的口哨。让人感到惊讶的是，狗吠声一下子就停了下来，院子里面刚才还在朝着两人吠叫的狗都在那一瞬间蹲坐了下来，伸出舌头讨好般看着左辉。

林渐新惊讶地问道：“这是什么缘故？”

眼镜男人也惊讶地看着左辉：“你刚才吹的是什么口哨？”

左辉朝他神秘地笑了笑：“这是秘密，我不能告诉你。把你的身份证拿来我看看。”看着他的身份证，“况文丰，很年轻嘛，今年还不到二十六岁，广西人。这里面养了多少动物啊？”

况文丰急忙回答道：“三十多只猫，接近五十条狗。都打了狂犬疫苗的，证件也都齐全。大部分关在屋子里面的笼子里，每天分批给它们放风。”

林渐新问道：“猫和狗好像不能在一起，你这里岂不是天天都在制造噪声？”

况文丰摇头道：“它们相互间生疏的时候会打架，慢慢地就不会了。只要不出现生人，它们一般是不会大声吠叫的。”

林渐新苦笑着说道：“我还是不大习惯这里面的环境。你叫况文丰是吧？

我们能不能换个地方交谈一下？”

况文丰犹豫了一下，还是点头道：“那，我去里面收拾一下，请你们等一会儿。”

“你到这里来想了解些什么？”待况文丰进去后左辉低声问林渐新。

林渐新含含糊糊地道：“我只是想来证实一件事情，和案子没有多大的关系。对了，你刚才那口哨挺特别的，也是你在部队学的吧？”

左辉点头道：“执行任务的时候经常会遇到突发情况，对付恶犬只是其中之一，方法可不止这一种。”

两人说话间况文丰已经出来了，左辉道：“这样吧，我们去前面那家涮羊肉馆一边吃东西一边交谈。现在的时间距离饭点还有些早，估计那里面清静。我请客，都别和我争啊。”

这时候况文丰忽然停住了脚步，问道：“你们找我究竟什么事情？”

左辉不耐烦地道：“你跟着我们走就是，哪来那么多的废话？”

林渐新在一旁没有说话，只是笑了笑。有些事情采用简单粗暴的方式反而更有效。

三个人很快就到了那家涮羊肉馆，林渐新笑着问左辉道：“是不是在车上的时候你发现了我看向这里的眼神不大一样？”

左辉笑道：“岂止是不大一样？简直就是馋涎欲滴！”

林渐新也禁不住笑了起来，只有况文丰满脸疑惑地看着他们两个人。三人坐下后林渐新才温言对况文丰说道：“你别紧张，我们就是来问你一些问题，希望你能够如实回答。”

况文丰搔着头发，说道：“我天天都在这四合院里面，不会牵涉到了什么案子吧？”

林渐新摇头道：“谁说你牵涉到案子了？听说你是兽医专业毕业的？一个本科毕业生，天天在这里照顾一群猫狗，在这座城市里面无车无房，似乎朋友也很少，你觉得这样的生活有意义吗？”

况文丰苦笑着说道：“现在的本科毕业生多如牛毛，能够在北京找到一份相对稳定的工作就已经算很不错的了。”

林渐新点头道：“倒也是。你在这里上班一个月多少钱啊？”

况文丰道：“一万多点吧。”

林渐新又问道：“五险一金呢？都有是吧？”

况文丰点头。林渐新笑了笑，说道：“嗯，还算是不错。有女朋友了吗？”

况文丰苦笑着摇头道：“谁看得上我这样的？”

林渐新微微一笑，指了指他手腕处：“你这块手表的价值可是不菲，不会是你自己买的吧？”

况文丰下意识用毛衣的袖口去遮掩那块手表，神情也很是紧张：“我……”

林渐新双目灼灼地看着他：“你是广西人，父母都在乡下，据我所知，那边的农村似乎并不富裕，你手腕上的这块表起码五万，你千万别告诉我们这是你父母送给你的，或者你自己买的。”

况文丰顿时慌了，急忙道：“我没有偷人家的东西。”

林渐新嘿嘿冷笑：“别人家的老婆呢，你偷过没有？”

况文丰的脸瞬间变得煞白，全身都颤抖了起来。而这时候林渐新的语气却又变得温和起来：“其实我并不关心这种男盗女娼的事情，也对这样的事情一点儿都不感兴趣。现在我只需要你回答最后一个问题：你和她之间的那种关心究竟是你主动还是她主动的？我希望你能够说实话，回答完了后你就可以离开了，接下来何去何从你自己考虑。”

况文丰根本就不敢看他，哆嗦着嘴唇，说道：“我……我……不，是她主动的。真的是她主动的，开始的时候我哪里敢啊？”

林渐新点头，朝他挥手道：“好了，你可以走了。对了，千万别给她打电话，就当我们俩今天没有来过。你是聪明人，应该明白我这是为了你好。”

况文丰战战兢兢朝着林渐新和左辉鞠了一躬，转身就朝外面跑，到了门口处一步没有跨出去，一下子就跌倒在了门外。他快速地爬了起来，然后仓皇消失在林渐新和左辉的视线之中。左辉不解地看着林渐新：“就这样让他走了？”

林渐新苦笑着说道：“那还能怎么样？把他抓起来然后去告诉翟清风？我们可不是来捉奸的。”

左辉一下子笑了：“倒也是。林医生，我很好奇，你是怎么知道这个人和汤唯一关系不正常的？”

林渐新回答道：“我只是猜测。汤唯一在夏丹的事情上和翟清风无止无休，其中的原因很大一部分是她没有孩子，所以极度没有安全感。特别是徐建如此不争气，所以她非常害怕翟清风和她离婚后另娶他人，然后再生孩子。既然徐建不适合继承翟清风的财产，他总得有一个合适的人选不是？很显然，这就是汤唯一的心理。”

左辉点头道：“这倒是。可是，汤唯一为什么要背叛翟清风呢？”

林渐新道：“这是因为她另外的一种心理在起作用，而这种心理根源于她对翟清风的怀疑。翟清风年轻的时候经常出入娱乐场所，他和前妻离婚的缘由汤唯一当然是知道的，如今翟清风开始投资影视，身边美女如云，于是汤唯一就怀疑自己的丈夫在外面和别的女人有染。我问过翟清风已经多久没有和妻子同房了，虽然他并没有明确回答我，却从侧面告诉了我他已经和妻子很久没有夫妻生活的事实。翟清风如今这样的年龄以及他年轻时候的经历，早已对女色不再感兴趣，所以他在内心里面对妻子充满着愧疚，除了原则性的问题，在一般情况下都会尽量迁就妻子。而他的这种表现在汤唯一看来却是他内心有鬼，于是也就加重了对他的怀疑。”

左辉道：“我明白了，汤唯一那样做的目的是为了报复——既然丈夫在外面乱来，我为什么不可以？”

林渐新却摇头道：“也许不仅是如此。翟清风告诉我说，汤唯一虽然怀疑他，但是从来不在外人面前和他吵闹，只是当他回家后才和他争吵。翟清风以为她比前妻懂事许多，其实真相也许并不是这样。汤唯一不在外面和丈夫吵闹，固然有给丈夫面子的因素，此外还应该是她相信丈夫并没有在外面乱来。为什么这样说呢？因为汤唯一没有孩子，是一个极度没有安全感的女人，如果她真的觉得丈夫在外面有别的女人的话，岂能仅仅是和丈夫大吵大闹那么简单？她肯定会去将那些女人找出来，然后从根源上解决问题，可是她并没有那样做。”

左辉顿时就糊涂了，问道：“林医生，那你说说这个汤唯一究竟是一种什么样的心理呢？”

林渐新微微一笑，回答道：“她是为了给自己的出轨寻找到一个合理的理由。翟清风一天到晚在外面忙活，汤唯一一个人在家里无所事事，翟清风年过半百，对男女之事已经不再感兴趣，而汤唯一正值虎狼之龄，整日里寂寞难熬，所以她有着强烈的出轨欲望。然而翟清风不仅仅是她的丈夫，而且是对她、对她父亲有恩的人。汤唯一的父亲嗜赌如命，是翟清风替他还清了赌债，后来更是放纵他去赌博，正因为如此，汤唯一也就更加需要为自己的出轨寻求到一个合理的、足以说服她自己的理由，而这个理由就是：她假想自己的丈夫早已出轨。”

左辉差点儿目瞪口呆，不过他很快就意识到，刚才林渐新的分析貌似有些异想天开，但如果仔细去想却又是那么合情合理。左辉禁不住打了个寒战，道：“林医生，你简直把一个人看到骨子里去了，仔细想起来还真是可怕。”

林渐新本来还沉浸在自己刚才的分析之中，听了他的这话后才清醒了过来，摇头道：“不，我只是对目标人物进行这样的分析，如果我对每个人都像这样，岂不是会累死？”

左辉笑道：“倒也是。林医生，你千万别再告诉我你刚才来找况文丰，和夏丹的案子没有一点儿的关系。我知道，你肯定有自己的目的。”

林渐新叹息道：“果然什么事情都瞒不过你。是的，拜访汤唯一之前我必须要证实这件事情，否则的话当我面对汤唯一的时候就会没有了方向。”

左辉不大明白，问道：“那么，你现在已经有方向了，是吧？”

林渐新点头：“至少我现在有足够的理由相信夏丹的死与汤唯一没有多大的关系。而幕后真正的那个人应该就是翟清风的前妻。”

左辉诧异地问道：“为什么？”

林渐新回答道：“原因很简单，汤唯一所做的一切只不过是为了给自己出轨寻找到一个合理的理由，她没有必要杀人。”

左辉又问道：“那么，汤唯一去找夏丹妈妈的目的又是什么呢？肯定不会是同样的心理吧？”

林渐新道："这才是她内心中真正没有安全感的部分，她的目的只不过是为了消除隐患。当然，人的内心是复杂的，真实的情况还得去和汤唯一谈了才知道。"

左辉点头道："嗯，有道理。可是如今翟清风的前妻和钱慕白都已经死了，夏丹死亡的真相也不过就是你分析的那样而已，如果找不到那个催眠师的话，这个案子很可能就因此成为悬案。"

林渐新皱眉道："是啊，而且这起案件中最关键的一个人已经到了国外，他究竟什么时候回来到目前为止还是一个未知数，甚至他从此就一直在国外生活下去也很难说。不过我相信，只要案子是人做的，他总会留下蛛丝马迹，我们一步一步来吧。"

翟清风的住家在二环内的一处高档小区里面，从进入小区开始左辉就不住地啧啧有声："这地方，里面住的人可都是非富即贵，还有大明星，我都还是第一次来。"

林渐新开玩笑道："他们可不欢迎你，最好是你一次都不要来。左警官，你是不是有些后悔自己现在的职业了？你现在的职业这辈子都不可能住上这样的地方。"

左辉摇头道："怎么会后悔呢？不让我干警察我也赚不了那么多的钱啊。一个人一种命，我还是好好干自己的警察吧。"

林渐新笑道："倒也是。一个人最重要的就是对自己的定位，老是去做无谓的幻想是没有任何用处的。"

两人说笑间很快就到了翟清风的住家外面。眼前是一栋独栋别墅，欧式风格，占地不小。林渐新知道，在北京，像这样的房子绝非一般的富人所能够拥有，寻常百姓更是只能仰望。

摁了门铃后竟然是汤唯一亲自来开的门。汤唯一看上去不到四十岁的年纪，果然像夏丹妈妈所说的那样雍容华贵，不过夏丹妈妈有一句话说漏了，那就是粉面桃花。眼前这个女人确确实实非常漂亮，难怪她能够拴住翟清风的心。不过想到翟清风还有况文丰，此时无论是林渐新还是左辉都在心里暗暗叹息不已。

汤唯一看着眼前的两个人，问道："你们找谁？"

林渐新回答道："我是翟先生的朋友，我姓林，他给您打过了电话的，是吧？"

汤唯一点头，又看向左辉："这位呢？"

她的防备心理非常强，也许依然是因为内心缺少安全感。这时候林渐新忽然有了一个搞怪的想法，笑着说道："他是我的司机。"

旁边的左辉不住地咳嗽。汤唯一淡淡地道："司机就不用进来了，自己去外面随便找个地方等着吧。"

左辉又开始用手捂住嘴巴，不住咳嗽，林渐新急忙道："我和翟先生是朋友，您家里好像没有保姆，还是让他和我一起进去吧，您说我们这孤男寡女的……"

想不到汤唯一竟然没有因为他的这话而恼怒，只是皱了皱眉："好吧。一会儿记得换鞋子，我刚刚才做完清洁。"

林渐新看着眼前的别墅，道："这么大的房子，干吗不请个保姆呢？您家又不是没钱。"

汤唯一在前面走着，回答道："不是钱的问题。我在家里也没什么事情可以做，做做清洁也是锻炼身体。"

林渐新笑道："恐怕不仅仅是这个原因吧？保姆太漂亮的话您又不放心，长得太丑又让人感到硌硬。现在的好保姆可不好找，有的喜欢在背后说主人家的坏话，有的还偷东西。"

开始的时候汤唯一还有些觉得林渐新话太多，不过后面的话一下子触动了她的内心，她点头道："是啊，所以我也就懒得请保姆了，宁愿自己累一些。"

走在最后面的左辉暗暗在心里赞叹：这家伙还真是了不起，竟然就这样不知不觉中把这个女人的心里话给套了出来。

从与翟清风的交谈以及眼前这栋别墅的装修风格来看，林渐新发现翟清风的文艺素养确实有些与众不同。眼前的客厅清新淡雅，数样看上去极具价值的瓷器装点着几处重要的空间，再加上墙上点缀着的那几张名画，让人感觉到艺术的气息扑面而来。

关于人的表现行为，有句话叫作：越是缺乏什么就往往会展示什么。由此，林渐新禁不住想起了夏丹妈妈家的那种装修风格来。

汤唯一请二人坐下，很快去泡来了茶。她说话的声音很好听，不过她所有的客气都是指向林渐新的，让坐在一旁的左辉腹诽不已。汤唯一的坐姿也非常优雅，她似乎有些奇怪于林渐新的来意，问道："林先生不像是做生意的人，不知道你找我家先生有什么事情？"

林渐新笑了笑，回答道："我不是来找你先生的，在来这里之前我已经和翟先生见过面了。是这样的，我是受警方的委托，为了调查夏丹的案子而来。"

汤唯一的脸色一下子就变了，再也顾不得优雅的姿态，怒道："夏丹的案子？你来找我干吗？你们请回吧，我现在很忙，接下来你们可以去找我家先生公司的律师谈。"

林渐新坐在那里没有动弹，笑着说道："你是你，你家先生是你家先生，他公司的律师怎么能够代表你呢？"

汤唯一一下子就站了起来："我不想和你们谈任何关于那个女人的事情，你们请回吧，否则的话我就要报警了。"

林渐新看着她："你可以给翟先生打个电话，我们来这里是经过他同意了的。"

汤唯一怒道："他同意了我不同意！请你们马上出去，不然的话，我就真的报警了。"

这时候左辉站了起来："我就是……"却被林渐新制止住了他后面的话。林渐新对他说道："左警官，既然人家如此不欢迎我们，那我们还是走吧。"他一边朝外面走着，同时又自言自语地念叨，"左警官，你发现没有，况文丰的那块手表真漂亮……"

"你们站住……"身后忽然响起了汤唯一惊慌的声音。林渐新转身看着她："翟太太，你还有事吗？"

汤唯一的声音颤抖着："你……你刚才说的那句话是什么意思？"

本来林渐新并不想用这样的方式要挟她，此时心里难免有些惭愧，说道：“刚才？刚才我好像什么都没有说啊。翟太太，我们是为了夏丹的案子而来，对其他的事情根本就没有任何兴趣。目前我们已经有了充分的证据证明夏丹是死于他杀，我们只是想通过你从侧面了解一些情况，没想到你刚才那么激动，难道你和夏丹的死有关系？”

汤唯一并不愚钝，哪里还听不出林渐新的弦外之音？连忙歉意地道：“对不起，是我刚才太激动了，主要是……主要是……”她一时间不知道该如何措辞，只好就那样讪讪地看着林渐新和左辉。

林渐新点头道：“嗯，我完全能够理解，毕竟我们不熟，而且又是突然提及那样的事情。没关系，只要接下来你对我们讲实话就可以了。”随即就自顾自到沙发处坐了下来，还招呼左辉和汤唯一，“你们都坐吧，站在那里大家都会感到紧张的。”

这家伙怎么总是能够掌握主动呢？左辉一边坐下一边在心里暗暗纳闷。这时候汤唯一也坐下了，林渐新做出一副打量里面一切的样子，感叹着说道：“多好的家啊，就是太冷清了些。翟太太，你别紧张，虽然我们已经知道了你曾经去找过夏丹妈妈的事情，但是我还是愿意相信你和夏丹的死没有多大的关系，不然的话你刚才就不会留下我们了。说说吧，把你所知道的一切都告诉我们。”

然而，汤唯一却沉默了。林渐新竟然也没有催促她，让这样的沉默继续保持着，使得空气中充斥着一种压力与不安。过了好一会儿，汤唯一终于说话了：“我……我并没有想把夏丹怎么样，就是想让我丈夫远离她。最开始的时候我让徐建……就是我丈夫和他前妻的儿子，我对他说：‘你爸和那个女演员的关系好像不大正常，你得想个办法让你爸不再喜欢她，不然的话你爸今后抛弃了我和她结了婚，然后再生几个孩子的话，今后你爸的财产就没你什么事了。’”

看来她刚才只是一时间不知道应该从何说起，并不是有什么顾虑。林渐新问道：“这么说来，你和徐建的关系还不错？”

汤唯一点头道：“我没有孩子，徐建毕竟是我丈夫的亲生骨肉，我当然对他好了。有时候我就在心里对自己说，如果我有那样一个孩子的话，一定能够把他教育好……”

林渐新道：“还是请你继续说前面的那件事情吧。然后呢？”

汤唯一问道：“刚才我说到哪里了？哦，我想起来了。徐建对我说，夏丹已经有男朋友了，我爸也应该知道这件事情。我说：‘我也知道她有男朋友了，可是她那男朋友和你一样，都是花心肠子，说不定要不了多久就会和她分手的。现在我们必须要让你爸彻底断绝对她的念想。’徐建想了想，对我说：‘要不我去给她找一个可靠的男朋友？如果夏丹和别人结了婚，我爸也就不再对她有任何想法了。’当时我觉得他的这个主意不错，可是过了一段时间他却跑来对我说，夏丹根本就看不上他安排的那个男的。我问他怎么办，他为难地说：‘现在夏丹正和简家少爷谈恋爱，如果简家少爷一旦发现我们在背后使坏的话，说不定会坏事的。’那时候我才发现这孩子果然是个草包，于是就决定自己亲自出马……”

接下来她所说的与林渐新所掌握的情况基本上一致，她的目的和动机也与先前所分析的大致相同。林渐新在心里暗叹：其实你也高明不到哪里去。他又问道：“在这个过程中徐建的母亲和你有过联系吗？”

汤唯一摇头道：“我从来没有和她联系过。说实话，我不喜欢她，也很防备她，毕竟她和我丈夫有一个孩子。”

林渐新又问道：“后来呢，后来你还做了什么？”

她愕然地看着林渐新：“后来？后来我什么都没有做了啊。其实我也知道，自己似乎不应该过多地怀疑自己的丈夫，而且我也知道，怀疑也没有用，男人在外面花天酒地是管不住的，随他去吧，我这样一想心里反倒觉得好受了许多。前不久我听说夏丹死了，而且还是自杀，我心里也就完全放心了。”

林渐新看着她，问道：“其实你依然怀疑你丈夫除了夏丹之外还有别的女人？”

汤唯一道：“谁知道呢？他大部分的时间都在外面，又是在投资影视，身边漂亮的女人那么多，不动心就怪了。”

在这个问题上林渐新并没有继续问下去，刚才她的回答已经足以证明自己对她心理的分析是正确的了，而且还事涉隐私。林渐新又问道：“你所认识的人当中有搞心理研究方面的专家吗？”

汤唯一怔了一下：“心理研究？我去认识那样的人干吗？我又没有精神病。”

林渐新在心里苦笑，道：“好吧，我也就是随便问问。那么，你和孙家良的关系如何？”

汤唯一摇头道：“只是认识，他和我丈夫的关系好像不错，以前来过我们家里几次。这个人很不错，听说他老婆孩子都在国外，不过他在我面前从来不说孩子的事情。我知道，他是怕我多心。”

林渐新站了起来：“我的问题问完了，没事了。翟太太，很显然，有些事情你是做得不对的，比如你去拆散夏丹和简家少爷的事情，还比如……”看着她瞬间变得苍白的脸，他不忍继续说下去了，“那就这样吧，谢谢你回答了我们刚才的那些问题。告辞了。”

汤唯一只是将他们二人送到了客厅的门外，然后转身就将门关住了。

“林医生，你说她今后还会做那样的事情吗？想不到翟清风在外面那么风光的人，他老婆居然也会给他戴绿帽子。”上车后左辉朝林渐新眨了眨眼，问道。

这是人群中常见的仇富心理在作祟，即使他是一名优秀的警察，也难免一样会出现这样的阴暗心理。林渐新苦笑着说道：“其实她的这种心理已经接近于病态了，只不过她自己并不知道和承认罢了。接下来況文丰肯定会不辞而别，但愿汤唯一能够尽快自省。今后的事情谁知道呢？你应该明白，一个人想要克制和战胜自己的欲望并不是那么容易的一件事情。更何况翟清风并不是傻子，反而还很睿智，今天我提出来要去那个地方看看，如果他不因此而产生出一些联想就奇怪了。”

左辉点头道：“倒也是。其实像这样的事情也根本用不着你去对他讲，那样的话反而让他恼恨你。”

林渐新道：“是啊。接下来就看翟清风如何去处理了，原谅还是惩罚，这对翟清风来讲可是一个很头疼的问题啊。左警官，现在看来，所有的证据和推论最终都指向了翟清风的前妻，可是她已经死了，接下来你觉得我们应该怎么办？”

左辉想了想，道：“孙家良这个人很重要，可是他已经去了国外，估计很难联系得上他。就算联系上了他也似乎作用不大，万一他不承认任何事情，即使是你看出他在撒谎也没用，因为我们手上根本就没有任何有关他犯罪的证据。所以，接下来我们需要把这起案件背后的那位催眠师找出来。这才是关键。”

林渐新沉吟着说道：“孙家良……或许要找到他的证据并不难。但是那位躲在背后的催眠师，我想，以他作案的风格来看，想必他是不会留下什么线索给我们的。左警官，接下来有一件事情需要你们尽快去调查清楚，那就是徐建母亲大笔款项的流动去向。我怀疑孙家良是拿了人家的钱才答应给徐建的母亲通风报信，他老婆和孩子都在国外，需要的花费可不少。而且请动那样一位催眠师，需要花费的钱也不会是一个小数目。还有，希望你们能够尽快调查清楚徐建母亲的社会关系状况，看能不能从中寻找到一些有用的线索。接下来我这边就去找徐建了解下情况。”

左辉点头道：“我这就去办。这样吧，我派一名刑警跟着你一起去，这样安全一些。”

林渐新没有拒绝：“对了，如果可以的话，麻烦你将钱慕白出事时的监控录像发到我的邮箱里面，我想再仔细看看。”

此时此刻，林渐新感觉得到，那个隐藏在背后的催眠师是一个非常可怕的对手，想要抓住他似乎并不是那么容易。

第二十章

真相在哪

徐建和母亲住的是一套一百来平方米的三居室，应该是早期的商品房类型。像这样的房子看似普通，不过在这样的城市，这样的地段，如今起码也得千万以上，想必这是当初翟清风给他们母子俩留下来的。

林渐新和那位刑警进去的时候里面有一帮年轻人，却并没有徐建的踪影。客厅正面的墙上挂着他母亲的遗像，屋子里面充满着悲伤的气息。林渐新站在那里仔细端详着墙上的那张黑白遗像，觉得应该是她生病前的照片，看上去还不是那么消瘦。照片上的她头发花白，两侧的眼角处皱纹不少，不过还是隐隐可以看出她年轻时候的端庄秀丽，唯有薄薄的嘴唇以及没有一丝弧度的双眉显示出她的倔强和得理不饶人的性格。人的一生其实不但短暂而且也很简单，也许她的后半生都是为了儿子活着。林渐新正感叹着，忽然听到有人在问："你是徐建家的什么人？"

林渐新看着那个年轻人，回答道："我找徐建有点儿事情，他人呢？"

年轻人朝里面努了努嘴："在里面。正伤心着呢。"

林渐新点头，和那位刑警一起朝里面的房间走去。徐建独自一人坐在他母亲的房间里面，地上到处都是烟头。林渐新一进去就开始咳嗽，旁边的刑警急忙去将窗户打开。一阵寒冷、清新的空气倾泻而入，徐建这才猛然清醒，疑惑地看着二人：“你们是？”

眼前的这个年轻人二十多岁，眉眼长得十分像他的母亲，但是他刚才问话的那一瞬却依稀有着翟清风的神态。林渐新道：“我们是为了调查夏丹的案子而来，我想和你谈谈。”

话音刚落，徐建骤然间咆哮起来：“夏丹的案子关我什么事儿？你们给我出去，出去！”

这时候外面的那帮年轻人很快就一拥而入，朝着林渐新和那位刑警虎视眈眈。那位刑警穿的是便衣，一见这阵势，一边掏出证件一边指着那些人：“警察办案！你们乖乖地给我出去！”

那帮年轻人顿时傻了，一个个都去看徐建。徐建依然愤怒：“警察？你们跑到我家里来办什么案？岂有此理！”

林渐新朝那位刑警递了个眼神，那位刑警一边将证件高举着，一边朝那帮年轻人紧逼了过去：“出去，都给我出去！”

在那位刑警的威压下，那帮年轻人很快就退了出去。那位刑警担忧地看了林渐新一眼，林渐新微笑着朝他摇了摇头，道：“没事。麻烦你把房门拉上。”

徐建在看着他，咬牙切齿。林渐新却并没有一丝一毫的惧意。他知道，像这样的公子哥，平日里花天酒地、醉生梦死，内心依仗的不过是父母的财力，更何况他并不是什么纯粹的富二代，如今他母亲已逝，他内心中的依仗已然失去了大半，刚才的咆哮只不过是一种外强中干的示威罢了。

林渐新过去拍了拍他的肩膀，然后很随意地坐在了他旁边的床边，温言说道：“我知道你从小是和母亲一起长大的，母亲一直以来对你非常骄纵，你和母亲的感情非常深厚，如今她骤然离世，你内心的悲痛我都知道。不过说实话，也许你并不完全了解你的母亲，包括她为了你所做的那一切。你也根本不了解你的父亲，更不用说懂得了……”

这时候徐建忽然发出了一声低吼：“不准说他！”

林渐新叹息了一声，站了起来：“好吧，那我就暂时不说他了。徐建，对了，你还有个名字叫作翟景天，这才是你最开始的名字。这样吧，我给你讲一个故事，也许你听了这个故事后就对我们今天的来意非常明了了。”

徐建并没有反对的意思，他安然坐在那里。很显然，他刚才的愤怒只是表面，而内心深处对母亲去世后自己的未来充满着恐惧、不安和烦躁才是真的。林渐新缓缓道：“有一位母亲，她年轻的时候因为不能原谅丈夫的过错而离婚，其实两个人的婚姻很难说清楚究竟谁对谁错，这位母亲的丈夫说，他是为了自己的事业，为了这个家庭，才不得已在外面风花雪月、逢场作戏。这位母亲却认为没有什么比婚姻更重要，背叛了婚姻绝对是一件不能原谅的事，于是，这位母亲开始跟踪丈夫，后来在一家娱乐场所找到了丈夫和他的客户，而且还报了警。丈夫近一年的心血也因此毁于一旦。由于两个人的世界观截然不同，婚姻最终破裂也就成了必然。两个人离婚的时候母亲提出分割一半的家庭财产并抚养孩子，丈夫都一一遵从。后来丈夫和另外一个女人结婚但是一直没有孩子，而这位母亲一直单身，默默地抚养孩子长大。但是这位母亲知道，自己的孩子是有父亲的，而且孩子的父亲已经非常有钱，孩子今后继承他父亲的财产也是一种必然。然而，有一天这位母亲忽然知道了一个令她感到非常震惊的消息：她曾经的丈夫又和一位年轻漂亮的女明星好上了！这也就意味着她曾经的丈夫很可能会和他现在的妻子离婚，然后再和那位女明星结婚生子。开始的时候这位母亲还是采取观望的态度，不过后来有一天，当她再一次听说曾经的丈夫与那位女明星的事情之后，特别是在她得知自己已经身患绝症的情况下，于是义无反顾地开始了一起谋杀案的策划——她要让那个对儿子构成威胁的女明星永远从这个世界上消失，她要让自己曾经的丈夫把所有的财产都留给自己的儿子！这位母亲做到了，她找到了一位非常高明的催眠师，那位催眠师催眠了钱慕白，钱慕白作为傀儡杀害了那位女明星，于是，这位母亲终于安心地离开了这个世界……徐建，不，翟景天，当你听完这个故事之后，心里作何感想呢？”

“不可能，不可能是这样的……”徐建喃喃地道，忽然间变得有些歇斯底里起来，“不是这样的！”

林渐新冷冷看着他：“那你认为是怎么样的？不仅如此，而且还是你一次次在你母亲面前提及父亲和夏丹的关系，因为你发现自己根本处理不了那样的事情，你父亲现在的妻子也处理不了。你痛恨自己的父亲，认为他抛弃了你；你更害怕自己的父亲，你害怕他今后不让你继承财产！于是你就只好去求助于自己的母亲！徐建，是你，是你把自己的母亲推向了犯罪的道路。也许你会对自己说，我不知道母亲会那样去做，但是你内心深处却是希望的，你希望母亲为你铺平所有的道路，从今往后你就只需要慢慢去享受人生就可以了。从小到大你的心中只有怨恨，怨恨你的父亲抛弃了你，怨恨你的母亲当年太不冷静，于是你花天酒地、游戏人生，可是你想过你母亲没有？想过你父亲究竟因为什么对你失望没有？”

这一刻，徐建被林渐新的话彻底击垮，他的脸上没有了愤怒，甚至变得双目无神，嘴里依然在喃喃自语着：“不是这样的，不是这样的……”

林渐新叹息了一声，准备朝外面走去，忽然间似乎想起了一件什么事情，转身对他说道：“接下来警察还会来找你，希望你能够全力配合他们。你外面的那些朋友不错，让他们多帮帮你，先把你母亲送走了再说吧。”

刚才，林渐新在向徐建讲述那个故事的时候一直在注意他的表情和各种细微的身体语言，发现自己的推论似乎并没有错，这样一来他也就没有再问他问题的必要了。很显然，这个草包富二代对自己母亲的所作所为根本一无所知。

在回酒店的路上，林渐新感觉到京城的气温越发寒冷，这才意识到大雪的降临还需要空气中拥有足够的水分。回到酒店后他就将自己封闭了起来，打开电脑细细去看左辉发到他邮箱的监控录像画面。

几个小时过去了，林渐新却依然没有发现那个人出现前以及消失之后的丝毫踪影。在这个人出现的那短短数十秒的时间中，根本就无法看清楚他真实的相貌，而且林渐新还发现，他的裤腿几乎遮掩住了脚背，由此可见，画面上的这个人就连他的身高都很可能是不真实的。

徐建的母亲为什么找上了他？他又为什么找上了钱慕白？是的，这才是问题的关键。可是案子调查到现在，对这两个最为关键的问题却依然一无所知。幕后那个催眠师就像是玻璃窗外的寒雾，看得见却又让人偏偏摸不着。此时此刻，林渐新忽然产生了一种深深的无力感。

左辉来了，他带来了几个消息。警方调查了徐建母亲的银行账目去向，发现在一个月前她确实去银行取过一笔三百万元的现金巨款，警方询问了徐建，他却对这笔钱一无所知。除此之外就再也没有其他大笔的转、取款记录。此外，警方也初步调查了徐建母亲的社会关系，发现她交往的范围其实比较简单，除了街坊邻居之外就是徐建以前的老师，而在这些人当中却并没有做催眠师及相关职业的。

这是一个坏消息，但是在林渐新的预料之中。林渐新沉吟了片刻，问道："调查过最近几个月，特别是徐建母亲取款时间前后的通讯记录没有？"

左辉点头道："调查过了。奇怪的是，她竟然一直没有使用手机，对外联系都是家里的座机。我们查看了她家里座机的通讯记录，发现除了与她儿子联系之外她几乎很少使用电话，通讯记录上面的另外两个号码都是邻居的，我们也询问了那两个邻居，他们都回忆说是有一天家里的菜煳了，她打电话去提醒。"

林渐新叹息道："从这件小事可以看出这个女人的内心其实很善良，可是她为了儿子却又偏偏做出了那样的事情……这个案子怎么给人一种很不真实的感觉呢？刚才我心里就在想，是不是从一开始我就错了？或许根本就没有什么催眠师，或许在钱慕白之后还有另外一个人进入过夏丹的房间？"

左辉目瞪口呆，瞠目结舌："怎……怎么可能？！"

林渐新苦笑："你不是我，根本就不会有我这样的感受。从我开始接触这个案子一步步走到今天，明明每一步每一个环节都符合我对一个人心理动因的推断，但结果却偏偏变成了如今这样——除了推断出来的所谓真相，夏丹的被害过程依然是一个谜。所以我不得不怀疑自己究竟是不是从一开始就错了。"

这时候左辉才有些理解他此时的感受了，说到底就是在一个强大对手面前的迷茫和不知所措。确实，他只不过是一位普普通通的心理医生，如果不是因为夏丹，他也就不会参与到这个案子的调查之中。刑事侦查对他来讲完全是一个陌生的领域，当他面临现在这种状况的时候也就难免会气馁，同时自信心遭受到严重的打击。左辉拍了拍他的胳膊，道：“其实我也有过你现在这样的感受。在特种部队的时候，我们经受过很长一段时间非常残酷的训练，后来在执行任务的过程中也都非常顺利，即使是和敌方短兵相接也很少遇到对手，那时候我简直就觉得自己是这个世界上无敌的存在了。一直到后来，我奉命去往西南边境执行任务，想不到在这次的任务中我遇到了一个非常可怕的对手，这个敌人是一个丛林战专家，我刚刚和他一碰面就被他所制，好几次差点儿中了埋伏死在他的手上。在西南边境的那片茫茫丛林中，我竟然发现自己根本就无处躲藏，我的身体已经严重透支，然而最可怕的是我几乎丧失了最后的自信，好几次我都在心里对自己说：还逃跑干吗呀，就这样牺牲算啦……”

他缓缓地讲述着，棱角分明的脸庞上没有一丝一毫的表情，仿佛此刻正置身于曾经那个生与死的最紧要关头。林渐新没有打断他，静静地听着他继续讲述：“可是这时候又有另外一个声音告诉我：你不能就这样死了，太窝囊了，即使是死也不能让这个对手好过！慢慢地，我终于让自己冷静了下来，我意识到自己最大的问题就是丧失了信心，从而失去了斗志，以至于因为恐惧而一直在本能地逃跑。于是我很快就调整了战术，悄悄潜入那个敌人的背后，最终给予他最致命的一击。”

林渐新听他说到最后反倒云淡风轻，不过依然能够想象得到当时他所经历过的殊死搏斗，轻声问道：“你是不是从那以后就转业到地方了？”

左辉点头，指了指自己的胸膛，道：“取掉了两根肋骨，脊柱上也被打上了钢针，幸好都不是致命伤。林医生，其实我想要告诉你的是，任何时候，面对再大的困难，都千万不能失去自信。一个人失去了自信，也就迷失了自我。你是心理医生，这一点应该比我更清楚才是。”

林渐新明白了他的意思，点头道：“谢谢你的提醒！我会一直调查下去的，绝不让这个案子成为悬案。”

左辉暗暗松了一口气，他知道，即使林渐新是心理医生，他也会和其他人一样陷入迷茫，一样需要他人提醒，因为他也是一个普通的人。左辉问道："那么，接下来你准备怎么做？"

林渐新想了想，说道："一方面从头去调查徐建的母亲，另一方面就是等。"

左辉愕然问道："等？"

林渐新的双目晶亮："是的，等。很显然，对方绝对是一个高手，想要在一时间找出他留下的蛛丝马迹肯定非常困难。那么我也不能着急，只能慢慢去寻找他的破绽，然后步步紧逼，让他一步步露出更多、更大的破绽。这似乎才是唯一的办法。"

左辉苦笑着说道："看来我太过心急了，不过我依然很期待。"

此时林渐新已经从刚才的困惑中解脱了出来，顿时感到全身轻松了许多，仿佛一切也都因此而变得美好起来，他笑着对左辉道："左警官，那你去忙你自己的吧，接下来我还有一些自己的事情必须去做呢。"

左辉似乎有些明白了，似笑非笑地看着他："你有约会？既然是这样的话那就算了，我还说请你去吃饭呢。"

林渐新笑了笑："没关系，你想请我吃饭的话，今后机会多得很。"

左辉大笑："看来果然是有约会。林医生，祝你一切顺利！"

是的，林渐新已经想明白了，于是他主动给苏文打去了电话。最近两天都是苏文主动与他联系，而且每一次都是小心翼翼的，生怕自己的电话影响到了林渐新对案件的调查，可是又忍不住打给他。此时她忽然接到林渐新的电话，差点儿不敢相信："渐新，案子有结果了是吗？"

电话里面传来了林渐新柔和的声音："只能说是暂时告一个段落。幕后的那个催眠师还隐藏得很深，估计一时半会儿还寻找不到他的踪迹。"

苏文一下子就紧张起来，同时也因此而感到颓丧："那我们是不是还得像这样下去……"

林渐新道："不，我们可以不管他。现在他躲藏得严严实实的，哪里还敢冒出头来？不过苏文，这个人始终是危险的，说不定今后……"

苏文当然明白他的意思，立刻说道："我相信你，所以我根本就不害怕。"

苏文的决绝让林渐新终于明白了爱情的真正滋味。是的，爱情的美好不仅仅是花前月下，更是两个人义无反顾地一起去面对一切。

这天晚上，林渐新和苏文一起去了一家西餐厅，在浪漫的轻音乐中两个人的目光时常触碰，然后相视甜蜜一笑。随后两个人亲密依偎着徜徉于街头，忘记了严寒，忽略了时间，仿佛这一片天地都是他们两个人的世界，就这样走下去，一直朝前……

"我希望你就像这样一直陪着我。"

"嗯。"

"有你在，我才没那么痛苦。"

"我知道。"

"我想你一会儿就像那天晚上那样抱着我。"

"好……渐新，你能够记得那天晚上是我在抱着你？"

"……不知道，但是刚才我的脑子里面忽然出现了那样的画面。太好了，终于又松动了一点点。"

"好。从今往后我天天晚上都抱着你。渐新，把你的心理诊所搬到这里来吧，为了夏丹的案子，为了我们俩能够经常在一起。"

"这里的房租那么高，心理诊所又必须具备很好的条件，我担心……"

"你不用担心什么。在国内，你的病人主要是高端人群，因为他们更注意自己的心理健康。我在影视圈有一定的人脉，到时候你的业务开展起来应该很快。如果你手上的钱不够的话我这里有，需要扩大规模的话还可以贷款，或者融资，你觉得呢？"

"你好像有些说动我了。"

"更重要的是，我们就可以一直在一起了。"

"好，那就这样决定了。"

"你真好。"

"你也是。"

这天晚上，林渐新一直蜷缩在苏文的怀里。就这样轻轻拥着他，苏文发现熟睡中的他就像一个孩子。

终于下雪了。

第二天早上，林渐新一醒来就看到苏文美丽的脸庞近在眼前，想去抚摸她但是又担心把她弄醒，轻轻起床，忽然看见了窗外漫天飞舞的雪花。太美了，它们就是这冬天的精灵，就在此时此刻降临到了人间。

“你每天都是这个时候起床吗？”正当他沉浸于窗外所有美好的时候，忽然听到身后传来一个温柔的声音。

“嗯。”他应道，转身去看着她，发现她正朝自己盈盈笑着，“你醒啦？”

苏文从床上起来，林渐新这才发现她是和衣而睡的。他内心顿时惭愧，急忙将她拥在怀里，亲吻着她的额头：“苏文，等我从家乡回来后我们就结婚吧。”

苏文的脸一下子就红了，是激动，也有害羞，她的双眼中波光粼粼：“这么快啊？”

“都睡到一张床上了，不就是迟早的事情吗？”他调笑着说道。

“讨厌！”她的手轻轻举起，放下的时候却到了他的脸上，温柔抚摸着。这一刻，他感觉自己的心都差点儿被融化掉了。然而就在这一刻，房间的门铃突然不合时宜地响了起来。林渐新去开了门，惊讶地发现出现在面前的竟然是曹能和邓长治。

曹能一进门就看到了里面奇怪的这一对：男的身上是睡衣睡裤，女的身上却穿着外套长裤，但是看上去头发似乎有些蓬乱，急忙歉意地道：“对不起，我们不会打搅到你们吧？”

林渐新认为他们的突然出现就已经够煞风景的了，没好气地道：“已经打搅到了……曹警官竟然亲自来了，莫非又出什么大事情了？”

邓长治在旁边有些忍俊不禁：“小林，你别责怪我，我可是被他强行拉来的。”

林渐新本来就是开玩笑的，急忙请他们两位坐下，说道：“直接说事情吧，歉意的话就不要再讲了。”

曹能拿出一沓资料放到了林渐新的面前：“你看看。”

林渐新看向最上面的那张照片，瞳孔瞬间缩小："这不是……"

曹能点头道："是的，就是两年前发生的连环杀人案，凶手再次出现了，作案手法一模一样。"

（第一部　完）

享讀者

WONDERLAND